로크미디어가
유혹하는
재미있는 세상

ROK
로크미디어

싱크

싱크 12

2016년 5월 2일 초판 1쇄 인쇄
2016년 5월 6일 초판 1쇄 발행

지은이 현민
발행인 이종주

기획 팀 이기헌 송윤성
책임 편집 이세종

발행처 (주)로크미디어
출판등록 2003년 3월 24일
주소 서울시 마포구 성암로 330 DMC첨단산업센터 3층 314호
Tel (02)3273-5135 Fax (02)3273-5134
홈페이지 rokmedia.com **E-mail** rokmedia@empas.com

값 8,000원

ISBN 979-11-5960-773-8 (12권)
ISBN 979-11-255-8684-5 04810 (세트)

이 책의 모든 내용에 대한 편집권은 저자와의 계약에 의해
(주)로크미디어에 있으므로 무단 복제, 수정, 배포 행위를 금합니다.

작가와의 협의에 의해 인지는 생략합니다.
잘못된 책은 구입처에서 바꾸어 드립니다.

싱크

12

† 현민 게임 판타지 장편소설 †

로크미디어

CONTENTS

쿠데타

북극을 뒤덮은 거대한 빙판이 하얗게 빛나고 있었다.

비행기 밖 풍경을 내려다보던 프랑켄슈타인은 시선을 옮겨 내부를 주시했다.

개조된 비행기 실내에는 다섯 개의 그룹이 보였다.

비행기 중앙에는 항상 당당한 프리벨리지 놈들이 자리를 잡았다. 사방에서 힐끔거릴 텐데도 전혀 염려하는 눈치가 아닌 걸 보면 확실히 프리벨리지 놈들에겐 특별한 뭔가가 있다.

다음은 모네타 길드.

모네타 놈들은 앞쪽에 모여서 애써 뒤쪽을 무시하고 있었다. 그래도 가끔은 아무렇지도 않은 척하며 다른 길드가 무엇을 하는지 살폈다. 하품을 하거나 기지개를 켜는 행동이 어딘지 모르게 유치했다.

세 번째는 현문 길드.

뒤쪽에 앉아 자연스럽게 다른 길드를 쳐다보고 있었다. 프리벨리지처럼 당당하나, 프리벨리지와는 달리 여유롭지 않고 쫓기는 분위기. 단속을 위해 도로로 나온 경찰관처럼 범죄자를 찾는 느낌이었다.

날개 쪽에는 로고스가 있었다. 노트북 화면에 코를 박고 저마다의 세계에 푹 빠진 사람들.

'나도 그들 중 하나니까.'

프랑켄슈타인은 자신의 노트북을 힐끔 쳐다봤다. 진행 중인 실험 데이터가 노트북 화면을 가득 채우고 있었다.

마지막은 블랙 길드.

15인회에 속하는 곽도철, 차동원, 강철진은 뉴욕행 특별기에 탑승하지 않았다. 그들은 유니온에 남아 만약의 사태를 대비하고 있을 터였다. 대신 직급이 낮은 녀석들이 비행기에 올랐다.

놈들은 흩어져 있었지만 가끔은 화장실이나, 술이나 음료가 제공되는 바 근처에 모였다. 프랑켄슈타인은 블랙 놈들을 볼 때마다 왠지 모르게 기회를 엿보는 소매치기범이 떠올랐다.

의문이 뇌리를 스쳤다.

'뉴욕에 새롭게 나타난 던전은 블랙 놈들도 궁금할 텐데. 왜 이번엔 군소리 없이 유니온에 남는다고 했을까?'

곽도철이 얼마나 탐욕스러운지 잘 알기에 프랑켄슈타인은 마음이 찜찜했다.

"슬레이브, 시작해 볼까."

프랑켄슈타인이 명령을 내리자, 옆 좌석에 마네킹처럼 앉아 있던 로봇 슬레이브가 감청 프로그램을 실행했다.

곧 비행기에 탄 사람들의 목소리가 증폭되어 프랑켄슈타인이 귀에 낀 무선 이어폰을 통해 흘러나왔다. 그 음성은 슬레이브가 몸 전체로 흡수한 음파를 처리한 결과였다.

프리벨리지 놈들은 뉴욕 던전의 등급에 대해 이야기를 나누고 있었다.

등급은 출몰하는 몬스터, 던전 내부 공간의 크기, 몬스터를 통해 얻을 수 있는 성질석 등을 종합적으로 고려한 후에 결정되는데, F급에서부터 A급으로 나뉘어 있다. 대부분의 던전은 D등급, 혹은 E등급이었다.

뉴욕 던전에 잠시 들어갔다가 나온 사람들의 말에 따르면 최소 B등급, 어쩌면 A등급이 될지도 모른다는 소문이 돌고 있었다.

이어폰을 통해 들린 현문 길드 놈들의 대화 주제는 여기 비행기 안에서도 무공이었다.

"누가 뭐라고 해도 7대무문 중에서 최강은 스로칸입니다. 스로칸의 검술이야말로 현문이 앞으로 가장 중시해야 할 무공이라고 난 확신해요."

현문의 최유란이 말했다.

"스로칸은 지는 태양이지요. 전 오히려 태천문의 도법이야 말로 현문이 기본으로 채택해야 할 스킬이라고 생각합니다."

이성종이었다. 15인회에 속하는 세 명의 현문 각성자 중 김대욱은 개인적인 이유로 이번 뉴욕행에 참가하지 않았다.

모네타 놈들에게 집중하려는데, 속삭이는 목소리가 프랑켄슈타인의 이목을 끌었다.

"얼마 남았지?"

"3분도 남지 않았습니다."

은밀한 대답.

프랑켄슈타인은 노트북 키보드로 슬레이브에게 명령을 내렸다.

누가 그런 이야기를 주고받았는지 슬레이브가 알아내는 데는 1초도 걸리지 않았다.

바로 프리벨리지 길드의 블레저와 소윤희였다.

'3분? 대체 뭐가 있다는 거지?'

그때 블레저의 목소리가 들렸다.

"저 매드 사이언티스트가 뭘 알아낸 건 아니겠지?"

"그래 봐야 소용없을 거예요."

"그건 그래."

만족감이 담겨 있는 목소리는 오만하기 짝이 없었다.

프랑켄슈타인은 왠지 모르게 불길했다. 알아내 봐야 소용이 없다? 대체 무슨 뜻일까.

그 순간, 비행기 안전 검사를 블랙과 프리벨리지가 맡았다는 사실이 기억났다. 보통은 전문 기술에 밝은 로고스가 진행하는데, 이번은 예외였다.

'개새끼들, 비행기에 장난질을 친 게 분명해.'

프랑켄슈타인은 로봇 슬레이브에게 명령을 내렸다.

금속 재질의 몸통 안에 숨겨진 초소형 로봇이 비행기 곳곳으로 퍼져 나가 검사를 시작하는 데 걸린 시간은 불과 3분 남짓이었다.

거미와 지네를 닮은 초소형 로봇이 비행기 연료 탱크 근처에서 고성능 폭발물을 발견했다. 프랑켄슈타인은 즉시 알려진 폭발물 데이터베이스와 비교했는데, 놀라운 결과가 튀어나왔다.

'염화석과 사혈석? 이거 골치 아프군.'

성질석으로 폭발력을 수십 배 키운…… 까다로운 폭발물이었던 것이다.

프랑켄슈타인은 천천히 고개를 돌려 블레저를 노려보았다. 그 정도 폭발물이면 블레저 역시 무사하지 못할 것이다.

그때, 블레저가 프랑켄슈타인을 바라보며 빙긋 웃었다.

화가 난 프랑켄슈타인이 벌떡 일어난 순간, 블레저는 물론 옆에 앉아 있던 프리벨리지 놈들이 흐릿해졌다. 곧 그들은 사라져 버렸다.

'최면술인가? 당했어!'

프랑켄슈타인은 즉시 정신 이동을 시작했다. 몸은 여기 남더라도 이 고결하고 우월한 정신만은 보존하기 위해서였다.

그때, 연료 탱크 옆 폭탄이 쾅 터졌다.

비행기는 화염에 휩싸인 채 산산조각이 나며 새하얗게 빛나는 북극의 빙판으로 추락했다.

유니온 본부의 취조실.

바닥, 벽, 천장까지 새하얀 금속 재질인 단단한 방 중앙의 의자에 윤태희는 앉아 있었다. 손목에 채워진 능제갑은 바닥에 고정된 의자에 연결되어 있었다.

"오늘이 며칠일까?"

문득 찾아온 의문.

첩자로 몰려 감옥 같은 독방에 갇힌 이후, 서서히 시간 감각이 무너져 낮인지 밤인지조차 알 수 없게 되었다. 면회는 당연히 금지되었다. 가끔은 자신이 누구인지조차 헷갈렸다.

어디서부터 잘못되었지? 윤태희 자신도 답할 수 없는 질문이었다.

구둣발 소리가 들렸다. 곧 두꺼운 철문이 열렸다. 오늘도 평소처럼 사람의 모습을 한 괴물들이 취조실 겸 고문실로 들어섰다.

남자 한 명, 여자 한 명.

왼쪽 남자는 로고스 길드 소속으로 젊은 대학교수 느낌이다. 오른쪽 여자는 짧게 머리를 깎아 군인 느낌을 자아내는데, 현문 길드 소속 각성자였다.

'처음 보는 사람이야. 또다시 시작하는 건가.'

윤태희는 자신도 모르게 침을 꿀꺽 삼켰다.

"오늘 기분은 어때?"

생긋 웃는 여자.

윤태희는 할 수만 있다면 침이라도 뱉어 주고 싶었지만 능제갑에 묶여 의자에서 일어날 수조차 없다는 현실에 안타까울 뿐이었다.

"꿈을 꿨는데, 아침에 일어났더니 기억이 나지 않네요."

그 말에 현문의 장효정이 가져온 서류 봉투에서 사진 한장을 꺼내어 테이블 위로 밀었다.

매끄럽게 밀려와 윤태희 앞에서 멈춘 사진에는 중년 여자가 낡은 그네에 앉아 있었다.

흔들리는 눈빛.

그러나 윤태희는 왜 가슴이 먹먹해지는지 알 수가 없었다. 아는 사람일까?

"당신이 정말 윤태희라면 이 사람을 모를 리 없어. 당신을 키워 준 사람이니까."

"나, 나는⋯⋯."

아는 사람이지만 기억은 없다. 아무것도 생각나지 않는다. 윤태희 스스로도 답답해서 미칠 지경이었다.

"윤태희는 과거 기자였어. 지금은 페플 관련 소식을 다루는 프리랜서 블로거로 유명한 사람이고."

윤태희는 입을 열지 않았다. 기자로서의 삶도, 유명 블로거였던 시절도 전혀 떠오르지 않았던 것이다.

장효정이 두 번째로 꺼낸 사진에는 페플파크 정문으로 나오는 안진후가 찍혀 있었다. 이번에도 누군지 기억이 없는데, 마음이 움직였다.

"당신 옆집에 살았던 사람이야. 과거 남친의 막냇동생으로 아주 친했던 모양인데, 느껴지는 건 없어?"

윤태희는 말없이 장효정을 바라볼 뿐이었다.

장효정은 수첩에 표시를 한 다음 세 번째 사진을 꺼내어 윤태희에게 보여 주었다.

세 번째 사진을 본 윤태희는 아무런 반응을 보이지 않았다. 몸의 변화를 일부러 억누른 것이다.

"이 사람은 누군지 알아보겠어?"

"⋯⋯전혀."

이름은 기억나지 않지만, 알고 지낸 사람이라는 건 분명하다. 그만큼 느낌은 강렬했다.

"이 사람은 김현이야."

"중요한 사람인가요?"

"맞아."

"왜 중요하죠?"

"김현 역시 당신처럼 페플에서 이곳으로 넘어온 사람이니까."

"……."

윤태희는 장효정을 노려볼 뿐이었다. 그 사나운 눈빛에도 장효정은 표정 하나 바뀌지 않았다.

"저널리스트로서 살아가던 당신은 어느 날 각성의 징후를 보였고, 모네타 길드 소속 공지우에 의해 발탁되어 유니온의 아카데미에 들어왔어. 물론 당신이 진짜 윤태희라면 말이야."

"난 윤태희예요."

"뭐, 틀린 말은 아니야. 당신의 일부분은 윤태희니까."

장효정이 사진을 봉투에 다시 담으며 말했다.

"무슨 뜻이죠?"

"당신 내부에 진짜 기억이 일부나마 남아 있다는 뜻이지. 페트람으로도 윤태희의 기억을 완전히 지우지 못한 거야. 그건 바로 당신 안에 윤태희가 살아 있다는 뜻이기도 해."

귀에 못이 박히도록 들은 이야기.

처음엔 자신이 바로 윤태희라고, 대체 무슨 헛소리를 하느냐고 따졌지만 취조실로 들어와 질문을 퍼붓는 사람들의 주장이 점점 힘을 얻었다. 결정적인 이유는…… 윤태희에게 과거 기억이 없다는 점 때문이었다.

기억 상실은 페트람의 부작용이었다.

"……그쪽 주장이 옳다면, 나는 누굽니까?"

"이제야 인정을 하는 거야?"

피식 웃는 장효정.

"말이나 해 봐요."

"당신은 엘프입니다. 십중팔구 황금잎사귀 엘프 일족일 겁니다."

동그란 안경을 밀어 올린 주영환이 말했다.

"페플의 엘프였다가 페프람이라는 마법을 통해 여기로 나왔다는 건가요? 재미있네요."

"페프람이 아니라, 페트람입니다."

정정하는 주영환.

"사소한 일에 목숨을 거시네요. 원래 그렇게 예민해요? 아, 로고스라고 하셨죠?"

윤태희의 말에 주영환의 눈가가 꿈틀거렸다. 셔츠 아래에서 빠져나온 검은 물체 하나. 꽤 큰 독거미는 주영환의 손에서 튀어 올라 윤태희의 가슴에 떨어졌다.

놀란 윤태희가 상체를 뒤로 젖혔으나 독거미는 슬금슬금 목까지 올라왔다.

그때, 방이 흔들렸다.

아래로 떨어진 독거미.

윤태희는 재빨리 독거미를 밟아 버렸다. 새하얀 운동화에 짓눌려 터져 버린 독거미.

애지중지 아끼면서 독거미를 키워 왔던 주영환은 일그러진 얼굴로 몸을 일으켰으나, 다시 지진이라도 난 것처럼 취조실이 흔들리자 넘어지고 말았다.

겨우 몸을 일으킨 주영환과 장효정은 서로를 쳐다본 후, 서류를 챙겨 취조실 밖으로 나갔다.

"무슨 일이 생겼나?"

윤태희는 신경질적으로 손을 들어 올리려 했지만, 능제갑의 효과만 몸으로 느낄 수 있었다.

룩소르 사냥터 중심부.

저 아래 언덕 기슭에 동굴 입구가 보였다. 언덕 위쪽엔 시꺼먼 먹구름이 잔뜩 몰려와 있고, 거기서 조그만 번개 같은 스파크가 연이어 터지고 있었다.

입구 근처에는 무수한 몬스터들이 모여 있었다. 돌격 명령을 기다리는 군대 같았다.

"저기예요."

속삭이는 예살란의 목소리가 떨렸다. 흔들리는 눈에서 짙은 공포가 느껴진다.

"당신은 여기 있어요."

"그럴 순 없어요."

눈에 힘이 들어간 예살란.

고개를 끄덕인 노바디는 파르소겐에게로 시선을 돌렸다. 그리고 나직한 목소리로 물었다.

"드래곤이 저기 있을까요?"

"그렇다고 봐야지. 비디타스 님이 이유도 없이 사냥터에 나타날 리는 없으니까."

"드래곤을 죽이긴 힘들겠죠?"

말문이 막힌 파르소겐의 얼굴이 하얗게 질렸다. 만약 드래곤 헤라가 저 말을 들었다면, 어마어마한 재앙이 룩소르 사냥터는 물론 빛의 도시 엘루마까지 삼키고 말 터였다.

그러나 곧 눈앞의 인간이 이방인임을 깨닫고 평정을 되찾을 수 있었다.

이방인은 수십 명, 때로는 수백 명이 모여 드래곤 레어로 쳐들어간다. 결과는 전멸인데도 부활의 능력을 가진 이방인들은 개의치 않는다. 오히려 '드래곤 슬레이어'라는 망상에 사로잡혀 같은 실수를 반복한다.

'이 녀석도 결국은 이방인이었어. 저런 생각은 이방인에겐 자연스럽지. 죽음에 대한 공포를 전혀 모를 테니까.'

"왜 드래곤을 죽여야 한다고 생각하나?"

파르소겐은 차분하게 물었다.

"그야, 납치된 사람들을 구해 내야 하니까요."

"자네가 보기에 드래곤은 왜 여기 나타났을 것 같은가?"

"소환진을 만든 타크란과 관련이 있지 않겠습니까? 어쩌면 뱀파이어의 배후에 드래곤이 있을지도 모르죠."

"허허."

웃음이 나온다. 확실히 이방인에게 드래곤은 절대 악으로 여겨지는 모양이다. 드래곤이 문제를 해결하는 방식을 보면 이해 못 할 바도 아니지만.

"아닙니까?"

노바디는 대현자를 정면으로 응시했다.

"드래곤은 균형을 위해 존재하지. 드래곤 헤라는 바로 소환진을 무너뜨리기 위해 이곳에 온 걸세. 내가 염려하는 부분은 소환진을 파괴하는 과정에서 제물로 이용된 사람들도 같이 죽는 거라네."

"그러면 저기 왜 몬스터들이 모여 있는 걸까요?"

"……드래곤의 명령 때문이겠지. 비디타스 님을 만나면 이유를 알게 될 걸세."

"우리 편이라는 겁니까?"

의심이 담긴 질문은 호기심과 비난 사이에 걸쳐져 있었다.

이곳에서 태어나서 자란 사람만이 알 수 있는 이치를 이방인에게 설명하는 건 대현자에게도 어려운 일이었다.

"음, 몇 마디 말로 드래곤의 행동 방식을 설명할 순 없네.

종잡을 수 없을 때가 많으니까. 드래곤과의 대화는 내게 맡기게나. 괜히 성질을 건드렸다간 두고두고 후회할 일이 생길 테니 말이야."

"대현자님께 맡기겠습니다."

노바디의 눈빛은 여전히 강렬했다. 일단은 맡기되, 언제든 앞으로 나설 생각이었다.

"정찰을 시작하겠네."

파르소겐은 근처에 숨어 있는 망량을 부르기 시작했다.

드래곤 헤라에게 한번 들켰지만 그렇다고 해서 무작정 동굴 안으로 돌진할 수는 없다. 소환진의 규모, 형태, 구체적인 위치 등을 확실히 알아낸다면 무력화 방안도 좀 더 빨리 찾아낼 수 있을 터였다.

그때, 노바디의 눈앞에 반투명 창이 열렸다.

룩소르 사냥터 퀘스트 취소

룩소르 사냥터에서 날뛰는 몬스터 때문에 시작된 퀘스트는 이 시간부로 취소되었습니다. 이유는 말씀드릴 수 없으나, 룩소르 숲 전체와 빛의 도시 엘루마의 존폐와 직접적으로 관련이 있습니다.

이 공지를 받은 이방인은 당장 룩소르 사냥터에서 벗어나십시오. 누구든 사냥터에 남아 있다가 숲과 도시에 심각한 피해를 입힐 경우, 룬트란 왕국 차원에서 응징을 가할 것입니다.

다시 한 번 말씀드립니다. 퀘스트는 취소되었습니다.

이어서 도착한 메시지.

퀘스트 취소 통보

귀하가 신청한 퀘스트는 천재지변으로 취소되었습니다. 명검 퀘르는 언제든지 시청으로 오셔서 찾아가십시오.

-시장 대리 바젠 후작

노바디는 쓴웃음을 지었다. 드래곤의 개입이 천재지변이라니.

드래곤 헤라의 개입을 재빨리 알아차린 바젠 후작은 발 빠르게 움직였다. 어떤 일이 벌어져도 책임을 지지 않으려는 행동이었다.

세 번째 도착한 메시지는 안진후에게서 온 것이었다.

-지진이 발생했어. 진앙은 한강 지하. 닥터 프로메테우스에 따르면 소환진의 발동으로 인한 진동이라는데, 삼각측량으로 알아낸 위치는 유니온 본부야. 난 일단 노관장님, 부관장님과 함께 본부 쪽으로 이동할게.

노바디는 당장 저 동굴로 뛰어들고픈 마음을 다스렸다. 그리고 콜마에게서 배운 세 가지 가르침을 떠올렸다.

속내를 드러내지 마라.

답을 미리 정하지 마라.

겉모습으로 판단하지 마라.

놀랍게도, 날뛰는 마음이 가라앉았다. 머릿속이 선명해진 느낌이었다.

노바디는 벨란데르에게 메시지를 보냈다. 그 메시지는 안진후의 핸드폰으로 전달될 것이다.

─드래곤 헤라가 룩소르 사냥터에 나타났어. 그 목적은 소환진일 가능성이 매우 높아. 파르소겐은 드래곤이 소환진을 파괴하기 위해 왔다는데, 난 잘 모르겠어. 아무튼, 드래곤 헤라에 대해 내가 알아야 할 걸 모두 보내 줘. 분량은 상관없어. 부탁해.

잠시 후, 답이 왔다.

─갑자기 드래곤이라니. 깜짝 놀랐다. 어쩌면 운명의 구슬 때문에 나타났는지도 모르겠다. 운명의 구슬은 유니온 지하 비고 깊숙한 곳에 숨겨져 있는데, 최고의 방어 마법진이라 불리는 울티무펜시오에 의해 보호를 받고 있어. 드래곤이라면 그 방어 마법진을 무너뜨릴 수 있을지도 몰라. 아무튼 책 몇 권 보냈는데, 그중에서 추천한다면 전집 《룬트란 왕국의 역사》 10권이 아주 좋아. 드래곤뿐 아니라 신선에 대해서도 다루고 있으니까.

페플에서는 메시지를 통해 선물을 주고받을 수 있는데, 보석이나 책 같은 종류만 가능했다. 안진후가 보낸 책은 인벤토리에 들어가 있었다.

"스물두 권짜리잖아……."

한 권의 두께가 거의 4~5센티미터나 되는 책 스물두 권이 인벤토리 구석에 쌓여 있었다.

노바디는 10권을 꺼낸 후 분신을 만들어 냈다. 책 한 권을 여덟 조각으로 나누었는데도 두꺼웠다. 분신들과 눈빛을 교환한 노바디는 역사책을 읽기 시작했다.

주용석은 몸이 떨렸다. 이토록 아름다운 장면은 이전에도 없고, 이후에도 없을 것이다.

새하얗게 타오르는 원형의 게이트. 저 백색의 문을 통과하면 차원 너머의 세계로 이동할 수 있다.

쓰고 있는 가면이 답답해졌다. 혼자였다면 스스럼없이 가면을 벗고 맨얼굴로 저 장엄한 게이트를 마음껏 쳐다볼 수 있었을 텐데.

몸을 돌린 주용석은 드래곤을 바라보았다. 다른 의미로 몸이 떨려 왔다. 말 한마디 잘못하면 공든 탑은 와르르 무너질 것이다.

"베헤모스는 어디 있습니까, 위대한 존재시여?"

"저기 밖에."

"약속대로, 베헤모스를 제게 빌려주시면 저는 운명의 구슬을 가져다 드리겠습니다."

"좋아."

비디타스가 휘파람을 불자 조그만 동물이 종종걸음으로 다가왔다. 새끼 돼지였다.

눈썹 끝이 치솟은 주용석.

저 엘프의 정체를 알지 못했다면 당장 가장 잔혹한 방법으로 죽이려 했다가…… 오히려 더 고통스럽게 죽고 말았을 것이다.

"겉모습으로 판단하는 건 여기 인간이나 거기 이방인이나 다를 바가 없군."

비디타스는 붉은 반지를 던졌다.

식별 마법을 펼친 주용석의 눈이 휘둥그레졌다.

필루키람

대조련사 파레쿤이 드래곤 헤라를 위해 제작한 반지로, 일곱 종류의 동물을 뜻대로 움직일 수 있다.

일곱 종류의 성질석이 박혀 있어서 마력을 저장할 수 있는 이 반지의 가치는 상상을 초월한다. 룬트란의 건국왕 카보르탄이 이 반지에 눈독을 들이고 은밀히 용병을 보냈지만 드래곤 레어에서 모조리 실종되었다.

이 반지는 드래곤 헤라의 소유로, 오로지 일정 기간 동안 빌릴 수만 있다. 용병단이 드래곤 레어로 침입하여 이 반지를 훔쳤다가 모조리 좀비가 되어 벤도프 공동묘지를 헤매고 있다는 이야기는 매우 유명하다.

요구 조건 : 드래곤의 허락. 소유는 불가능하다. 오직 드래곤에게서 빌릴 수만 있다.

효과 : 동물과의 친화력 +500, 지혜 +200, 모든 마법 속성에 대한 저항력 +100%, 경험치 획득률 +300%, 아이템 드롭률 +200%

대가 : 정해진 기간 내에 돌려주지 않을 경우 저주가 발동된다. 저주에 대해서는 알려진 바가 없다.

반지를 받은 주용석은 반신반의하면서도 천천히 손가락에 끼웠다.

반지에서 시작된 뜨거운 기운이 몸으로 퍼져 나가자 놀라운 일이 벌어졌다. 작고 귀엽기까지 한 돼지 안에 갇힌 거대한 존재가 느껴졌다. 왜 베헤모스가 룩소르 사냥터의 왕인지 알 것 같았다.

탄성을 터트리며 고개를 돌린 주용석은 그 자리에 주저앉을 뻔했다.

'드, 드래곤 헤라!'

엘프의 몸에 들어앉은 드래곤의 힘이 고스란히 느껴져 다리가 후들거렸다.

겨우 정신을 차린 주용석은 게이트 앞으로 걸어갔다. 한숨을 내쉰 그는 붉은 반지를 앞에 내려놓고, 돌아섰다.

"곧 뵙겠습니다."

드래곤을 향해 정중하게 고개를 숙인 그는 접속을 끊었다.

시뮬레이터 밖으로 나온 주용석은 휘청거리다가 넘어지고 말았다. 웃음이 터져 나왔다.

"괜찮으십니까?"

비서 이상범이 다가왔다.

얼른 몸을 일으킨 주용석은 벽과 천장을 살폈다. 갈라진 곳은 없었다.

"건물 전체가 흔들렸지?"

"네."

"사람들 반응은?"

"지진이 났다고 생각하는 모양입니다."

"다행이군."

주용석은 서둘러 시뮬레이션 룸을 벗어나 룩소르 사냥터의 소환진이 이쪽에 열어 놓은 게이트가 있는 곳으로 향했다. 바로 창고였다.

창고 앞에는 낯익은 각성자들 몇 명이 서 있었다.

'역시 감이 좋아. 진동의 근원이 여기라는 걸 이렇게나 빨리 알아차리다니.'

"감찰관님도 오셨군요."

그중 한 사람이 말했다.

씩 웃으며 다가간 주용석은 검게 물든 수도로 그 사람의 목을 잘랐다.

피부가 찢어진 목에서 터져 나오는 핏물.

주용석은 피를 뒤집어쓰면서도 또 다른 목표물을 놓치지 않았다. 그의 검은 손은 달아나는 여자의 등을 뚫고 들어가 박동하는 심장을 터트렸다.

또 다른 사람은 이상범의 단검에 옆구리와 가슴이 연거푸 찔려 쓰러졌다.

"잘했어."

주용석은 주머니에서 꺼낸 열쇠로 창고 문을 열었다.

텅 빈 커다란 창고 중앙에 새하얀 게이트가 열려 있었다.

여기서도 저 게이트는 아름다웠다.

　게이트 안으로 걸어가던 주용석이 이상범을 쳐다봤다.

　"시작하라고 연락해."

　"알겠습니다."

　고개를 끄덕인 이상범이 창고 밖으로 나가자, 주용석은 게이트를 통과했다.

　기분이 이상했다. 요란한 무지갯빛 터널을 아주 오랫동안 통과한 느낌이랄까.

　하지만 실제로는 2~3초 정도 걸렸다.

　주용석은 소환진 중앙 부근에 놓인 붉은 반지 필루키람을 볼 수 있었다. 그 너머에는 위대한 존재 비디타스가 멧돼지처럼 커진 베헤모스에 앉아서 이쪽을 쳐다보고 있었다.

　"그게 진짜 몸인가?"

　"그렇습니다."

　"재미있군. 잡아다가 피부를 벗기고 근육을 가닥가닥 파헤치고 싶지만 다음 기회를 노려 볼 수밖에 없겠어."

　몸을 일으킨 비디타스가 다가오며 살벌한 농담을 던졌다.

　"곧 운명의 구슬을 드리겠습니다."

　"날 속일 생각은 버리는 게 좋아. 그 반지는 진짜 운명의 구슬에만 반응하니까."

　"알겠습니다."

　붉은 반지를 낀 주용석은 베헤모스를 쳐다보았다.

멧돼지 몸집의 베헤모스는 뒤뚱거리며 다가왔다. 그 내부의 힘을 느낄 수 있는 주용석은 마치 세상의 왕이 된 기분이었다.

그 순간, 자신도 모르게 반지를 어루만진 주용석.

'베헤모스를 마음대로 조종할 수 있으면…… 내 앞을 누구도 막을 수 없어.'

그때, 비디타스가 마법으로 정령을 소환했다. 불의 정령은 모래시계 하나를 들고 있었는데, 샛노란 알갱이가 떨어지기 시작했다.

"서두르는 게 좋을 거야."

반투명 메시지 창이 나타났다. 타이머였다. 세 시간 안에 필루키람을 돌려주지 않으면 반지 내에 숨겨진 저주가 발동될 터였다.

"……알겠습니다."

주용석은 게이트를 통과했다.

베헤모스가 뒤따랐고, 밖에서 대기 중이던 몬스터들이 그다음이었다. 괴조 카람, 거대 개미 안투크, 좀비와 광전사, 물귀신 같은 정령 라리렌 그리고 악마 타프까지 드래곤의 명령을 받고 게이트를 통해 이계로 넘어갔다.

창고를 가득 채운 몬스터들.

주용석은 다시 한 번 고양되는 기분을 느꼈다.

'이 반지만 있으면, 유니온을 무너뜨릴 수 있어. 나만의 조

직을 만들 수도 있을 텐데.'

시선이 느껴졌다. 명령을 기다리는 충성스러운 군대가 그를 바라보고 있었다.

활짝 웃은 주용석이 입을 열었다.

"베헤모스와 라리렌은 나와 함께 아래로 내려간다. 나머지는 위로 올라가며 모조리 죽여라."

악마 타프가 몬스터를 이끌고 창고 밖으로 내달렸다.

"밖에 있는 친구들을 불러들여 볼까?"

주용석이 지시를 내리자, 베헤모스는 천장을 향해 고개를 들었다. 벌어진 입에서 뿜어져 나온 붉은 빛은 레이저 빔처럼 천장으로 솟구쳐 올랐다.

금세 천장에 구멍을 뚫은 그 빛은 기세를 잃지 않고 계속 위로 뻗어 나가 유니온 본부를 외부로부터 막아 내는 섹터7 구획 방어 마법진의 핵심 부분을 녹였다.

마력이 주입된 방어 마법진이 폭발하자 본부 전체가 이전보다 더 크게 흔들렸다. 강렬한 화염은 근처에 있던 마법진으로 옮겨붙었는데, 현섭 같은 공간 이동 기술을 막아 내는 몇 개의 마법진도 함께 폭발했다.

주용석은 속이 후련했다. 난공불락의 요새를 자기 손으로 무너뜨린 기분이었다.

"자, 이젠 아래로 가 볼까."

베헤모스는 주둥이를 아래로 향한 채 숨을 토해 냈다.

붉은 빛이 뿜어져 나와 바닥에 닿자 특수 소재로 제작된 바닥 재질이 녹아내리기 시작했다. 얼마 못 되어 직경 2미터의 구멍이 생겼다.

"아주 좋아. 가자."

주용석은 그 구멍으로 뛰어내렸고, 베헤모스가 애완견처럼 따랐다.

수면실은 어두웠다.

흐릿한 빛 아래에는 수면 캡슐 수십 개가 놓여 있고, 반투명 재질의 뚜껑 아래는 텅 비어 있거나 휴식을 취하기 위해 찾아온 사람들이 누워 피곤을 풀고 있었다.

지하 깊이 자리 잡은 유니온 본부에서 일하려면 이곳 수면실에 익숙해질 수밖에 없다. 오랫동안 햇빛을 보지 못하고 생활하기 때문에 캡슐의 도움 없이는 잠들기 힘들었던 것이다.

이유정은 팔베개를 한 채 캡슐 안에 누워 있었다.

평소와 달리 잠이 오지 않는 이유는 한 사람 때문이었다.

윤태희.

동기생인 백정현에게 문제가 생긴 후, 윤태희마저 격리 조치를 당했다. 요즘에는 윤태희가 페플 첩자라는 소문이 나돌고 있었다.

"얼른 결론이 나야 할 텐데."

아카데미 교육은 중단되었다. 졸업은 물론 길드 배치도 당연히 연기되었다.

한숨을 쉬며 눈을 감으려는데 방 전체가 크게 흔들렸고, 곧 요란한 소리가 벽에 달린 스피커에서 터져 나왔다.

사이렌 소리였다.

그리고 붉은 조명이 수면실을 환히 밝혔다. 눈이 부셔, 이유정은 버튼을 눌러 뚜껑을 열었다.

근처의 캡슐도 열렸다.

두리번거리던 사람들은 일제히 개인용 단말기 어시스터를 찾았다.

유니온 본부로 들어오면 누구나 핸드폰을 반납한다. 전파가 터지지 않기 때문에 핸드폰은 유니온 본부 내에서 무용지물일 뿐 아니라 보안 문제로 사용이 불가능했던 것이다. 대신 지급되는 기기가 바로 어시스터였다.

삐삑.

이유정이 움켜쥔 어시스터에 명령서가 도착했다. 중앙통제실에서 보낸 명령은 간단했다.

– 섹터7으로 이동 후 부상자 치료

이유정은 적잖이 놀랐다.

'섹터7은…… 출입이 금지된 곳이잖아. 유니온 최강의 마법진이 설치된 곳이라서 들어가 보려고 몇 번이나 요청했을 때는 안 된다더니. 대체 무슨 일이야?'

주위 사람들은 캡슐 밖으로 나와 수면실 밖으로 서둘러 나갔다. 이유정도 복도로 나왔는데, 오가는 사람들의 얼굴은 전에 없이 혼란스러운 표정이었다.

동기 교육생 고승조가 맞은편에서 다가왔다.

"난 아래 섹터8 기계설비실로 가."

"……난 섹터7."

"무슨 일인지 알아?"

"전혀."

"조심해."

"너도."

이유정은 섹터7으로 향했다. 격벽 몇 개가 내려와 있었지만 어시스터를 대자 벽은 저절로 열렸다.

섹터7 입구 문이 열리자, 후끈한 공기가 몸을 덮쳤다. 안으로 들어섰더니 비명이 들렸다.

한 사람이 괴성을 지르며 달려왔다. 몸에 불이 붙은 그는 이유정 옆을 지나 벽으로 달려가 부딪친 후 경련을 일으켰다.

이유정은 그 앞에 앉아 치료 마법을 펼쳤으나 이미 늦었다. 눈앞에는 생명이 떠나간 숯덩이만 남아 있었다.

많은 사람들이 명령을 받고 섹터7으로 몰려왔다. 그들은 어떻게든 화재를 진압하려 애를 썼지만, 불길은 점점 더 거세게 퍼져 나갔다.

돔처럼 생긴 벽에는 아라베스크 같은 복잡한 마법진이 설치되어 있었다. 곳곳에 균열이 났고, 거기로 불길이 뿜어져 올라와 마법진을 태우고 있었다. 마력이 모이는 부분에서는 스파크가 탁탁 튀었다.

어시스터로 후퇴 명령이 전달되었다. 섹터7을 포기한다는 뜻이었다.

이유정은 부상자들과 함께 섹터6로 나오며 뒤를 돌아봤다. 화마는 벽과 천장을 타고 섹터7을 먹어 치우는 중이었다. 격벽이 내려와 섹터7을 봉쇄하고 있었다.

고승조는 징 박힌 장갑을 위로 잡아당겼다. 긴장을 풀기 위한 그만의 버릇이었다.

"각성자님이시죠?"

옆에 있던 30대 중반 남자가 물었다. 그는 자동소총을 들고 있었다.

"……그렇습니다."

"대체 저 밖에 뭐가 있는 겁니까?"

"……."

고승조는 입을 다물었다. 그 자신도 아는 바가 없어서였다. 그러나 유니온 본부 경비를 위해 고용된 용병에게 그런 대답을 할 수는 없다.

이유정은 섹터7으로 갔다. 평소에는 접근도 불가능한 곳으로 왜 갔을까? 지진으로 본부가 크게 흔들렸고, 이제는 무장한 채로 지하와 연결된 문을 지키고 있다.

'그 진동, 정말 지진이었을까?'

의문은 점점 커졌고, 덩달아 긴장도 팽팽해졌다.

기괴한 소리가 들렸다.

무언가 계단을 딛고 올라오는 듯한 소리는…… 마치 손톱 수십 개가 일제히 칠판을 긁는 것만 같았다.

고승조는 자신도 모르게 침을 삼켰다.

그때, 쿵! 두꺼운 철문이 안쪽으로 우그러졌다. 쿵쿵, 우묵해진 철문은 경첩이 뜯겨 나가며 안으로 날아왔고, 그 너머에서 상상조차 못 한 것들이 튀어나왔다.

"저, 저게 뭐야?"

고승조에게 질문했던 용병이 방아쇠를 당겼다.

탕탕탕.

총구에서 뿜어져 나간 총알은 돌진하는 몬스터의 몸에 박혔다.

거대한 개미 안투크는 그 용병을 덥석 물었다. 어깨가 갈라지며 피가 분수처럼 솟구쳤다.

뒤쪽에서 좀비들이 몰려나왔다.

고승조가 정신을 차리고 뻗은 주먹에 좀비 한 마리의 가슴이 뭉개지며 뒤로 날아가 동족 셋과 함께 넘어졌다. 그러나 곧 일어났고, 비틀거리면서도 빠르게 달려들었다.

사방에서 총탄이 쏟아졌지만 대부분 대인 화기여서 효과는 크지 않았다. 주먹으로 후려치고, 무릎으로 차올리고, 팔꿈치로 돌려 치며 다가오는 몬스터를 고승조 혼자 상대했지만, 방어선은 점점 뒤로 물러나고 있었다.

"후퇴!"

명령이 떨어졌다.

고승조는 돌진하는 몬스터를 효과적으로 뿌리치며 물러섰다. 곧 격벽이 내려오기 시작했다.

"……살려 줘!"

다리를 잃은 사람이 애처롭게 소리쳤다. 열 명 넘는 사람들이 피를 흘리며 버려졌다. 고승조는 그들을 구할 수 없음을 잘 알았다.

쿵, 격벽이 내려와 닫혔다.

뼈를 씹는 듯한 소리와 함께 비명이 어렴풋이 들렸다.

유니온 본부 중앙통제실.

엄명욱은 입을 벌린 채로 벽에 붙어 있는 수십 개의 화면을 올려다보았다.

'꿈일지도 몰라.'

섹터7은 폐쇄되었다.

유니온 본부를 유지하고 방어하는 데 절대적으로 필요한 마법진은 모두 작동이 중단되거나 붕괴되었다. 게다가 그 중요한 구획을 지키기 위해 투입된 사람들 중 다수가 화상을 입거나 죽었다.

본부 하부 지역과의 연결 고리인 섹터8 기계설비실은 몬스터 습격으로 내주고 말았다. 끝까지 싸우던 동기생 고승조까지도 몬스터의 기세에 밀렸다.

상황은 분명했다.

전쟁!

페플의 혈문이 대규모 침공을 시작한 것이다. 그게 아니라면 저 화면 속 혼란을 설명할 방법이 없다. 혈문이 유니온 지하 어딘가에 게이트를 연 것이다.

"모두 주목!"

중앙통제실장이 말했다.

엄명욱은 그를 쳐다봤다. 통제실에서 일하는 사람들 모두 실장의 입을 주시했다.

"다들 알다시피 섹터7은 기능을 잃었다. 그리고 아래쪽에서 올라오는 몬스터의 위협 정도는 아직 가늠할 수조차 없다. 혈문이 개입한 일이라면, 진짜 전투는 아직 시작되지도 않았다고 봐야 한다. 해서, 본부를 버리기로 결정했다. 다들 지상으로 올라가 각자 소속된 길드로 집결하도록."

충격으로 10초간 아무도 움직이지 않았다. 그들에게 유니온은 난공불락의 요새였다. 유니온 본부를 버리라니.

"명령이다!"

그 말에 사람들은 즉시 반응했다.

엄명욱은 사람들로 붐비는 출구를 쳐다봤다. 서로가 먼저 나가려고 다투고 있었다.

엄명욱은 의자에 털썩 주저앉았다. 지금 상황을 받아들이기 힘들었다. 상상을 초월하는 감시의 눈길을 속이고 유니온 지하로 몬스터들이 대거 침입했다?

이름 하나가 떠올랐다.

윤태희.

혹시 윤태희가 이번 사태와 관련이 있을까?

갇힌 채로 매일 취조를 받는 윤태희가 은밀히 게이트를 열었을 리는 없다. 하지만 윤태희 같은 첩자가 유니온 내부에 잠입해 있다면 이야기는 달라진다.

어느새 몇 명밖에 남지 않은 중앙통제실.

"자네는 왜 거기 있나?"

실장이 물었다.

"……챙길 게 있어서요."

"서두르게."

"네."

엄명욱은 테이블 아래로 몸을 숙여 가방을 들어 올리며 가방 안에 붙어 있던 망량 한 마리를 풀어놓았다. 두 발로 서서 엉덩이를 땅에 대고 올려다보는 생쥐 같은 망량에게 엄명욱은 지시를 내렸다.

'들키지 마라.'

망량은 책상과 책상 사이의 틈으로 숨었다.

중앙통제실 밖으로 나간 엄명욱은 일단 짐을 챙기기 위해 개인실로 향했다. 침대에 앉아 바깥에서 들리는 소란을 무시하며 눈을 감은 그는 망량의 감각에 마음을 기울였다.

'책상 위로 올라가서 주위를 살펴.'

지시에 순순히 따르는 망량 덕에 벽에 붙은 대형 스크린은 물론 앞쪽에 몰려 있는 몇 명의 사람들을 볼 수 있었다. 물안경을 쓰고 바닷속을 보이는 것처럼 시야는 그리 좋지 않았다.

"왜 아직 연락이 없는 거야?"

실장이 짜증을 냈다.

"11지점 근처에 도착했답니다."

"그 새끼들은 시간개념이 없어."

"그래도 소환진은 제때 발동했지 않습니까."

"하긴."

"본부의 피해가 심각합니다."

"창조하려면 먼저 파괴하는 수밖에 없으니까."

그렇게 말한 실장은 정확히 망량이 있는 곳으로 몸을 돌렸다.

엄명욱은 즉시 망량과의 연결을 끊었다. 망량을 향해 날아오는 실장의 모습이 얼핏 보였다.

"휴우."

엄명욱은 숨을 헐떡거렸다. 중앙통제실장이 유니온을 배신했다는 사실을 도저히 믿을 수 없었다.

가방을 든 채 복도로 나온 엄명욱은 사람들 사이로 숨었다.

트란스

노바디는 예살란과 함께 입구로 들어섰다. 앞서 걷던 파르소겐이 뒤를 돌아보며 속삭였다.

"마물이 저 안으로 들어갔으니 다들 조심하게."

"네."

고개를 끄덕인 노바디는 콧등을 찡그렸다. 몬스터들이 모여 있었던 자리엔 똥오줌이 쌓여 있었다. 거기서 올라오는 냄새는 고약하기 짝이 없었다.

어디에선가 들은 적이 있다. 공포에 질리면 똥오줌을 지린다고.

겉모양과 달리 동굴 안쪽은 평평했다. 누군가가 인공적으로 만든 동굴이었다.

파르소겐이 주술로 끌어낸 망량이 빛을 뿜어낸 덕에 주위는 밝은 편이었다. 그래도 언제 어디서 튀어나올지 모르는 몬스터 때문에 전진은 느렸다.

통로는 짧았다.

"다 왔네."

꼼꼼한 정찰로 내부 구조를 파악한 대현자는 반딧불처럼 빛을 발하는 망량을 풀어 주었다. 빛이 사라지고 어둠이 내려앉자 앞쪽이 훨씬 밝아졌다.

천천히 걷는 대현자.

노바디는 그 뒤를 따르면서 드래곤 헤라에 대해 알게 된 내용을 떠올렸다.

여덟 명이 동시에 역사책을 읽었지만 시간은 부족했다. 그래도 한 가지는 알 수 있었다.

수천 년의 수명, 도시 하나쯤은 쉽게 파괴할 수 있는 무력을 소유한 위대한 존재 드래곤이 중시하는 유일한 영역은 바로 자존심이었다.

자존심을 건드리면 드래곤은 분노한다. 그 화염은 당사자뿐 아니라 주변 지역까지 태워 버린다. 바로 그 때문에 파르소겐이 저토록 조심하는 것이다.

'드래곤은, 동네 깡패나 다름없어. 자기 힘을 믿고 제멋대로 설친다는 점에서는.'

대현자는 통로를 벗어나 홀처럼 커다란 곳으로 접어들었

다.

빛을 내뿜는 거대한 마법진 중앙에 차원의 문이 생성되어 있었고, 제물들은 고통으로 신음을 흘리며 몸부림치고 있었다. 여자들의 몸 근처에서는 조그만 번개가 팍팍 터졌고, 그럴 때마다 비명이 터져 나왔다.

몬스터는 어디에도 없었다. 분명히 동굴 안으로 들어갔는데. 전부 흔적도 남지 않고 죽어 버렸을까?

아니면?

노바디는 빛나는 게이트를 쳐다보았다. 밖으로 나가는 다른 통로가 없다면 저기뿐일 것이다.

"자네로군."

마치 반기는 듯한 목소리.

엎드린 타크란의 등에 걸터앉은 드래곤 헤라, 아니 엘프 비디타스였다. 졸지에 의자가 되어 버린 타크란은 당황한 표정으로 땀을 뻘뻘 흘리고 있었다.

비디타스를 본 노바디는 가슴이 쿵 내려앉는 느낌을 받았다. 왜 그런지 스스로도 알 수 없었다. 다만, 잘생긴 엘프 특유의 얼굴인데…… 무언가 다르다는 점은 분명했다.

그 얼굴을 보고 있으면 마치 산꼭대기에서 아래로 펼쳐진 협곡과 숲, 그 사이로 급류가 되어 흐르는 강줄기…… 그리고 그 너머에 자리 잡은 도시를 한꺼번에 내려다보는 듯한…… 묘한 착각에 사로잡혔다.

노바디는 고개를 저어 정신을 차렸지만, 다시 한 번 비디타스를 보며 이번에는 장엄한 그랜드캐니언 앞에 선 기분을 느꼈다. 도무지 이해할 수 없는 느낌이었다.

　　파르소겐이 앞으로 걸어 나가 고개를 숙였다.

　　"위대한 존재를 뵙습니다."

　　"죽으러 온 건가?"

　　장난기가 깃들어 있지만 듣는 사람에겐 죽음 같은 질문이었다.

　　"사소한 부탁을 드리기 위해 무례를 범했습니다."

　　"무례까지야. 말해 봐. 자네 이야긴 귀 기울여 들을 가치가 있으니."

　　비디타스는 파르소겐 뒤로 다가서는 노바디와 예살란을 쳐다봤다. 샅샅이 훑어 내리는 시선은 아주 강렬했다.

　　노바디는 시선을 마주하지 않았다. 그랬다가는 그 기이한 착각에 빠질 터였다.

　　"그 전에 한 가지 확인하고 싶습니다. 균형을 위해 이곳에 오신 게 아닙니까?"

　　"난 균형을 위해 태어났고, 균형을 위해 숨 쉬고 살아가고 있지. 지금도 마찬가지야."

　　"그러면 왜 발동된 소환진을 지켜보고만 계십니까?"

　　"지금 날 힐난하는 건가?"

　　비디타스의 입가에 짙은 미소가 걸렸다. 웃는 얼굴도 무서

올 수 있음을 보여 주는 표정이었다.

"그, 그건 아닙니다."

당황한 대현자.

"자네는 오늘 여기서 죽을 거야. 그 작은 부탁이라는 게 뭔가? 자네 유언으로 생각하고 들어주지."

드래곤의 미소가 더욱 강렬해졌다. 사형선고를 내린 재판 관과는 어울리지 않는 표정이다.

"……제물들을 풀어 주십시오."

"제물들? 아, 저것들 말인가?"

비디타스는 그제야 버둥거리는 여자들을 발견한 듯 고갯 짓으로 가리켰다.

"그렇습니다."

"설마, 자네가 저것들을 위해서 목숨을 걸고 여기까지 들 어온 건가?"

"……자비를 베푸시길 부탁드립니다."

"아니야, 아니야. 난 자넬 잘 알아. 자넨 악과는 거리가 멀 어. 그렇다고 선을 위해 목숨을 거는 사람도 아니야. 자넨 호 기심에 이끌리는 사람이지. 저것들 때문에 여기까지 날 찾아 올 리는 없어. 음, 자넨 저 마법진 때문에 온 거야. 소환진을 직접 보기 위해서. 차원의 문 너머 이계가 어떤 곳인지 알기 위해서 온 거지."

비디타스의 예리한 지적에 대현자는 아무 말도 하지 않았다.

드래곤은 씩 웃으며 파르소겐 뒤에 서 있던 노바디를 바라보았다.

"아, 너였군. 저것들을 위해 여기까지 찾아온 건."

노바디는 용기를 내어 드래곤을 바라보았다.

분명 조각처럼 잘생긴 엘프였다. 하지만 그는 범선 꼭대기 망루에 서서 사방으로 뻗어 나간 거대한 바다를 보고…… 배의 요동을 통해 온몸으로 느끼고 있는 것만 같았다.

왜 이런 기분이 들까?

무엇보다, 장엄한 대자연의 광경 앞에 자기 자신은 사라져 버리고 오직 압도적인 풍광만 존재하는 것 같았다.

비디타스는 혼란에 빠진 노바디를 흥미롭게 쳐다보고 있었다.

노바디는 망설였다.

역사책에 기록된 드래곤은 분명히 오만한 동네 깡패 같은 존재였다. 하지만 직접 대면한 저 드래곤 헤라는…… 너무나도 거대해서 그 앞에 서기만 해도 움츠러들 수밖에 없는…… 대자연이었다.

'말이 안 돼. 어떻게 이럴 수가 있지?'

노바디는 이곳에 온 이유를, 그 진지한 목적을 기억해 냈다. 그래야 입을 열 수 있을 것 같았다.

"맞아! 난 사람들을 구하러 왔어!"

노바디는 힘겹게 올라간 산 정상에서 고함을 지르듯 외쳤다. 그래야 메아리가 돌아오듯 드래곤으로부터 대답을 들을 수 있을 것만 같았다.

깜짝 놀란 파르소겐이 고개를 홱 돌려 노바디를 쏘아보았다.

"자네……."

그때 비디타스가 손을 뻗자 거기서 흘러나온 흡입력이 파르소겐을 당겼다. 보이지 않는 밧줄에 묶인 채 끌려간 대현자는 차원의 문을 통과해 그토록 보고 싶어 했던 반대편 이계로 넘어가 버렸다.

"난 저 괴팍한 현자의 소원을 들어줬을 뿐이야. 그보다, 왜 이방인이 아무런 상관도 없는 제물 따위에게 관심을 가지는 거지?"

비디타스가 일어난 순간 몸에서 어마어마한 기세가 흘러나와 파도처럼 퍼져 나갔다.

타크란은 바위에 짓눌린 토끼처럼 바닥에 찌그러졌다.

근처의 땅이 거미줄 형태로 갈라지며 아래로 푹 꺼졌다. 천장과 벽도 압력을 이기지 못하고 금이 가고, 조각들이 떨어지며 흙먼지를 뿜었다.

숨조차 쉬지 못한 예살란은 그 힘에 다리가 후들거렸고, 노바디가 잡아 주지 않았다면 주저앉고 말았을 것이다.

노바디의 발이 땅바닥을 쿵 밟은 순간 몸을 옥죄던 압력은 절반 이하로 줄어들었다.

달려드는 기세에 휩쓸리지 않고 겨우 버티면서도 비디타스를 바라본 노바디는 동굴로 들어올 때까지는 전혀 상상도 못 한 욕심이 생겼다.

처음으로 닮고 싶은 존재가 나타난 것이다.

저 드래곤 헤라는 도달하고 싶은 목적지 같은 존재였다.

드래곤 특유의 강함 때문은 아니었다. 노바디는 엘프로 변신한 저 드래곤이 보여 주는 평온한 자신감, 가만히 서 있을 뿐인데도 대자연 특유의 압도적인 존재감을 드러내는 분위기를 자신의 것으로 만들고 싶었다.

두 명의 사부, 페플의 셀레스카르와 현실의 현기명은 제각기 다른 장점을 가진…… 존경하는 사람들이었다. 하지만 두 사람처럼 되고 싶다는 생각을 해 본 적은 없었다.

겔란드의 우직함, 콜마의 지혜를 배우고 싶어 했을 뿐, 그들 같은 사람을 꿈꾸진 않았다.

노바디에게 눈앞의 드래곤은…… 눈빛, 표정, 말투, 서 있는 자세, 능력, 사고방식까지 모조리 복사하고픈, 그래서 그 자리를 꿰차고 싶은 그런 존재였다.

노바디는 소환진의 제물로 잡혀간 사람들을 구하러 온 지금 이런 생각을 한다는 사실이 부끄러웠지만, 그래도 자신의 감정을 부정할 수는 없었다.

비디타스는 활짝 웃었다.

"타각? 셀레스카르가 근래에 이방인을 제자로 삼았다더니, 사실이었어."

노바디는 그 강렬한 갈망을 숨겼다. 이곳에 온 이유에 충실해야 한다. 그는 떠오른 생각보다 비열한 질문을 드래곤에게 던졌다.

"드래곤이 왜 뱀파이어를 돕고 있지?"

비디타스의 미소가 흔들렸다. 아주 잠시 광기로 물든 진짜 얼굴이 드러났다.

"뱀파이어를 도와? 내가?"

비디타스가 손을 내밀자, 바닥에 눌려 있던 타크란이 날아왔다. 뱀파이어의 목을 움켜쥔 비디타스는 여전히 노바디를 응시하고 있었다.

손에서 시작된 화염.

"아아악!"

타크란이 몸을 뒤흔들며 비명을 터트렸지만, 목을 태운 불길은 얼굴로 옮겨 갔다. 뺨이 타자 안쪽의 이빨이 드러났다. 눈동자가 퍽 터졌고, 이마의 핏줄이 불길에 타들어 갔다.

곧 타크란의 몸이 축 늘어졌다. 그래도 불꽃은 내부까지 태우려는 듯 기세가 꺾이지 않았다.

뱀파이어를 던져 버린 비디타스는 손에 묻은 그을음을 소매에 닦았다.

"다시 질문해 봐."

노바디는 아무 말도 못 했다.

자신이 던진 질문이 타크란을 죽였다. 마치 눈 쌓인 산을 향해 돌멩이를 던져 산사태를 일으킨 어리석은 소년이 된 기분이었다.

다시 그 갈망이 살아났다.

팬클럽 회장의 눈에 비친 아이돌 가수처럼, 노바디는 숭배하는 눈빛으로 비디타스를 바라보았다. 조치를 취하지 않으면 강렬한 자석에 이끌리는 철 가루처럼 가까이 갈지도 몰랐다.

'정신 차려!'

속으로 고함을 지르며 얼굴을 일그러뜨린 노바디는 소환진에서 몸부림치는 여자들을 쳐다봤다. 그들의 고통이 느껴지자 그 욕망은 사그라들었다.

"……뱀파이어를 돕는 게 아니라면 왜 소환진을 멈추지 않는 거지? 왜 저 사람들을 구하지 않는 거야?"

"왜 내가 그래야 하지?"

드래곤의 반문을 노바디는 즉시 이해했다.

활화산이 폭발하여 기슭의 마을을 화산재로, 용암으로 덮어 버린다고 해서 자연현상을 탓할 수는 없다. 해일로 어촌이 폐허가 되었다고 해서 바다를 욕하며 저주하는 사람도 없다.

그 순간, 노바디는 퀘스트를 취소한 시장 대리 바젠 후작의 설명이 옳았음을 깨달았다. 또한 자신이 드래곤을 죽일 수 있는지 묻자 대현자 파르소겐이 왜 황당한 표정을 지었는지 이해할 수 있었다.

'드래곤은…… 천재지변이자 재앙이었어. 아니, 아니야! 난 인정할 수 없어. 저 엘프가 아무리 강해도, 아무리 화산이나 바다처럼 거대해도…… 난 여기서 포기할 수는 없어.'

"한 번 포기하면 두 번, 세 번 포기하게 되니까."

노바디는 자신도 모르게 입 밖으로 내뱉은 후에야, 목소리를 귀로 들을 수 있었다.

"포기? 설마, 여기까지 와서 포기한다는 건가? 역시 벌레 같은 인간이로군."

소녀 같은 순수함으로 비웃는 비디타스.

노바디는 갑자기 치솟는 분노에 사로잡혔다. 이 기분이라면 하늘을 향해 주먹을 들며 욕을 퍼붓고, 밀려드는 집채 같은 파도를 향해 돌진할 수 있을 것 같았다.

옛날 생각이 났다.

반 분위기 흐린다는 이유로 주먹을 휘두르는 놈들. 싸움뿐 아니라 공부도 잘하는, 거기에 집까지 아주 부유한 놈들 뒤에는 선생님들이 있었다. 어떤 짓을 해도 선생님들은 놈들 편이었다.

기분 나쁘다고 때렸다.

날씨 흐리다고 돈을 빼앗았다.

여자아이들 앞에서 약한 아이의 바지를 벗긴 후 낄낄거렸다.

엘프처럼 생긴 저 드래곤은…… 그놈들과 비슷했다. 힘이 있으니 자기 마음대로 할 수 있고, 그게 마땅하다고 생각하는 놈들. 약한 자를 벌레 취급하는 놈들!

노바디는 결각보를 펼쳤다. 잔상을 남기며 앞으로 달려갔지만, 비디타스는 10미터 남짓 떨어진 곳에 나타났다. 공간이동 마법 텔레포트였다.

현섬을 펼친 노바디.

비디타스 바로 앞에 나타난 노바디가 천무삼권의 절초 중 위경근의 수법으로 주먹을 뻗었다.

묵직한 주먹이 비디타스의 명치에 닿기 직전, 엘프의 몸이 흐릿해졌다.

"제법이야."

속삭이는 듯한 목소리는 꽤 먼 곳까지 또렷하게 전달되었다.

노바디는 더 빨리 현섬으로 이동했다.

비디타스는 텔레포트를 펼쳐 공간을 이동하고 있었다.

노바디가 안간힘을 다하며 비디타스를 쫓고 있지만, 번번이 결정적인 순간에 놓치고 말았다.

쾅!

노바디가 타각을 펼쳐도, 비디타스는 절묘한 방위로 빠져

나가 그 충격력에서 벗어나 버렸다.

손끝에서 불과 10센티미터 떨어진 곳에 있으면서도 도저히 잡을 수 없는 존재.

이를 악문 노바디는 분신을 만들었다. 두 명의 노바디가 현섬을 펼치자 비디타스의 눈이 커졌다.

"오호라, 현섬에 이어서 분신이라. 대단한걸. 벌레치곤 말이야. 이런 즐거움은 오랜만이라서 작은 조언을 하지 않을 수 없군. 분신술은 조심하는 게 좋아. 뒤통수 맞기 쉬운 기술이니까. 따지고 보면 현섬도 위험하지만 말이야. 뭐, 내 말이 들리지도 않겠지만."

여전히 손끝에 닿을 듯하나 여전히 잡히지 않는 드래곤의 얼굴은 어느 때보다 빛나고 있었다.

노바디는 드래곤이 자신을 갖고 논다는 사실을 잘 알았다. 분노만큼 치욕도 컸다. 하지만 방법이 없었다. 힘이 없으면 당할 수밖에 없다.

분신을 늘린 노바디.

네 명의 분신까지 합쳐서 모두 다섯 명의 노바디가 비디타스를 쫓아다녔다. 일부러 달아나지 않고 기다렸다가 잡히기 직전에야 사라지는 드래곤의 얼굴은 순수한 희열로 반짝이고 있었다.

다섯 명의 노바디가 비디타스를 에워싼 채 타각을 펼치자, 공중으로 몸을 띄워 가볍게 충격파를 피해 버렸다.

헉헉, 거친 숨소리가 귀로 파고든다.

무거워진 다리는 흔들리고 있다.

내공은 고갈되기 직전이다.

노바디는 회복약을 꺼내기 위해 인벤토리를 열었다. 구석에 처박힌 시든 상추가 눈에 띄었다.

녹색 약병을 세 개나 꺼낸 그는 드래곤을 쳐다보며 뚜껑을 따고 마셨다.

그 모습을 팔짱 낀 자세로 지켜보는 비디타스.

"현섬이나 타각 같은 하등한 스킬로는 날 못 잡아. 좀 더 확실한 게 필요할 거야."

빠르게 내공이 차올랐다.

노바디는 천야장 퍼브를 소환했다. 내공이 썰물처럼 빠져나가며 영혼의 목걸이에서 검은 연기가 흘러나왔다. 그 연기가 형체를 갖추며 천야장으로 변했다.

주위를 두리번거린 그는 비디타스를 본 순간 입을 쩍 벌렸다.

"비디타스 님이 아니십니까?"

"너는……?"

"천야장 퍼브입니다. 제1차 몬스터대전 직전에 뵌 적이 있습니다만."

"아, 그 멍청한 대장장이가 너냐?"

"그, 그렇습니다요."

"왜 저 이방인의 목걸이에서 네가 튀어나온 거지?"

"그게, 이야기가 깁니다."

"난 재미있는 이야기를 무척이나 좋아하지."

비디타스가 손을 뻗자, 파르소겐을 끌어당긴 흡입력이 이번에는 퍼브를 잡아당겼다.

퍼브의 머리가 비디타스의 손에 잡히자, 드래곤은 강력한 식별 마법을 통해 천야장에게 무슨 일이 있었는지, 노바디가 왜 이곳으로 왔는지 모두 알 수 있었다.

"자넨 돌아가 있어."

비디타스가 힘을 가하자 퍼브는 연기로 변해 영혼의 목걸이 내부로 스며들었다. 소환술을 순전히 마력으로 깨뜨린 것이다.

깜짝 놀란 노바디는 한 걸음 물러섰다. 천야장마저도 손에 쥔 돌멩이처럼 마음대로 할 수 있을 줄이야.

"자, 이젠 뭐가 나올까?"

히죽 웃는 비디타스.

이를 악문 노바디는 비디타스를 노려보며 생각을 거듭했다.

드래곤이 얼마나 강하든 상관없다. 어떻게든 저 엘프를 제압해야 한다. 그래야 소환 마법진에 묶인 채 생명력이 흡수당하는 사람들을 구할 수 있다.

문제는 방법이다. 이제까지 익힌 모든 무공, 스킬이 저 드래곤 앞에서는 무용지물이었다. 오히려 드래곤의 얼굴에 더욱 짙은 기쁨의 표정이 떠오르게 만들 뿐이었다.

그 순간, 회복약을 꺼내다가 인벤토리에서 얼핏 봤던 시든 상추가 떠올랐다.

철목을 무너뜨린 힘, 바마퉁을 따라다니는 추영의 잠재력을 깨운 힘, 뱀파이어 여신관 칼리페를 미라로 만들어 버린 힘, 상추를 무성하게도…… 시들게도 만들 수 있는 그 힘을 지금 이용할 수는 없을까?

자기 자신과 추는 춤!

노바디는 망설였다. 자신이 가진 그 어떤 스킬보다 강력함을 잘 알지만, 바로 그 때문에 선뜻 사용할 수 없었다.

자칫 잘못하면 시든 상추 신세가 될 수 있다. 바싹 말라 버린 칼리페처럼 죽을지도 모른다.

그때, 비디타스 뒤에 있는 소환진이 시야에 들어왔다. 얼핏 보면 음악에 맞추어 춤을 추는 듯한 여자들. 실상은 고통으로 버둥거리는 몸짓이었다.

이어서 떠오른 기억 한 조각.

학교 건물 옥상에서 아래로 뛰어내리는 친구.

퍽, 머리가 땅바닥과 부딪치던 소리.

흘러나와 흥건해진 붉은 피.

이름은 이기용이었다.

결정을 내린 노바디는 분신 둘을 만들었다. 정삼각형을 이

룬 세 명의 노바디는 서로의 어깨에 손을 올렸다.

"괴상한 짓을 하는군. 새롭게 고안된 스킬인가? 발동하는데 시간이 걸리는 모양인데, 괜히 서두르다 실패하지 말고 천천히 해. 그 정도 아량은 있으니까 말이야."

비디타스는 팔짱을 꼈다.

점점 더 깊이 빠져드는 노바디.

손에 닿는 어깨의 감촉은 흐릿해졌다. 여전히 손은 어깨에 올려져 있지만 노바디는 좀 더 아래쪽…… 좀 더 깊은 곳으로 하강하는 느낌을 받았다.

손가락 관절과 주름 그리고 손톱.

피부 아래의 뼈와 근육 그리고 핏줄.

마치 현미경으로 보는 것처럼 손이 확대되었다. 손을 구성하는 세포가 시야에 들어왔다. 세포가 커지자 고분자 단백질 같은 것이 보였다.

점점 더 확대될수록 점점 더 작은 것들이 드러났다.

급기야 진동하는 점들까지도.

노바디는 자기가 무엇을 보고 있는지도 알 수 없었다. 어쩌면 망상에 사로잡혀 시간만 허비하는지도 모른다.

정신이 심연으로 추락하는 기분 때문인지 몽롱했다. 어딘지 알 수 없고, 어디든 상관없었다.

드디어 느껴지는 무거운 진동.

춤이었다!

노바디는 그 진동을 살폈다. 춤을 추려면 상대를 잘 알아야 한다.

콜마는 이 단계를 '탐무'라 불렀다. 시간을 들여 탐색함으로써 다음 단계인 운무를 준비한다. 운무로 분위기가 무르익으면 위무로 접어든다. 위무는 곧 절정이다. 절정 다음은 결말, 즉 마무리인 결무로 이어진다.

수도 마르세르의 왕궁 무도회에서 공주와 춤을 춘 기억이 떠올랐다. 당시엔 힘들었지만 지금 생각하면 미소가 지어지는 추억이다.

노바디는 그 기묘한 진동을 느낄 수 있었다. 얼마나 복잡한지 패턴은 읽히지 않았다.

겉은 느리게 진동하지만 안쪽은 회오리바람 같았다. 일부는 뜨거운데 또 다른 곳은 차갑게 흔들렸다. 갑자기 팽창하는 곳이 있는가 하면 압축되어 거의 정지하는 부분도 있었다. 던져진 그물처럼 펼쳐졌다가 다시 오므라들기도 했다.

점점 커지는 진동.

노바디는 그 거대한 춤에 압도당했다.

그 춤은…… 수천수만 개의 춤으로 이루어진 군무였다. 군무라고 해도 국군의날 행진하는 군인들처럼 오와 열이 맞는 정확한 춤이 아니라, 저마다 다르면서도 조화를 이루는 춤이었다.

노바디는 춤에 뛰어들었다.

그 복잡한 춤에 어울리려 애를 썼다.

'어?'

춤은 걷잡을 수 없이 빠르게 변했고, 그만큼 강렬해졌다. 부드러움과 강함이 서로 어울려 만들어 낸 균형이 흔들렸다. 이 거대한 춤 곳곳에서 충돌이 일어났다.

춤은…… 둘로 나뉘었다.

그때, 느껴진 극심한 통증. 마치 누군가가 팔다리를 강제로 찢은 것처럼 고통스러웠다.

노바디는 당장 이곳을 벗어나 밖으로, 위로 올라가려 했으나 마음대로 되지 않았다.

다시 갈라지는 춤들.

둘은 넷으로, 넷은 여덟으로 나뉘었다.

노바디는 고통을 참지 못하고 비명을 질렀으나, 아무 소리도 들리지 않았다.

금세 수십 개로 나뉘어 흩어진 춤들.

그때, 위에서 내려온 붉은 빛이 노바디를 뒤덮었다.

"이 어리석은!"

천둥 같은 목소리.

노바디는 둥실 떠 있는 붉은 드래곤을 볼 수 있었다.

날개를 활짝 펼친 드래곤은 거대한 항공모함 같았다. 한편으론 하늘을 밝히는 태양 같았다.

"인간 주제에 트란스로 내려오다니."

드래곤이 뿜은 화염이 흩어진 춤들을 에워싸더니 강제로 합쳤다.

조각난 춤이 연결될수록 고통은 줄어들었다. 마침내 춤이 하나가 되자 노바디는 정신을 차릴 수 있었다.

드래곤은 발톱으로 노바디를 꽉 움켜쥐고서 위로 날아올랐다.

눈을 뜬 노바디.

이리저리 갈라진 천장을 배경으로 아름다운 엘프의 얼굴이 보였다.

철썩.

새하얀 손이 뺨을 후려쳤다.

정신이 번쩍 든 노바디는 몸을 일으키려다 신음을 흘리고 말았다.

비디타스는 빛나는 소환진 근처로 이동해 버렸고, 눈치를 보던 예살란이 다가왔다.

"저, 저분이 당신을 살렸어요."

"……그게 무슨 말입니까?"

"팔다리에 경련이 일어나고 몸이 뒤틀렸어요. 그리고…… 몸이 말라 버렸어요. 피부가 쭈글쭈글해지고…… 머리카락도 하얗게 변했어요. 난 당신이 죽는 줄 알았어요."

싱크

노바디는 무슨 일이 벌어졌는지 깨달았다.

천천히 비디타스 앞으로 걸어간 노바디는 정중하게 고개를 숙였다. 아무리 마음에 들지 않는다고 해도 자신을 죽음에서 구해 낸 사람이 아닌가.

"고맙습니다. 하지만 저는 포기하지 않을 겁니다."

"운명의 구슬이 무엇인지 알고 있겠지?"

"……."

표정 관리에 실패한 노바디.

"역시 셀레스카르의 제자답군. 그걸 가져와. 그러면 저 제물은 살려 주지. 서둘러야 할 거야. 가면 쓴 이방인이 움직이고 있으니까."

비디타스는 소환진을 향해 손을 뻗었다. 손에서 흘러나온 마력이 소환진으로 흡수되자 제물들은 축 늘어졌다. 여전히 겁에 질렸지만 누구도 고통으로 비명을 지르진 않았다.

그 의미를 알아차린 노바디는 즉시 소환진 중앙의 게이트로 향했다.

게이트를 통과하려는 순간, 고무 재질의 벽에 부딪힌 것처럼 뒤로 튕겨 나온 노바디는 바닥을 뒹굴 뻔했다. 한 번 더 시도해도 마찬가지였다.

"그 몸으론 통과할 수 없을걸."

하품을 하는 비디타스.

노바디는 현섬을 펼쳐 비디타스 앞으로 이동한 후, 눈에 힘을 주고 노려보았다.

"그런 가짜 몸으로 차원의 문을 통과할 수 있다고 생각하는 게 난 신기하다."

빈정거리는 드래곤.

그제야 의도를 이해한 노바디는 접속을 끊었다.

1분도 못 되어 다시 나타난 김현.

이번엔 비디타스가 화들짝 놀란 눈으로 김현을 바라보았다. 현섬이나 텔레포트, 다크 워킹 같은 공간 이동술이 아니다. 어떻게 했는지는 모르지만 분명히 다른 세계, 다른 차원에서 넘어온 것이다.

"너, 뭐냐?"

처음으로 당황한 드래곤.

"그런 것도 모르면서 위대한 존재라고 불린다는 게 난 더 신기해."

그렇게 말한 김현은 게이트를 통과했다.

어렴풋이 화통한 웃음소리가 들렸다.

소환진이 만들어 낸 차원의 문을 통과하는 건, 색다르면서도 익숙한 경험이었다.

'현섬과 비슷해. 두 발로 걷는 것만 빼면.'

움직이는 무지개처럼 현란한 통로가 끝나고, 김현은 곧 맞은편으로 나올 수 있었다.

"……자네는?"

다가온 파르소겐의 눈이 커졌다.

"접니다."

김현은 충격을 받았다. 대현자의 얼굴은…… 분명히 정상인데, 어딘지 모르게 흐릿했다. 총기가 빠져나가 버려 껍데기만 남은 것 같은 흐리멍덩한 느낌이랄까.

그는 곧 이유를 깨닫고 충격을 받았다. 비디타스를 보다가 파르소겐을 만났기 때문이다.

태양을 응시하다가 고개를 돌리면 그 무엇이든 거무스름하게 보일 수밖에 없다. 대현자의 얼굴에 문제가 있는 건 아니었다. 비디타스…… 그 드래곤의 얼굴이 비정상이었다.

"그, 그렇군."

대현자는 이미 김현을 본 적이 있었다. 다만, 차원을 쉽게 넘나드는 그 능력 때문에 놀란 것이다. 당장은 신경 써야 할 일이 많지만 여유가 생기면 어떻게 소환진도 없이 이동할 수 있는지 알아볼 생각이었다.

"대현자님은 괜찮습니까?"

김현은 파르소겐의 얼굴에, 그 표정에 과연 익숙해질 수 있을까 생각하면서 물었다.

"보다시피. 한데, 대체 왜 드래곤 앞에서 무례하게 행동한 건가?"

"그보다, 트란스가 무엇인지 아십니까?"

대답 대신 반문하는 김현.

눈살을 찌푸리면서도 파르소겐은 트란스를 머릿속으로 찾는 중이었다. 몇 가지 정보가 튀어나왔다.

그중 드래곤과 관련된 트란스는 하나뿐이었다.

"왜 그걸 묻는 건가?"

"뭐, 중요한 질문은 아닙니다. 당장은요. 지금은…… 구슬하나를 찾아야 하니까요."

김현은 바닥에 난 구멍 쪽으로 걸어갔다. 구멍을 통해 들여다볼 수 있는 아래층 바닥에도 구멍이 뚫려 있었다. 그 아래층에도 역시 구멍이 있었다.

누군가 지하 깊은 곳으로 내려가기 위해 계단이나 엘리베이터 대신 이 견고한 바닥을 뚫은 모양이었다.

김현 옆으로 다가온 파르소겐은 구슬에 대해 물어보려다 참았다. 왠지 질문을 던져도 원하는 답을 얻지 못할 것 같았다. 상대가 원하는 걸 알려 주면 자연스럽게 이쪽도 원하는 바를 얻을 수 있다.

"베헤모스 짓이라네."

"베헤모스? 룩소르 사냥터의 왕 말입니까?"

김현은 깜짝 놀랐다. 누구도 잡지 못한 사냥터의 최종 보스가 바로 베헤모스였다.

싱크

"아무래도 비디타스 님이 베헤모스를 이 세계로 보내신 모양이야. 그 이유, 아마도 자넨 알고 있겠지?"

한숨을 내쉰 김현은 파르소겐을 응시했다.

"드래곤은 운명의 구슬을 원합니다. 그 구슬을 위해 베헤모스를 여기로 보낸 겁니다."

"운명의 구슬?"

"저도 잘은 모르지만, 드래곤 로드 자카리안이 남긴 단 하나의 용옥이 바로 운명의 구슬이라는 이야기를 들었습니다."

"자카리안이라면 최강이라고 알려진 드래곤이야. 자카리안의 용옥이 왜 여기 있는 건가?"

"그건 저도 모릅니다만, 비디타스는 그 구슬을 되찾기 위해 소환진이 있는 룩소르 사냥터로 온 겁니다. 시간이 없으니, 내려가면서 이야기하죠."

김현은 바로 구멍 아래로 이동했다. 현섬이었다.

김현을 내려다보며 파르소겐은 난처한 표정을 지었다.

"이곳에도 망량은 있지만, 안타깝게도 아직은 내게 전혀 매력을 느끼지 못하는 모양이야."

"그러면, 거기서 기다리십시오."

"……그럴 순 없네. 여기까지 와서 중요한 장면을 놓칠 수는 없지."

대현자는 두 눈 질끈 감고 아래로 뛰어내렸다. 김현이 잡지 않았다면 저 밑으로 추락하고 말았을 것이다.

"역시 자넨 심성이 착해."

김현의 손에 잡힌 채 허공에 대롱대롱 매달린 파르소겐이 빙긋 웃었다.

"평소에 몸 관리 잘하셨어요?"

"몸 관리? 그건 왜?"

김현은 웃으며 현섬을 펼쳐 구멍 아래층의 바닥으로 이동했다.

얼굴이 하얗게 질린 파르소겐은 급히 손으로 입을 막아 목구멍을 밀고 올라오는 시큼한 액체를 억눌렀지만, 김현은 개의치 않고 또 현섬을 펼쳤다.

운전기사 강무석은 조수석을 힐끔 쳐다봤다. 거기 앉은 남자는 워낙 덩치가 커서 조수석을 넘어 운전석까지 어깨가 넘어올 것 같았다.

강무석이 빨간 신호등에 차를 멈추자 뒤쪽에 앉아 있던 노인이 한마디 했다.

"그냥 가게."

"네?"

"가라고. 한시가 급해."

마치 자신이 차주라도 되는 것처럼 당당한 노인의 요구에 강무석은 뒷좌석에서 노트북을 펼쳐 놓고 키보드를 쉬지 않고 두드리는 진짜 주인을 바라보았다.

"사장님?"

"노관장님 말씀대로 해."

강무석을 쳐다보지도 않고 대답하는 안진후.

"아, 네."

"힘들면 내가 운전해도 되는데."

조수석의 남자가 말했다.

"아닙니다."

정색한 강무석은 당장 차를 출발시켰다.

왼쪽에서 달려오던 트럭과 부딪칠 뻔했다. 경적 소리가 요란하게 울려 퍼졌지만 강무석은 눈도 깜짝하지 않고 사거리를 통과해 속도를 높였다.

"뭘 하고 있는 겐가?"

노인이 안진후를 보며 물었다.

안진후는 여전히 노트북 화면을 들여다보며 답했다.

"현재 벌어지는 일을 각성자들에게 알리는 중입니다."

"어떻게?"

고개를 든 안진후는 현기명 노관장을 보며 빙긋 웃었다.

"블랙 길드가 소환진을 발동시켜 차원의 문을 열었으며 운명의 구슬에 관심을 가지고 있다는 내용을 문자로 발송하고 있습니다. 이제 곧 유니온에 등록된 각성자 모두가 진실을 알게 될 겁니다."

"왜 그걸 이제야 보낸 거지?"

"일이 터지기 전에 보내면, 유니온은 오히려 우리를……
저를 쫓을 테니까요. 그리고 누가 나쁜 놈인지 알아낼 방법
이 없거든요."

"음, 그도 그렇군."

천천히 고개를 끄덕이는 현기명.

강무석은 눈살을 찌푸렸다.

'길드? 소환진? 차원의 문? 아! 페플 이야기구나. 그렇다
면 이 남자와 저 노인도 페플에서 같이 게임을 하던 유저라
는 이야기야.'

궁금한 바를 알아낸 강무석은 페달을 밟아 속도를 더 높
였다.

세 개의 신호등을 그냥 통과했다. 사방에서 욕이 쏟아졌지
만 무시했다. 마지막 교차로에서는 레미콘과 사고가 날 뻔했
다. 다행히 강무석이 빨리 반응하여 약간의 틈을 이용해 빠
져나올 수 있었다.

"끝났다."

안진후가 노트북을 덮었다.

"사장님, ○○아파트 단지에는 왜 가는 겁니까?"

강무석이 물었다.

"음, 볼일이 있어서."

거기에 유니온 본부로 내려가는 입구가 있다고 말할 수는 없었다. 설명해 봐야 강무석은 기억하지 못할 것이다.

"김현도 불러야 하지 않을까?"

조수석에 앉은 황철호가 고개만 돌려 안진후를 쳐다봤다.

"김현은 페플을 맡았습니다. 이번 일을 끝내려면 차원의 문을 빨리 닫아야 하는데, 그 때문에 김현은 부를 수는 없습니다."

신기하게도 더 이상 열등감은 느껴지지 않았다. 맡은 역할이 다를 뿐이다.

"그 녀석의 이동술이 꽤 요긴할 텐데."

"그래서 현섬 스크롤을 준비했습니다. 입구에 도착하면 나눠 드리겠습니다. 다만, 후유증이 꽤 심하니 적절하게 사용하는 게 좋을 겁니다."

"오호, 철저한데."

황철호가 엄지를 세웠다.

대화에 귀 기울이며 운전하던 강무석은 마음이 무거웠다.

안종화 회장은 셋째 아들 안진후를 사장으로 임명했지만 기존 사업과는 무관한…… 아직 구체적인 사업 방향조차 정해지지 않은 신사업 부문이었다.

사업 아이템을 찾아서 동분서주 움직여도 시간이 부족할 텐데 정상적인 생활은 불가능할 것 같은 사람들과 함께 페플 게임이나 즐기다니. 이 사실을 안종화 회장이 알게 된다면 불호령이 떨어질 터였다.

'그럼, 내 모가지부터 날아가겠지.'

"사장님."

"왜?"

"충고 한마디 해도 될까요?"

"하지 마."

"이런 사람들과는 어울리지 마십시오."

"이런 사람들?"

안진후는 피식 웃으며 황철호와 현기명을 번갈아 쳐다봤다. 만약 강무석이 저 두 사람이 천무관을 좌지우지하는 실세라는 사실을 알게 되면 어떤 표정을 지을지 매우 궁금했다.

"아무리 게임이 좋아도 현실을 무시해선 안 됩니다."

강무석은 열변을 통했다.

그제야 안진후는 강무석이 무슨 이야기를 하는지 깨닫고 웃음을 터트렸다.

"사장님, 이 기회를 절대 놓치시면 안 됩……."

안진후가 불의 정령을 소환하자 강무석은 그 자리에서 얼어 버렸다.

황철호가 기다렸다는 듯 핸들을 잡고 길가에 세웠다. 차에서 내린 황철호는 강무석을 기절시켜 트렁크로 옮겼다. 만약을 위해서 혈도 몇 군데를 찍어 적어도 몇 시간 동안은 정신을 차릴 수 없도록 조치를 취했다.

운전석에 오른 황철호.

"자, 갑니다."

강무석이 운전할 때와는 비교도 안 될 만큼 빠르게 달리던 자동차는 우회전하다가 서 있던 외제 차 뒤를 박았다. 물론 멈추는 대신 더 빠르게 달렸다.

엘리베이터 문이 열렸다.

백화점에 가서 쇼핑도 하고 친구들과 함께 차도 마시려고 지하 주차장으로 내려와 차를 세워 놓은 자리로 걸어가던 40 대 중반의 박 씨는 우뚝 멈췄다.

매끈매끈 윤이 나는 통로에 각목이나 파이프를 든 깡패들 수십 명이 서 있었다. 놀랍게도 그 맞은편에는 경찰관들이 깡패들을 노려보며 서 있었다.

깜짝 놀란 박 씨는 얼른 엘리베이터 옆 비상계단으로 달아났다. 뒤도 돌아보지 않았다.

깡패들이 둘로 갈라지며 그 사이로 최상진이 걸어 나왔다. 손가락 사이에 끼운 담배를 입에 문 그는 경찰관들 뒤쪽에 서 있는 사내를 향해 손짓했다.

"촌스럽게 거기 숨어 있을 겁니까? 겁이 나나 봐요, 이윤호 경감님?"

그 말에 깡패들은 낄낄 웃어 대고 경찰관들은 으르렁댔다. 하지만 누구도 앞으로 튀어나오진 않았다.

경찰 쪽에서도 한 사람이 나왔다. 바로 최상진이 손가락으로 가리킨 이윤호였다.

"뭐라고 했어? 난 개새끼가 짖는 줄 알았거든."

이번엔 경찰들이 웃음을 터트렸고, 깡패들이 인상을 썼다. 손도끼를 든 깡패가 움찔거리자 몸을 돌린 최상진이 천천히 고개를 저었다.

최상진은 담배를 문 채 이윤호 앞으로 걸어갔다. 서로를 노려보는 두 사람의 거리는 50센티미터도 되지 않아 숨결은 물론 입·냄새까지 느껴졌다.

"당장 꺼져라."

"싫다면요?"

"깡패 새끼가 간이 배 밖으로 튀어나왔군."

"어? 제 간이 보여요? 엄청난 초능력이네요. 그게 아니면 당장 병원 가서 진찰을 받아야 할 만큼 정신에 문제가……. 아시죠?"

최상진은 손가락을 귀 옆으로 올려 빙글빙글 돌리며 히죽 웃었다.

권총을 뽑은 이윤호가 최상진의 이마에 총구를 가져다 댔다. 그 순간 깡패들이 연장을 들어 올리며 몰려왔고, 경찰들도 마찬가지였다.

최상진은 권총 너머 이윤호를 바라보며 천천히 손을 올렸다.

"지금 뭐 하는 겁니까?"

"죽고 싶으면 여기 있어."

"아하, 이 많은 사람들 앞에서 절 죽이시겠다는 건가요? 경찰청장, 아니…… 그보다 훨씬 야심이 크신 분이라고 생각했는데, 제가 틀렸나요?"

"셋 센다. 하나!"

최상진은 한숨을 내쉴 뿐이었다.

"둘!"

권총을 쥔 이윤호의 손이 떨렸고, 그 진동은 총구를 통해 고스란히 최상진에게로 전해졌다.

이윤호의 입술이 벌어지며 '셋!'이라고 외치기 직전, 최상진이 속삭였다.

"경감님이 복용자라는 거 알고 있습니다."

"……뭐?"

이윤호의 눈빛이 흔들렸다. 그 사실을 알고 있다면, 이 쓰레기 같은 깡패 새끼 역시 복용자라는 뜻이다.

"뭐, 좀 억울하시겠죠? 복용자가 되기 위해 높은 분들 똥꼬를 그렇게나 빨아 댔을 텐데, 웬 개새끼가 자기도 알약을 먹고 있다고 하니까 얼마나 화가 나시겠습니까. 하지만 그게 현실인데 어쩝니까?"

"누가 약을 주는 거지?"

"감찰관이십니다."

"마, 말도 안 돼."

이윤호는 주용석 감찰관이 블랙 길드에서 얼마나 영향력이 큰지 잘 알았다. 그래서 몇 번이나 직접 만나서 인사라도 나누고 안면이라도 익히려고 애를 썼다.

"제가 아이들을 데리고 여기로 온 이유는 단 하나, 감찰관님의 지시 때문입니다. 경감님이 저기서 절 노려보는 짭새들을 데려온 이유와 같다는 말입니다."

"너 같은 새끼가 감찰관을 안다? 말도 안 돼. 보나 마나 기회를 얻으려고 배짱 좋게 밀어붙이는 거지. 난 널 죽일 거다. 넌 여기 있는 사람들을 믿는가 본데 기억이란 건 말이야, 아주 허약해."

이윤호는 망설임 없이 방아쇠를 당겼다.

탕!

발사된 총알은 최상진의 이마를 스치며 지하 주차장 천장에 박혔다. 이어서 귀청을 찢는 총성이 퍼져 나갔다. 사람들 몇 명이 귀를 잡고 바닥을 굴렀다.

"자네답지 않게 경솔하군."

지하 주차장 입구에서 들려온 목소리.

그를 본 이윤호는 즉시 권총을 거두고 앞으로 달려갔다.

"오셨습니까?"

허리까지 숙이는 경감.

강철진은 이윤호의 어깨에 잠시 손을 올린 후, 숨을 헐떡거리는 최상진을 향해 걸어갔다.

"감찰관이 여기로 오라고 했다?"

"……그렇습니다."

최상진은 자신을 구한 사람이 이 남자라는 사실을 깨달았다. 15인회의 일원이자, 블랙 길드의 실세 중 한 명인 강철진이 염력으로 총구를 위로 들어 올린 것이다. 어쩌면 총알의 방향까지 바꿔 버렸는지도 모른다.

"감찰관은 여기 없네. 그러니 자네가 여기 있을 이유도 없겠지?"

"……알겠습니다."

강철진 앞에서 고집을 부릴 수는 없다. 주용석도 사정을 이해할 것이다.

"그럼."

강철진이 두 손을 들어 좌우로 벌리자, 서로를 노려보던 깡패들과 경찰관들이 좌우로 밀려났다. 보이지 않는 힘이 두 무리를 갈라놓은 것이다.

상식으로 이해할 수 없는 현상을 목격한 사람들의 눈이 몽롱해졌다.

강철진이 그 사이로 걸어 주차장 안쪽으로 이동하자, 그 뒤로 각성자들이 따랐다. 열 명도 안 되지만, 저들이 힘을 발휘한다면 여기 모인 깡패, 경찰관 모두가 덤벼도 옷깃 하나 스치지 못할 것이다.

　최상진은 부하들을 데리고 지상으로 올라갔다. 마지막으로 떠나던 그는 견고한 주차장의 콘크리트 벽에서 문이 나타나는 것을 볼 수 있었다.

　강철진을 비롯해 각성자들이 그 너머로 사라졌다. 경찰관은 그 비밀 통로 입구를 지키고 있었다.

　'저기가 유니온 본부 입구였어.'

　그때, 검은 옷을 입은 군인들이 지하 주차장으로 들어왔다. 줄잡아 백 명은 넘어 보였다. 자동소총을 든 군인들은 모두 눈만 내놓고 있었다.

　'테러리스트라도 때려잡으러 온 건가?'

　블랙 길드가 군대까지 동원할 줄은 상상도 못 했던 최상진은 아파트 주민의 호기심 어린 시선을 무시하며 단지 밖에 서 있는 버스로 향했다. 부하들은 이미 버스에 올라타 불평을 터트리고 있었다.

　"형님, 어떻게 할까요?"

　망치가 물었다.

　"기다려야지. 재미있는 일이 터질 때까지. 넌 아이들 단속이나 잘해."

　최상진은 눈을 감았다.

아파트 지하 주차장 입구는 막혀 있었다. 경찰차 몇 대가 그 앞에 서 있었고, 노란색 폴리스 라인이 쳐져 아무나 들어오지 못하도록 막고 있었다.

"사건이 터진 모양인데."

아파트 단지 주차장에 차를 세운 황철호가 말했다.

"다른 입구는 모르죠?"

안진후가 물었다.

"응."

"그럼, 어쩔 수 없죠."

차에서 내린 안진후는 백팩을 멨다. 백팩에는 노트북과 드론을 비롯해 안진후가 챙긴 물건이 들어 있었다.

황철호와 현기명이 안진후 옆으로 다가와 섰다.

"어쩔 생각이냐?"

현기명이었다.

손가락으로 트렁크를 가리킨 안진후. 트렁크 안에는 운전기사 강무석이 기절한 채 누워 있었다.

그제야 황철호, 현기명 모두 웃으며 고개를 끄덕였다.

"여기로 오시면 안 됩……."

젊은 경찰관이 손을 내밀며 막으려다, 안진후가 소환한 불의 정령 슈뢰딩거를 보고는 말문이 막혔다.

안진후는 그 옆으로 가볍게 통과했다. 노란색 폴리스 라인은 슈뢰딩거가 태워 버렸다.

입구 쪽 소란에 몸을 일으킨 경찰들은 슈뢰딩거를 보곤 역시 마네킹처럼 굳어 버렸다.

그때, 탕! 총성이 울렸다.

안진후의 귀를 스치고 지나간 총탄.

이번에는 안진후가 그 자리에 굳어 버렸다. 대신, 슈뢰딩거가 앞으로 나서며 두 손을 뻗었다.

손바닥에서 흘러나온 화염은 경찰차를 덮쳤다. 자동차와 함께 뒤로 날아가 버린 경찰관은 벽에 부딪혀 정신을 잃었다.

"괜찮냐?"

황철호가 안진후의 몸을 살폈다. 귓불이 약간 찢어져 피가 흘러내릴 뿐이었다.

"어, 어떻게 된 거죠?"

안진후는 귀가 멍멍했다. 죽음이 코앞까지 다가왔었다는 사실 때문에 마음이 요동쳤다.

"복용자였어. 아무래도 먼저 유니온 본부로 내려간 놈들이 있는 모양이다. 여기도 사건이 일어난 게 아니라, 놈들이 조작한 거고."

"그, 그랬군요."

머리로는 이해해도 몸은 아직 마비 상태에서 풀리지 않았다. 지하 깊은 곳에서 이승현이라는 각성자에게 당해서 죽을 뻔했지만, 총이 주는 공포는 또 달랐다.

"가자."

"……네."

안진후는 황철호가 일부러 자기 앞에 섰다는 사실을 깨달았다. 옛날 같았으면 자존심 때문에라도 기어코 황철호 앞으로 나갔겠지만, 지금은 아니었다.

또 다른 복용자는 총을 쏘기도 전에 현기명에게 당했다. 현기명의 손가락에서 뻗어 나간 한 줄기 맑은 바람이 복용자의 혈도를 찌른 것이다.

"전 아직도 사부님께 많이 배워야 할 것 같습니다."

황철호는 진심이었다. 현기명의 청지풍은 두 개의 기둥 사이를 휘어져 목표물을 맞힌 것이다.

"입구는 어디냐?"

"여깁니다."

황철호는 천무삼권의 중위경근을 펼쳐 주먹으로 벽을 때렸다.

벽은 와르르 무너졌고, 그 너머 통로가 드러났다.

"가자."

현기명이 먼저 어두운 곳으로 들어갔다.

그 뒤를 황철호와 안진후가 따랐다.

수백 개의 플라스틱 약품 용기가 철제 선반 위를 가득 채운 약품실에서 은밀한 대화가 오가는 중이었다. 대부분 엄명욱이 이야기를 들려주었고, 이유정과 고승조는 가끔 질문을 던질 뿐 주로 귀를 기울이고 있었다.

　　설명은 끝났다.

　　"그럴 리가 없어."

　　이유정이 신음을 흘리듯 말했다.

　　"사실이야."

　　엄명욱은 이유정, 고승조를 번갈아 바라보았다. 그 자신도 직접 듣지 않았다면 믿지 못했을 것이다.

　　"실장, 로고스 길드지?"

　　고승조였다.

　　"……맞아."

　　힐끔 이유정을 쳐다본 엄명욱. 예상대로 이유정의 낯빛이 창백했다. 아카데미 졸업 후 이유정은 공식적으로 로고스 길드 소속이 될 터였다.

　　그때, 정문석이 약품실로 들어왔다.

　　"다들 위로 올라간다고 난리인데, 왜 여기로 부른 거야?"

　　이유정이 짧게 추려서 알려 주었다.

　　눈이 휘둥그레진 정문석.

"얼마 전에 선배한테서 쿠데타 비슷한 이야기를 들었어."

"정말?"

이유정이었다.

"그 선배 말이 옳다면, 배후엔 현문이 있어. 현문과 로고스가 힘을 합친 거지."

"뭐?"

눈을 부라리는 고승조.

"왜 화를 내? 혹시 찔리는 거 있어?"

"이 새끼가!"

버럭 고함을 지른 고승조는 몸을 일으키며 본능적으로 주먹을 움켜쥐었다.

뒤로 물러나면서도 정문석은 계속 깐족거렸다.

"너도 날 죽이게? 니 선배 황철호처럼?"

화가 난 고승조는 주먹을 휘둘렀다.

급히 옆으로 피한 정문석은 엄명욱과 얽히며 넘어졌는데, 금세 몸을 일으켜 약품실 입구 쪽으로 물러섰다.

엄명욱은 일어나지 못했다. 옆구리에서 느껴지는 통증 때문이었다. 옆구리를 만진 손에는…… 빨간 액체가 묻어 있었다.

"명욱아."

이유정이 다가가 옆구리를 살폈다. 칼에 찔린 것처럼 잘린 피부가 갈라져 있었고, 그 안쪽은 검은색으로 물들어 있었다. 이런 상처가 무엇을 의미하는지 알아차린 이유정은 고개를 들어 정문석을 노려보았다.

"무슨 짓이야?"

"……대체 왜?"

엄명욱이 물었다.

"네가 가장 위협적이라서 말이야."

실실 웃는 정문석.

"위협적이라니? 무슨 뜻이냐?"

고승조였다.

"아직도 분위기 파악이 안 돼? 이래서야 이 험난한 세상에서 살아남을 수 있겠어?"

그때, 가까운 곳에서 비명이 들렸다.

"봐, 시작됐어. 동기라서 해 주는 말인데, 웬만하면 죽지 마. 쉽진 않겠지만."

윙크한 정문석은 휴게실 밖으로 사라졌다.

중년 여자가 실험실 가운을 입은 채 달려오고 있었다. 벌어진 입에서는 날카로운 비명이 터져 나왔다. 뒤를 힐끔 돌아보는 여자의 얼굴은 공포로 질려 있었다.

그럴 만도 했다.

시꺼먼 몬스터 안투크가 쫓아오고 있었다. 더듬이는 그 굵기가 웬만한 성인 허벅지만 했다. 철컥철컥 소리를 내며 벌렸다 오므렸다 반복하는 주걱턱은 이미 사람 피로 붉게 물들어 있었다.

비상 통로로 들어서기 직전, 연구원으로 유니온 본부로 내려왔던 그 여자는 안투크에게 잡혔다. 순식간에 찢어지며 흩어진 여자의 몸.

복도 바닥은 피로 붉게 변했다.

안투크는 또 다른 사람을 찾기 위해 더듬이를 앞세운 채 움직이기 시작했다.

방어선은 무너졌다.

몬스터는 해일처럼 밀려들어 사람들을 덮쳤다. 각성자나 전투 능력을 갖춘 용병 같은 복용자는 그나마 대응이 가능했지만 연구원이나 조리원, 의사 등으로 본부에 들어왔던 사람들은 속수무책으로 당했다.

복도 벽에 설치된 스피커에서는 같은 내용의 방송이 반복되고 있었다.

—지금 즉시 지상으로 대피하십시오. 훈련 상황이 아닙니다. 실제 상황입니다. 지금 즉시 지상으로 대피하십시오. 훈련 상황이 아닙니다. 실제 상황입니다. 지금 즉시…….

거대 개미 안투크와 괴조 카람이 한바탕 난리를 피운 곳으로 좀비 떼가 몰려들었다. 비틀거리면서도 필요하면 스프린터처럼 빨라지는 좀비는 방 구석구석을 뒤졌다.

단단한 원목 책상 아래 숨어 이 위기가 종료되기를 기다리던 뚱뚱한 남자는 섬뜩한 느낌에 고개를 들었다가 좀비와 눈이 마주쳤다.

공포에 압도당하면 입이 벌어져도 소리는 나오지 않는다. 좀비는 책상 밑으로 기어가 남자를 덮쳤다.

운 좋은 생존자들은 비상계단을 통해 위로, 위로 올라갔다. 아래에서는 쫓아오는 몬스터의 요란한 발소리가 들렸고, 간간이 뒤처진 사람의 마지막 비명이 공간을 울렸다.

거친 숨소리와 땀 냄새.

살아남기 위해 계단을 딛고 올라가던 사람들은 갑자기 문이 열리자 깜짝 놀랐다. 그러나 곧 총을 든 군인을 보고 환호했다.

"구조대야! 구조대가 도착했어!"

강철진은 기쁨으로 빛나는 그들을 마주 보며 빙긋 웃었다. 그가 옆으로 물러서는 순간, 총구가 불을 뿜었다.

탕탕탕.

생존자들이 총에 맞아 쓰러졌다. 그들의 비명은 총성에 묻혀 제대로 들리지도 않았다.

체력이 약해서 뒤처졌던 사람들은 본능적으로 위험을 피

해 도망쳤지만 그들에게 안전한 출구는 존재하지 않았다. 몇 명은 포기하고 그대로 계단에 앉아 버렸다.

"내려간다."

강철진은 계단 사이의 공간으로 훌쩍 뛰어내렸다. 따라가던 각성자들이 살아남은 자들을 죽였다.

중앙통제실

엘리베이터 안은 조용했다. 케이블 마찰로 나는 희미한 소리만 들렸다.

침묵을 깨뜨린 사람은 현기명이었다.

"신사업부문은 대체 뭘 하는 건가?"

안진후는 고개를 돌려 노관장을 쳐다봤다. 운전기사 강무석이 이야기를 했을까? 아니다. 그럴 시간은 없었다.

곧 깨달음이 찾아왔다.

'아버지가 알렸구나.'

"전화받으셨군요."

"안 군이 무척 기뻐하더군. 그건 그렇고, 내 질문에 대한 답을 아직 듣지 못한 것 같은데."

노관장이 페플 그룹 회장을 '안 군'이라 부르자 안진후는 신선한 느낌을 받았다. 위대한 폭군 같은 아버지도 누군가에 겐 안 군에 불과했던 것이다.

　　"아직은 모르겠습니다. 이번 일이 끝나면 천천히 생각해 볼 계획입니다."

　　"안 군이 자네를 아주 잘 본 모양이야. 아직 성인도 되지 않았는데 덜컥 사장 자리에 올린 걸 보면 말이야."

　　"저도 좀 얼떨떨합니다."

　　"두 형이 자넬 질투하겠는걸."

　　"……아마도 그럴 겁니다."

　　안진후는 그제야 노관장이 신사업부문에 대해 질문한 이 유를 알아차렸다. 형들이 가만히 있지 않을 테니 단단히 준 비를 하라는 뜻이다.

　　지금, 무슨 일이 벌어질지 모르는 유니온 본부로 내려가고 있다. 김현의 말에 따르면 저 아래에는 몬스터가 날뛰고 있 을 것이다. 그뿐 아니라 유니온에 반기를 든 블랙 길드 소속 각성자들도 언제 기습해 올지 모르는 상황이 아닌가.

　　그런데도 저런 충고를 할 수 있다니.

　　그 배포에 안진후는 감탄하지 않을 수 없었다. 하지만 한 편으로는 의심이 싹텄다.

　　아버지와는 어떻게 알고 있을까? 혹시 노관장도 아버지와 비슷한 사고방식을 가지고 있지는 않을까? 페플이라는 세계

싱크

를 침략의 대상으로 여긴다면 어떻게 해야 할까?

'지금 그걸 확인할 필요는 없어. 섬바디 길드가 제대로 인정받은 후에 고민해도 충분해.'

안진후는 현섬 스크롤을 꺼냈다. 낡은 양피지를 말아 놓은 듯한 스크롤을 황철호, 현기명에게 각각 두 개씩 건넸다.

"일단, 받으세요."

"이게 뭐냐?"

현기명은 스크롤을 빨리 펼치려다 찢어 버렸다.

"안 돼요!"

안진후가 말렸지만 이미 늦었다. 스크롤에서 뿜어져 나온 빛이 현기명을 감싸자, 곧 사라져 버렸다.

안진후는 할 말을 잃었다.

"……현섬 스크롤이냐, 이거?"

황철호였다.

"네."

"사부님은 성미가 급하시다."

"저렇게나 급하실 줄은 몰랐어요. 어디로 가셨을까요?"

"아무래도 천무관이겠지. 사부님의 마음엔 그곳이 집이자 고향이니까."

두 사람은 서로를 보며 어색하게 웃었다.

그때, 다시 나타난 현기명은 비틀거리다 엘리베이터 벽을 잡고 균형을 잡았다.

"속이 뒤집어질 것 같구나."

"……두 장을 다 써 버리셨네요."

안진후는 어이가 없었다.

"어지럽구나. 약은 없냐?"

"여기 있어요."

안진후는 녹색 회복약 한 병을 내밀었다.

꿀꺽꿀꺽 마신 후에야 안색이 돌아온 현기명은 안진후에게 빈 병을 돌려주며 툭 내뱉었다.

"너는 조심성이 부족해. 앞으로 신경 좀 써야겠다. 나였으니 망정이지 다른 사람이었다면 앓아누웠을 게다."

그렇게 말한 현기명은 문이 열리기만을 기다리며 앞만 쳐다봤다.

막무가내 억지에 속으로 웃어 버린 안진후는 황철호에게 현섬 스크롤 사용법을 알려 주었다. 직접 가 본 장소나 머릿속으로 생생하게 떠올릴 수 있는 사람을 생각하며 현섬 스크롤을 찢으면 되는데, 만약 그게 불가능할 경우엔 대략적인 방향을 생각하면 된다는 내용이었다.

사실 안진후도 현섬 스크롤은 몇 번 사용하지 않아서 아직은 모르는 부분이 많았다.

엘리베이터가 멈췄다.

"피 냄새가 짙군."

웃음기가 싹 빠진 노관장의 목소리.

"그러네요."

황철호였다.

문이 열리자 시체들이 쓰러진 복도가 눈에 들어왔다.

그때, 군인 두 사람이 안진후 일행을 향해 총을 겨눈 채 말했다.

"운명의 구슬."

암구호였다.

뒤쪽에는 열 명 남짓한 군인들이 자동소총을 든 채 엘리베이터 쪽을 바라보고 있었다. 대답을 기다리는 군인들의 얼굴은 긴장으로 터질 듯했다.

안진후는 즉시 슈뢰딩거를 소환했다. 군인을 얼어붙게 만들기 위해서였다.

불붙은 정령이 나타나자 두 명의 군인은 화들짝 놀란 눈치였지만, 그 즉시 방아쇠를 당겼다.

탕탕탕!

탕탕탕!

총성이 귀를 때렸다.

군인이 쏜 총탄은 슈뢰딩거에게 집중되었지만, 몇 발은 엘리베이터 벽과 천장에 맞아 튕겼다.

뒤쪽에 있던 분대가 일제사격을 시작하려는 순간, 맑은 바람이 앞으로 뻗어 나가 방아쇠를 당기려는 손가락을 날려 버렸다. 손가락을 잃은 군인들은 비명을 질러 댔다.

"쯧쯧."

혀를 찬 노관장이 청지풍을 펼치자 바람이 소리 지르는 군인들의 혈도를 찍었다. 군인들은 약속이라도 한 것처럼 바닥으로 쓰러졌다.

"죄송합니다, 사부님."

"좀 더 정진해야겠구나."

"명심하겠습니다."

고개를 숙이며 대답한 황철호는 기절한 군인 앞으로 걸어가 몸을 숙였다. 손가락으로 눈꺼풀을 들어 올려 눈을 살핀 그는 노관장과 안진후를 쳐다봤다.

"세뇌당한 상태입니다. 아무래도 프리벨리지 길드가 제대로 개입한 모양입니다."

"복용자가 아니라는 건가요?"

안진후가 물었다.

"각성자보단 많지만 복용자도 그리 많지는 않다. 적두는 군인들에게까지 나눠 줄 만큼 값싼 약은 아니니까."

몸을 일으키는 황철호의 얼굴은 어두웠다. 세뇌 스킬로 군인들을 동원하다니. 그렇다면 프리벨리지 길드가 본격적으로 참가했다는 뜻이다.

쿠데타라고 해도 될 만큼 상황은 심각했다. 어쩌면 유니온을 무너뜨리는 수준이 아니라 자신들을 따르지 않는 각성자의 씨를 말리려 하는 건지도 모른다.

황철호는 복도에 방치된 시신을 살폈다. 피격으로 죽은 사람들도 있지만, 불에 타 죽거나 잔인하게 팔다리와 목이 잘린 시체도 있었다. 살인을 즐기는 각성자 짓이었다.

"철호야."

"네, 사부님."

"오랜만에 살계를 풀어야겠구나."

"……그래야 할 것 같습니다."

황철호가 천천히 고개를 끄덕였다.

끔찍한 광경을 본 안진후는 자신도 모르게 몸을 떨었다. 진짜 사람이…… 죽어서…… 팔다리가 저기 흩어져 있었다. 흥건한 피도 진짜였고, 코를 찌르는 비릿한 피 냄새도, 잘린 채 구석에서 이쪽을 노려보는 머리도…… 진짜였다.

입을 막은 안진후. 하마터면 토할 뻔했다.

"괜찮냐?"

황철호가 다가왔다.

"……네."

잘린 머리에서 눈을 떼지 못한 채, 안진후는 겨우 대답할 수 있었다.

"올라가도 된다."

"그럴 수는 없어요."

"알았다."

황철호는 더 이상 말하지 않았다.

앞으로 나선 현기명이 비상계단으로 접어들었다. 황철호가 다음, 안진후는 마지막이었다.

거기도 죽음의 흔적이 선명하게 남아 있었다.

안진후는 최대한 시체를 쳐다보지 않고 황철호의 넓은 등만 보고 내려갔다.

강철진은 위를 올려다보았다.

조태훈, 송혜나, 이범구, 구선희 그리고 흑궁이라는 이름을 좋아하는 임한석도 자연스럽게 멈춰 서서 천장을 향해 고개를 들었다.

따라오던 군인들은 오와 열을 맞추어 정지했다. 그들은 잡담조차 하지 않았고, 서로를 쳐다보지도 않았다.

"불청객이 찾아왔군."

강철진은 새치가 섞인 턱수염을 어루만졌다. 깎은 지 사흘 혹은 나흘째가 가장 감촉이 좋다. 그 때문에 특별한 일이 있거나 반드시 성공시켜야 할 작전이 있으면 며칠 전에 면도를 하곤 했다.

강철진은 뒤를 쳐다봤다. 모두 그를 응시하고 있지만 누구도 불청객 마중을 원하지는 않았다.

"구선희, 자네가 섹터1을 맡게. 개미 새끼 한 마리도 섹터

2로 넘어오지 못하게 하도록."

"······알겠습니다."

구선희는 속이 상했다.

이번 쿠데타가 성공하면 논공행상에 따라 지위가 수직 상승할 것이다. 문제는 공을 세울 기회였다. 불청객 따위를 깔끔하게 처리한다고 인정받을 수 있을까?

다른 사람들은 눈에 띄게 안도했다. 흑궁은 구선희를 보며 윙크까지 했다.

강철진은 각성자들을 이끌고 섹터2로 이동했고, 구선희만 남았다.

한숨을 내쉰 구선희는 비상계단으로 향했다.

"세뇌를 푸는 방법은 없나요?"

안진후가 물었다.

성큼성큼 계단을 내려가던 황철호가 살짝 고개를 돌려 안진후를 쳐다봤다. 황철호를 응시하는 안진후의 얼굴에서 진지함이 묻어났다.

"어떻게 세뇌되었느냐에 따라 달라지는데, 보통은 얕은 세뇌와 깊은 세뇌로 나눈다. 얕은 세뇌는 주로 많은 사람들을 한꺼번에 조종할 때 사용해. 인원에 적당한 특별한 마법진이 필요한데, 세뇌를 거는 사람을 뇌주, 그때 사용되는 마법진을 뇌진이라 부른다. 뇌주를 죽이거나 뇌진을 파괴하면 얕은 세뇌는 깨지고 말지."

황철호는 차근차근 설명하면서도 속도를 줄이지 않았다.

"깊은 세뇌는요?"

"……내가 알기론 깨뜨릴 방법이 없다. 하지만 자신을 포기하지 않는 한, 깊은 세뇌에 당할 위험은 극히 낮아. 염려할 필요는 없어."

"그 군인들은 얕은 세뇌에 걸린 거네요."

"맞다."

"그러면 뇌주가 어딘가에서 뇌진을 발동시켰겠네요."

"그것도 맞다."

"뇌주를 어떻게 찾아낼 수 있을까요?"

그 질문에 황철호는 안진후를 힐끔 살폈다.

"몇 가지 스킬이 있는데, 아주 까다로워서 익히기가 어렵다. 주로 정신 계열 스킬이라서 잘못하면 미쳐 버리니까."

"저도 익힐 수 있을까요?"

"재능이 있다면."

황철호는 끈질기게 질문을 퍼붓는 안진후에게서 김현과 비슷한 면을 발견했다.

김현은 말수가 적지만 일단 무엇이든 시작하면 굉장히 끈질겼다. 마치 그 일을 중단하면 자신이 죽기라도 하는 것처럼 필사적이었다. 그 집요하고 악착스러운 행동이 바로 단기간에 급성장한 이유였다.

'김현에겐 그럴 만한 이유가 있었어. 자기 자신을 잃어버린 경험이 있으니까. 그 때문에 4년 가까이 방에 처박혀 있었으니, 다시는 그렇게 되고 싶지 않겠지. 혹시 이 녀석에게도 비슷한 경험이 있을까?'

"세뇌를 깨는 방법은 아주 간단하단다."

현기명이 불쑥 말했다.

"뭔데요?"

관심을 보이는 안진후.

"대가리를 세게 때리면 돼. 그래도 정신이 안 돌아오면 더 세게 때려."

"……."

안진후도 황철호도, 입을 다물고 아래로 내려가는 데 집중했다.

계단은 끝이 났다. 섹터1 구획에서 섹터2로 넘어가려면 길고 복잡한 통로를 지나야 했다.

그때, 아이스하키 퍽처럼 생긴 검은 물체 수십 개가 사방 벽에서 튀어나왔다.

현기명이 안진후 앞에 섰고, 황철호는 어느새 뒤로 돌아가 있었다. 안진후를 중심으로 정면은 현기명이 맡고 후방은 황철호가 담당한 것이다.

현기명은 보이지 않을 만큼 빠르게 주먹을 뻗었다. 주먹에서 뿜어져 나온 힘이 단단한 원반 같은 물체를 때리는 순간, 폭발이 일어났다.

　황철호의 대응 방식은 달랐다. 강력한 투명 방어막을 순식간에 만들어 내어 자신과 안진후를 감쌌다. 폭발의 충격과 열기는 그 방어막 안으로 들어오지 못했다.

　안진후는 불의 정령 슈뢰딩거를 소환했다. 공간을 비집고 나타난 슈뢰딩거는 계단참을 가득 채운 화염을 보더니 팔을 벌려 온몸으로 흡수했다.

　방어막을 압박하던 열기가 빠르게 줄어들었다.

　헛기침을 한 현기명은 머리카락과 수염, 옷자락에 붙은 불씨를 손으로 툭툭 쳤지만, 검은 불꽃은 꺼지지 않았다. 오히려 옆으로 번지며 강해졌다.

　금세 몸 전체로 퍼져 나간 검은 화염에 황철호는 깜짝 놀랐다.

　"사부님! 음의 기운과 화의 기운이 뒤섞인 흑화는 쉽게 꺼지지 않습니다."

　"호들갑 떨지 마라."

　현기명이 눈을 감자 몸에서 오색 빛깔이 흘러나왔다. 적, 청, 녹, 백, 흑의 기운은 오묘한 안개처럼 퍼져 나와 몸을 에워쌌고, 흑화는 줄어들기 시작했다. 오래지 않아 흑화는 깨끗하게 사라져 버렸다.

천부선공 제5문 오행!

흑화는 소멸됐지만 그 흔적은 남아 있었다. 검댕이 얼굴, 손 등 몸 곳곳에 묻어 있었다. 반쯤 탄 수염과 옷자락도 마찬가지였다.

반면에 황철호와 안진후는 얼굴은 물론 몸 어디에도 그을음 하나 묻지 않았다.

"넌 멀쩡하구나."

왠지 시비 거는 듯한 말투.

"전 방어에 강하니까요."

"옛날부터 넌 그랬지. 하지만 늙은 사부는 불에 타 죽게 생겼는데 제자라는 놈이 아등바등 자기 한 몸 지키려고 애쓰는 게 참 볼만하구나."

"죄송합니다, 사부님."

황철호는 일단 고개를 숙였다.

눈앞의 사부는 만년에 접어들어 노관장이라 불릴 무렵에야 비교적 점잖아졌지, 한창때에는 못 말리는 싸움꾼이었다. 어떻게 보면 사고뭉치 셋째가 사부와 가장 닮은 제자인지도 모른다.

"너로선 다행이다."

눈이 반짝이는 현기명.

"무슨 말씀이신지요?"

"먼저 간다."

몸이 흐릿해지더니 노관장은 사라져 버렸다.

안진후가 다가와 조심스럽게 물었다.

"원래 저런 분이셨어요?"

"천무관에서는 오랫동안 근엄한 얼굴로 지내셨지만, 여기선 그럴 필요가 없으니까. 아무래도 회춘하신 모양이다. 너, 앞으로 고생 좀 하겠다."

"제가 왜요?"

"마스터잖아."

마스터는 길드를 이끌어야 한다. 저토록 강한 멤버가 마음대로 날뛴다면? 그보다 더한 악몽은 없을 것이다.

"아저씨가 마스터 하실래요?"

"아서라."

씩 웃은 황철호는 문을 열고 복도로 나갔다.

강풍에 휘말린 낙엽처럼 뒤로 날아간 구선희는 벽에 대大 자로 처박혔다.

그녀는 옴짝달싹도 못했다. 머리는 물론 몸통, 팔과 다리가 벽 깊이 박혔던 것이다. 적어도 몇 군데 뼈가 부러진 것 같았다. 꽉 다문 입술 사이로 고통 섞인 신음이 핏물과 함께 흘러나왔다.

그 괴물 같은 늙은이가 뒷짐 진 채 박쥐처럼 천장에 매달려 걸어오고 있었다.

'아니야. 내가 거꾸로 박힌 거였어.'

구선희는 노인처럼 천장에 매달린 철제 캐비닛을 본 후에야 그 사실을 깨달았다.

흑화탄은 저 노인에게 통하지 않았다. 한번 붙으면 다 타기 전까지 꺼지지 않는 흑화를 저 괴물은 전혀 두려워하지 않고 다가왔다.

노인이 손을 뻗자, 구선희는 벽에서 빠져나와 노인 앞으로 날아갔다. 부러진 뼈가 엇갈리며 근육을 찌르자 이번에는 비명이 터져 나왔다.

"오호, 자네도 고통을 느끼는 인간이었군."

"……죽여라."

입가로 흘러내리는 피.

"여기까지 내려오면서 자네가 죽인 사람을 모두 세었다네. 열일곱 명이더군."

"그, 그래서 뭐?"

구선희는 악을 썼다.

"그렇게 많은 사람을 아주 즐, 겁, 게 죽인 자네를 쉽게 놓아줄 수는 없지. 안 그런가?"

현기명은 손가락으로 구선희의 뺨, 가슴 그리고 복부를 가볍게 찔렀다.

구선희는 신음을 흘리며 바닥으로 떨어졌다.

"기맥을 막았으니 자네가 그렇게 자랑스러워하는 능력은 사용할 수 없을 거야. 그리고 하루에 한 번 내게 와서 점혈을 받지 않으면 자네는 일주일 동안 고통으로 몸부림치다가 죽게 될 거야. 내 장담하건대, 자넨 그 고통을 견디지 못해. 유일한 탈출구는 자살인데, 자네처럼 생의 의지가 굳은 사람은 약간의 희망이라도 있으면 절대 죽지 않지."

"다, 당신!"

현기명은 주먹으로 구선희의 정수리를 내리쳤다. 퍽, 수박 쪼개지는 듯한 소리가 났지만 구선희는 어마어마하게 아플 뿐, 외상은 전혀 없었다.

"차, 차라리 나를 죽……."

퍽!

구선희는 고통으로 어지럽기까지 했다. 그러나 이번에도 머리는 멀쩡했다. 저 노인은 고통을 가하면서도 몸은 상하지 않게 만드는 방법을 너무나 잘 알고 있었다.

"사부님, 아, 너는?"

방으로 들어선 황철호는 구선희를 알아보았다.

구선희도 마찬가지였다.

"아는 사람이냐?"

"……안면만 있을 뿐입니다."

"정말 불쌍하지 않으냐? 세뇌를 당해서 저렇게 사람들을 많이 죽였으니 말이다."

"난 세뇌당하지 않았……."

퍽!

구선희는 고통으로 할 말을 잃었다. 여기가 어디인지, 심지어 자기가 누구인지도 순간 잊었다. 머리에서 시작된 아픔은 몸 곳곳으로 뻗어 나가 깊숙이 침투해 단순한 고통 이상의 효과를 거두고 있었다.

현기명은 뒷짐을 진 채 복도로 나갔다. 안진후가 얼른 옆으로 비켜섰다. 복도 끝은 섹터2의 입구였다. 현기명은 천천히 섹터2를 향해 걷기 시작했다.

현기명이 원형의 문을 넘어 섹터2로 들어서려는 순간, 뒤쪽에서 비명이 공기를 갈랐다. 헐레벌떡 몸을 일으킨 구선희가 복도로 달려 나오다 벽에 부딪쳐 쓰러졌지만, 다시 일어나 현기명을 향해 뛰어갔다.

"왜 저러는 거예요?"

안진후가 황철호에게 물었다.

"……저 여자를 불쌍하게 생각할 때가 올 줄은 상상도 못했다. 나도 예전에 경험한 적이 있어서 얼마나 고통스러운지 알고 있다. 사부님을 중심으로 반경 20미터 이내에 있으면 괜찮아. 하지만 반경 20미터를 넘어서면…… 지옥이 시작된다."

황철호는 길도 없는 지리산 깊은 계곡을 마을 산책하듯 돌아다니는 사부를 쫓아가다가 20미터 이상 뒤처졌을 때 찾아온 고통을 아직도 잊지 못했다. 15년 가까이 흘렀는데도 몸이 여전히 기억하고 있었다.

안진후는 아무 말도 못 했다. 그저 속으로 노관장은 김현에게 맡겨야겠다고 생각할 뿐이었다.

"가자."

"네."

두 사람은 섹터2로 향했다.

윙윙 돌아가던 공기 순환 장치가 멈췄다. 그리고 방 전체가 흔들렸고, 천장에 설치된 매립형 조명이 불안하게 깜빡거렸다.

그리 멀지 않은 곳에서 들린 비명.

이어서 꽤 또렷하게 들리는 짐승의 포효.

윤태희는 등골이 오싹해졌다.

아카데미 교육 과정에는 던전 실습이라는 과목이 있다. 교육생 동기 중 유일하게 뽑혀 던전에 들어갔던 일이 기억났다.

'통곡의 벽' 황철호가 이끄는 철혈당과 함께했던 그 경험은…… 악몽이었다. 윤태희는 직접 공룡 같은 몬스터와 싸웠다. 처절한 전투 결과, 철혈당원 중에는 전사자도 나왔다.

거기서 죽은 사람은 던전 입구 근처의 묘지에 아직도 묻혀 있을 것이다.

'본부에도 던전과 연결된 입구가 있을까?'

가슴이 두근거렸다. 목숨이 끊어질 때에나 들을 수 있는 단말마 비명과 공간을 뒤흔드는 포효는…… 던전을 떠올리게 했다.

만약 마법진으로 보호되는 던전 게이트가 활짝 열렸다면? 그래서 거기 있던 몬스터가 튀어나왔다면?

윤태희는 세차게 손목을 흔들었지만, 능제갑 때문에 피부만 상할 뿐이었다.

"아악!"

가까운 곳이었다.

어지러운 구둣발 소리가 들렸다. 그리고 문이 열렸다.

심문을 위해 왔었던 주영환이 안으로 들어오며 문을 잠갔다. 오른쪽 팔은 어깻죽지 근처만 남았고, 찢어진 근육과 피부 아래로 핏물이 흘러내렸다.

하얗게 질린 얼굴로 윤태희를 노려본 주영환이 중얼거렸다.

"……너지?"

윤태희는 아무 말도 하지 않고 능제갑이 채워진 손을 흔들었다. 생채기에서 피가 솟아올랐다.

"그, 그래. 너였어. 바로 네가 게이트를 열었어."

주영환은 왼손으로 힘겹게 단검을 뽑았다. 푸르스름한 날이 천장의 빛에 반짝거렸다.

"무슨 일이에요, 대체?"

"쿠쿠쿠, 무슨 일이냐고? 그건 네가 잘 알잖아. 네가 문을 열었으니까. 그래도 넌 여기서 죽을 거야. 나도 살아남진 못하겠지만 내가 널 죽여 버릴 테니까."

비틀거리며 다가오는 주영환.

윤태희는 물러서려 했지만 의자는 바닥에 고정되어 있었다.

주영환이 단검을 치켜들었다.

그때, 벽을 뚫고 검은 화살 한 대가 날아와 주영환의 뒤통수에 박혔다. 머리를 관통한 화살촉은 이마 앞으로 나와 있었다.

주영환의 손에 들려 있던 단검이 윤태희의 어깨를 향해 떨어졌다. 윤태희는 몸을 꼬면서 무릎을 들어 주영환의 복부를 올려 찼다.

단검을 놓치고 나가떨어진 주영환.

윤태희는 최대한 손을 뻗어 추락하는 단검의 자루 끄트머리를 겨우 잡았다.

"휴우."

중지와 검지 사이로 겨우 잡은 단검을 조심스럽게 들어 올린 윤태희는 손목 안쪽으로 단검을 집어넣어 능제갑을 자르기 시작했다.

눈은 구멍 뚫린 벽을 보고 있었다. 주영환을 죽인 검은 화살이 언제 날아올지 몰라서였다.

그때, 문이 부서지며 한 사람이 들어왔다. 복도에는 특공대처럼 보이는 군인들이 자동소총을 들고 지나가고 있었다.

아직 능제갑은 풀리지 않았다. 단검은 7밀리미터 두께 중 3밀리미터쯤 잘랐다.

"안녕."

검은 활을 손에 든 남자는 빙긋 웃었다.

윤태희는 능제갑에 집중하며 그 남자를 바라보았다.

"난 흑궁이야. 그쪽은?"

"……윤태희."

"음, 처음 듣는걸. 소속 길드는?"

"없어. 아카데미 교육생이니까."

"교육생이 왜 묶여 있지? 아하, 사고 쳤구나. 얼마나 큰 사고를 쳤기에 이런 데 갇힌 거야? 뭐, 상관없어. 모조리 죽이면 되니까."

성큼성큼 다가오는 흑궁의 손이 검게 변했다.

"블랙 길드?"

윤태희가 급히 물었다.

"맞아."

"어, 어떻게 된 거지? 왜 군인이 여기까지 내려온 거지?"

"그건, 저승 가서 물어봐. 설명해 줄 사람이 거긴 아주 많을 테니까."

흑궁이 검게 물든 손으로 윤태희의 머리를 내리치려는 순간, 단검이 능제갑을 반으로 잘랐다.

힘이 돌아왔다.

윤태희는 즉시 '환막'으로 몸을 감쌌다. 실제로 존재하는 보호막은 아니지만, 환각력을 통해 구축된 보호막은 흑궁의 두뇌를 조작한 결과였다.

"이런!"

화들짝 놀란 흑궁이 뒤로 물러섰다. 그는 환각임을 상상도 못 했다.

윤태희는 흑궁의 발밑을 심연으로 만들었다.

깜짝 놀란 흑궁은 바닥을 뒹굴며 버둥거렸다. 분명히 그는 중력이 존재하는 바닥을 굴러다녔지만, 그의 두뇌는 깊은 나락으로 추락하는 중이었다.

주영환의 단검을 주워 드는데 환각이 깨졌다. 누군가의 힘이 외부에서 환각력을 무너뜨린 것이다.

어리둥절한 눈으로 두리번거리는 흑궁.

윤태희는 그를 뛰어넘어 복도로 나갔다. 뒤에서 검은 화살이 날아와 귀를 스치고 지나갔다. 다행히 흑궁은 환각력에 약했고, 그 덕에 화살은 어깨 위나 팔 아래 등으로 휙휙 지나갈 뿐이었다.

모퉁이를 도는데, 붉은 눈의 광전사가 바스타드소드를 두 손으로 쥐고 서 있었다.

윤태희를 발견한 광전사는 바스타드소드를 앞으로 쭉 내밀어 찔렀다.

어마어마한 기세로 복부를 노리고 파고드는 검을 겨우 피한 윤태희는 환각력으로 자신을 지웠다. 바로 '환명'이었다. 환각으로 투명한 상태를 만든 것이다.

다행히 눈앞의 광전사는 더 이상 공격하지 않았다. 대신, 쿵쿵 소리를 내며 모퉁이를 돌아 흑궁을 향해 달려가기 시작했다. 검은 화살이 날아왔지만 눈이 타오르는 듯 붉은 기사는 개의치 않고 돌진했다.

흑궁은 욕을 퍼부었지만 광전사에게서 벗어나기 위해 후퇴했다.

안도의 한숨을 내쉬며 몸을 돌린 윤태희는 복도를 가득 채운 몬스터를 보고 할 말을 잃었다.

벽을 부수고 전깃줄까지 뜯어낸 거대 개미 안투크, 비틀거리며 돌아다니는 좀비 무리, 타조처럼 생겼으나 덩치가 큰 카람이 거기 있었다.

윤태희는 안투크와 카람을 알아보았다.

'페플 몬스터잖아. 아! 습격당한 거야. 그래서 주영환이 그런 말을 한 거였어.'

유니온 소속 아카데미 교육생으로서 윤태희 역시 페플과의 충돌에 대해 알고 있었다.

그때, 끔찍한 비명이 터져 나왔다.

윤태희는 달리기 시작했다.

통로 네 개가 모이는 조그만 광장 같은 곳에서 그 소리가 들렸다. 거기로 접어든 윤태희는 손으로 입을 막았다.

죽은 사람들을 앞에 두고 카람과 안투크 사이에 쟁탈전이 벌어졌다. 일부는 상체만 남고 하체는 이미 먹힌 상태였다. 경련을 일으키는 다리를 가볍게 삼킨 카람 한 마리가 다른 먹이를 위해 쟁탈전에 참가했다.

발에 피가 묻지 않도록 조심스럽게 그 구역을 지나자 좀비에게 둘러싸인 사람들이 보였다. 그들은 각자의 능력을 발휘하여 저항하고 있지만 꾸역꾸역 밀려드는 좀비를 뚫고 나올 수는 없었다.

'저 녀석들은……?'

윤태희는 대번에 그들을 알아보았다. 바로 아카데미에서 함께 공부했던 동기생이었다.

고승조가 뻗은 주먹에 좀비 한 마리가 뒤로 날아가 세 마리와 함께 쓰러졌다. 체술에 강한 그레아트의 타케노프였다. 고승조는 회오리처럼 돌며 연속으로 좀비 다섯 마리를 쓰러뜨렸지만 녀석들은 비틀거리며 일어났다.

좀비 하나가 고승조의 등을 노리고 달려들자, 뒤에서 빛의 화살이 날아와 좀비의 흐릿한 눈에 박혔다. 좀비는 괴로워하며 바닥을 뒹굴다 고승조의 발길질에 잠잠해졌다.

고승조는 뒤쪽에서 도와준 이유정을 쳐다봤다. 고맙다는 인사는 사치였다.

고승조의 안전을 확인한 이유정은 벽에 기댄 채 숨을 몰아쉬는 엄명욱 옆에 앉았다. 엄명욱이 쿨럭 기침할 때마다 입에서 피가 흘러나왔다.

"……난 끝났어."

"그런 말 하지 마. 조금만 참아. 곧 교관과 선배들이 올 거야."

"올 거면 진작 왔을걸. 아, 죽을 때가 다 되니까 헛것이 보이네. 저기 봐. 윤태희잖아. 윤태희가 분명해. 아니면 윤태희를 닮은 좀빈가?"

무뚝뚝하던 엄명욱도 삶의 마지막이 다가오자 말수가 많아졌다.

"정문석에게 빚을 갚아야 하잖아."

엄명욱의 복부로 손을 집어넣어 찢어진 창자에 회복 마법을 쏟아부으며 이유정이 말했다.

"……맞아. 그 새끼 찢어 죽이기 전까지는 난 죽을 수 없어."

엄명욱의 눈에 힘이 들어갔다.

"왜 그랬을까?"

"블랙이니까."

이를 가는 엄명욱.

좀비에게 팔을 물어뜯긴 고승조가 뒤로 물러섰다. 이유정은 급히 고승조를 향해 달려가 죽음의 기운을 몰아냈다. 늦으면 고승조가 좀비로 변하고 말 터였다.

그때, 기회를 엿보던 카람이 좀비 사이를 뚫고 달려와 엄명욱의 어깨를 부리로 쪼았다.

고함을 지른 엄명욱이 이제 죽었구나 생각한 순간, 카람은 주위를 두리번거리더니 다른 곳으로 가 버렸다. 좀비 떼도 흩어지며 멀어졌다.

"태희 언니?"

이유정이 윤태희를 알아보았다.

"다, 당신 때문이야!"

고승조가 윤태희에게 달려들어 주먹을 지르고, 발을 뻗었다. 그러나 환각력에 사로잡힌 고승조는 허공을 향해 공격하고 있을 뿐이었다.

윤태희는 이유정 앞으로 걸어갔다.

물러서는 이유정.

"내가 한 게 아니야. 난…… 지금까지 갇혀 있었어."

"그걸 어떻게 믿어요?"

"내가 저 몬스터를 여기로 데려왔다면 환각력으로 이렇게 너희를 구할 이유는 없어."

"……."

이유정의 눈빛이 흔들렸다.

"날 믿든 말든 상관없어. 하지만 살고 싶다면 날 따라오는 게 좋을 거야."

"……알았어요."

"설득은 네 몫이야."

윤태희는 아직도 환각과 싸우는 고승조와 의심의 눈으로 자신을 노려보는 엄명욱을 힐끔 쳐다봤다.

강철진은 중앙통제실로 들어섰다.

그는 혼자였다. 데리고 온 각성자들은 제각기 맡은 구역으로 흩어져 움직이고 있었다.

그를 본 두 사람이 서둘러 다가왔다.

"늦었구먼."

통제실장이 말했다. 그는 50대 후반으로, 마르고 주름진 얼굴 때문에 더 늙어 보였다. 수많은 후배들에게 그는 실력 있는 각성자라기보다는 어떻게든 버티는 고목 특유의 질긴 생명력으로 유명했다.

"그래서요?"

강철진은 정면의 스크린 앞으로 걸어갔다. 섹터5와 섹터6의 CCTV 화면이 스크린 가득 채워졌는데, 아직도 저항하는 세력이 남아 있었다.

통제실장은 능력 있는 후배의 무례한 행동에 익숙했지만, 그래도 수치로 뺨이 꿈틀거렸다.

고개를 돌린 강철진은 부실장을 쳐다봤다.

"섹터2를 보고 싶습니다."

부탁 같은 명령이었다.

부실장은 입술을 꼭 깨물며 키보드를 몇 번 두드렸다. 거대한 스크린 속 화면들이 동시에 바뀌었다.

강철진은 뒷짐 지고 성큼성큼 걷는 노인을 발견했다. 그 뒤로 따라오는 사람들 중 하나는 낯이 익었다.

"……통곡의 벽, 황철호가 아닌가?"

통제실장이었다.

강철진은 빙긋 웃었다. 남쪽 해옥이 무너져 황철호가 함께 수장되었다는 이야기를 들었을 때, 왠지 믿기지 않았다. 황철호는 쉽게 죽을 사람이 아니었다.

황철호 뒤에서 비틀거리며 따라가는 여자를 본 순간, 강철진은 눈을 의심했다.

"……블랙의 구선희 같은데."

부실장이 중얼거렸다.

"두 분께서 이곳을 맡아 주셔야겠습니다. 오래 걸리진 않을 겁니다."

강철진은 대답도 듣지 않고 중앙통제실을 나섰다.

섹터3로 접어드는 새하얀 복도 끝에 한 사람이 서 있었다. 턱에 난 빳빳한 수염을 어루만지던 그는 이제 막 복도로 들어선 사람들을 무심하게 쳐다보았다.

"오랜만이군."

강철진이 말했다.

강철진을 보며 고개를 갸웃거린 현기명이 뒤를 돌아봤다. 황철호가 앞으로 나섰다.

"오랜만입니다."

"아는 사람이냐?"

현기명이 물었다.

"네, 조금."

"천무관에선 혼자 지내더니만, 여기서는 친구들이 꽤나 많구나."

"……친구는 아닙니다, 사부님."

당황한 황철호.

"음, 저 짙은 살기를 보니 친구라고 할 순 없겠군."

현기명의 말이 옳았다. 점점 강해지는 살기 때문에 바람 한 점 없어야 정상인 실내인데도 강철진의 옷자락이 펄럭거렸던 것이다.

"구선희."

강철진이 부르자 구선희는 몸을 부들부들 떨었다. 고개는 들지도 못했다.

"넌 나중에 보자. 황철호, 따라와라."

그렇게 말한 강철진은 배틀 룸으로 향했다.

섹터마다 하나씩 구비된 배틀 룸은 이름처럼 전투를 위한 공간이었다. 각성자가 마음껏 능력을 발휘해도 유니온 본부에는 충격이 전해지지 않게끔 설계된 방이기도 했다. 각성자끼리 분쟁이 생기면 중세처럼 결투로 해결하기도 하는데, 그때 배틀 룸이 사용되었다.

"다녀오겠습니다."

황철호는 사부를 향해 고개를 숙인 후 강철진을 뒤따랐다.

"동전 있느냐?"

현기명이 안진후를 보며 물었다.

"없는데요."

고개를 돌린 현기명은 15미터 남짓 떨어져 몸을 바들바들 떨고 있는 구선희를 보며 손짓했다. 흠칫 놀란 구선희는 최대한 빨리 달려왔다.

"부, 부르셨습니까?"

"동전."

"네?"

퍽.

현기명의 주먹이 정수리를 강타하자 구선희는 개구리처럼

바닥에 납작 찌그러졌다. 고통은 손가락 끝까지, 발가락 끝까지 뻗어 나갔다.

겨우 정신을 차린 구선희는 주머니에서 동전을 꺼내어 현기명에게 두 손으로 바쳤다.

"앞면이 나오면 섹터3로 가고, 뒷면이 나오면 구경하러 간다."

"……구경요?"

"그래, 구경."

현기명은 동전을 던졌다. 실내조명의 빛을 반사하며 빙글빙글 돌아가던 동전은 노관장의 주름진 손바닥 사이로 안착했다. 들어 올린 손바닥에는 앞면이 나와 있었다.

"아쉽구나. 가자."

현기명은 섹터3로 이동했다.

배틀 룸은 바닥도, 벽도, 천장까지도 온통 하얀색이었다. 충격을 효과적으로 흡수하는 특수 재질의 합금으로 만들어져 마치 100미터 트랙을 밟는 느낌이었다.

강철진은 깍지를 끼고 손가락 마디를 우두둑 꺾으며 배틀 룸으로 들어와 자리를 잡는 황철호를 바라보았다.

"자네와는 이번이 세 번째지?"

"일패일무죠."

황철호도 팔을 휘돌려 몸을 풀었다.

처음 강철진과 싸운 건 갓 아카데미를 졸업했을 때였다. 유니온이 주관하는 격투 대회에 참가했는데 상대가 강철진이었다. 황철호는 최선을 다했지만 3분도 못 버티고 기절하고 말았다.

두 번째 싸움은 던전 안에서였다. 현문 각성자들을 죽이려 은밀히 기습했던 블랙 길드는 황철호라는 벽을 넘어서지 못하고 결국 물러섰다. 바로 그 싸움으로 황철호는 통곡의 벽이라는 별명을 지니게 되었다. 당시 블랙의 공격대를 이끈 게 바로 강철진이었다.

"오늘로 끝이네. 시작하지."

"알겠습니다."

황철호는 천무관 특유의 자세를 취했다. 왼발을 앞으로, 무게중심은 오른발로. 왼팔은 앞으로 뻗은 채 손바닥을 정면으로 보이고, 오른손은 주먹을 쥔 채 허리에 붙였다.

강철진이 잔상만 남기며 사라졌다.

다음 순간, 강철진의 발이 황철호의 관자놀이를 노리며 날아왔다.

황철호가 팔을 들어 막았지만 맹렬한 각력에 튕겨 나갔다.

10미터가량 미끄러진 황철호는 급히 허리를 굽혔다. 강철진의 중단 차기가 황철호의 머리 위로 지나갔다.

평.

공기가 둘로 갈라지며 퍼져 나가는 소리.

황철호는 몸을 앞으로 날렸다. 몸을 둥글게 말아 낙법으로 일어선 그가 돌아서자, 강철진이 천천히 고개를 끄덕였다.

"여전히 재빠르군."

"여전히 강하십니다."

"본격적으로 시작해 볼까?"

"그러죠."

숨을 들이마셔 가슴이 부풀어 오른 강철진은 몸 밖으로 검은 안개를 뿜어냈다. 배틀 룸의 새하얀 바닥에 깔린 안개는 곧 사방을 가득 채웠다.

테네파르 인스푸모를 안개처럼 분출하여 상대의 시각을 무력화시키는 강철진만의 스킬이었다.

강철진이 검은 안개를 가르며 돌진해 황철호의 옆구리를 발로 찼다.

펙.

황철호는 두 손으로 충격을 줄이며 발을 잡았다. 왼손으로는 발바닥을, 오른손으로는 발목을. 그리고 순간적으로 비틀며 물러섰다.

쫓아가려던 강철진이 발을 절뚝거렸다.

"인대가 끊어졌군."

"그 정도는 당신께 아무 문제가 안 될 겁니다."

"그건 맞아."

불과 몇 초 만에 손상된 인대가 원래대로 회복되었다. 테네파르 인스푸모가 접착제처럼 인대 사이로 파고들어 가 끊어진 부분을 연결한 것이다.

검고 기다란 물체가 황철호의 정수리를 노렸다.

또 다른 검은 물체가 나타나 그 공격을 막았다.

캉캉, 금속이 부딪치는 듯한 소리가 공중에서 수차례 반복되었다.

"자네는 정말이지 대단해. 그때 던전에서도 말했지만 정말 현문에 있기엔 아까운 인재야. 내 블랙 스콜피온을 그대로 만들다니."

강철진은 말을 하면서도 테네파르 인스푸모가 응축된 전갈 꼬리로 황철호의 허점을 노렸다. 황철호가 만들어 낸 전갈 꼬리는 그 예리한 공격을 빠르게 막았다.

두 사람은 한 걸음씩 가까이 다가섰다. 두 사람이 만들어 낸 전갈 꼬리의 공격은 더욱 예리해졌고, 그만큼 위험은 커졌다. 황철호가 방어뿐 아니라 공격 빈도를 늘렸던 것이다.

손을 뻗으면 닿을 거리로 접근한 두 사람은 서로를 바라보았다. 집중력이 약간만 흐트러져도 전갈 꼬리가 방어를 뚫고 머리를 둘로 쪼개 버릴 거리였다.

전갈 꼬리가 황철호의 뺨을 가볍게 스쳤다. 피부가 갈라지며 핏방울이 흘러내렸다. 다음은 팔뚝에 꽤 깊은 상처가 났다. 피는 새하얀 바닥으로 뚝뚝 떨어졌다.

"통곡의 벽에 금이 갔군."

"그럴까요?"

그 순간, 강철진의 이마에 세로로 상처가 나고 핏물이 차올랐다.

"흥!"

이를 악문 강철진은 체내의 테네파르 인스푸모를 짜내어 또 다른 꼬리를 만들어 냈다.

침이 달린 꼬리 하나가 황철호의 전갈 꼬리를 가로막고 새로 생성된 꼬리가 황철호의 정수리에 박히려는 찰나, 황철호는 사라져 버렸다.

코앞으로 다가온 황철호의 주먹이 강철진의 가슴을 때렸다. 움푹 들어간 피부. 갈비뼈 세 대가 우두둑 부러졌다.

비틀거리며 일어선 강철진은 죽음의 힘이 조각난 갈비뼈를 하나로 붙이고 있음을 통증으로 알 수 있었다.

그때, 앞으로 돌진해 온 황철호가 바닥을 발로 쾅 굴렀다. 타각의 충격파가 강철진을 덮치자 살짝 붙었던 갈비뼈가 다시 흩어졌다.

"아아악!"

비명을 지르면서 강철진은 공중으로 떠올랐다.

황철호가 강철진 주위를 맴돌면서 천무삼권으로 두들겼다.

배틀 룸의 구석까지 날아가 처박힌 강철진은 겨우 고개를 들 수 있었다.

황철호는 천천히 걸어가 그를 내려다보았다.

"한때는 당신도 강했습니다."

"……한때?"

"계속 수련을 해 왔다면 쓰러진 건 당신이 아니라 저였을 지도 모릅니다."

"후후, 재미있군. 그래도 자네는 날 못 죽여."

"저도 압니다. 하지만 회복을 늦출 수는 있지요."

황철호는 타각을 펼쳐 강철진을 다시 한 번 공중으로 띄웠다. 그리고 천무삼권을 연거푸 세 번 펼쳤다. 아홉 개의 주먹이 뼈를 부수고 근육을 끊었다.

"일어서려면 적어도 이틀은 걸릴 겁니다. 그 전에 쿠데타는 종결될 테니, 편히 쉬십시오."

기절한 강철진을 내려다보며 속삭인 황철호가 배틀 룸을 빠져나갔다.

손을 뻗으면 괴성을 지르는 괴조 카람이 산산조각이 난다. 가벼운 발길질에 좀비 열 마리가 뒤로 나뒹굴었고, 두 번 다시 움직이지 않는다. 현기명이 타각을 펼치자 달려들던 광전사들이 천장으로 처박혔다가 아래로 떨어졌는데, 눈은 물론 코와 입, 귀로 피가 흘렀다.

빠르지도, 느리지도 않게 걸어가는 현기명 앞을 가로막을 건 어디에도 없었다.

안진후는 김현에게서 느꼈던 그 깊은 질투심에 다시 한 번 사로잡혔다. 세상에 이렇게나 강한 사람이 있을 줄이야. 김현조차도 눈앞의 노관장에 비하면 아무것도 아닌 사람처럼 보일 것이다.

이제 몬스터들은 달려들지 않고 물러섰다. 파괴의 본능까지도 현기명이 박살 낸 것이다.

놀란 건 안진후만이 아니었다. 반경 20미터 이내에 있어야 끔찍한 고통을 면할 수 있기에 비틀거리면서도 끈질기게 쫓아다니던 구선희는 입을 다물 수 없었다.

'나는…… 코끼리 앞을 가로막은 개미 꼴이었어. 살아남은 게 기적이야.'

섹터4의 중심부에 도착했다.

현기명은 안진후의 안내를 받아 중앙통제실로 들어섰다. 숨어서 기습하려던 실장과 부실장은 현기명이 쏜 청지풍에 급소 세 군데를 맞아 정신을 잃고 널브러졌다.

안진후는 백팩에서 노트북을 꺼내어 중앙통제실의 시스템과 연결했다. 외부 접속은 불가능에 가깝지만 중앙통제실 안에서의 접속은 매우 쉬웠다. 심지어 관리자 비밀번호가 모니터 옆에 포스트잇으로 붙어 있었다.

그동안 푹신한 의자에 앉아 있던 현기명이 구선희를 손가락으로 불렀다.

급히 달려온 구선희.

"오늘부터 넌 내 넷째 제자의 제자다."

말뜻을 알아듣지 못하고 멍하니 쳐다보는 구선희의 정수리로 노관장의 주먹이 떨어졌다.

아무리 맞아도 익숙해질 수 없는 고통에 구선희는 몸부림을 쳤다. 그러나 최대한 빨리 몸을 가다듬었다. 잘못하면 망치 같은 주먹이 다시 정수리를 내리칠지도 모른다.

"김현이 누군지 알고 있느냐?"

"……처음 듣습니다만."

"뭐, 앞으로 자주 듣게 될 게다. 김현은 내 넷째 제자다. 내가 아끼는 놈이지. 넌 오늘부터 그 녀석의 제자다. 이제 무슨 뜻인지 알겠느냐?"

"……."

이번엔 이해한 구선희.

하지만 블랙 길드의 일원이자 자랑스러운 각성자로서 누군지도 모르는 사람의 제자가 될 수는 없다.

단호하게 말해야 하는데, 입술은 꽉 닫혀 있었다. 몸이 그 말을 거부한 것이다.

"싫으면 싫다고 해라."

주먹을 들어 올린 현기명.

"……아닙니다."

"하하, 김현 녀석이 아주 기뻐하겠어. 그런데 넌 안 기쁘냐? 뚱한 걸 보니 내 결정에 불만이 있는 모양이구나."

노관장은 정색하며 구선희를 노려보았다.

"호호, 기쁩니다."

구선희는 죽을 지경이지만 억지로 웃었다. 말이 안 통하는 이 늙은이 앞에서 살아남으려면 연기라도 잘해야 한다.

쾅.

다시 정수리를 때린 주먹.

구선희는 눈물을 흘리며 억울한 표정으로 노관장을 쳐다보았다.

"여자는 자고로 웃음이 헤프면 못써."

언젠가 자유를 되찾아 이 늙은이는 물론 천무관을 잿더미로 만들 날을 꿈꾸지 않았다면 구선희는 당장이라도 혀를 깨물고 죽었을 것이다.

그러면서도 눈물을 흘리지 않으려고 애를 썼다. 눈물이 많다고 때릴 것 같아서였다.

슬쩍 구선희 쪽을 쳐다본 안진후는 입술 사이로 비집고 나오려는 웃음을 겨우 참았다.

비록 청초하고 순수한 20대의 아름다움은 아니지만 30대 중반의 성숙한 몸매와 매혹적인 얼굴을 소유한 구선희는 이런 대접, 처음일 것이다. 노관장에겐 남자, 여자의 구별은 의

미가 없었다.

'아예 김현에게 마스터 자리를 넘겨야겠다. 김현이라면 그래도 저 어르신을 감당할 수 있을 거야.'

안진후가 시스템을 껐다가 다시 부팅시키자 벽에 달려 있는 수십 개의 모니터에서 주르륵 복잡한 텍스트가 흘러나왔다. 이윽고 시스템이 정상적으로 작동하기 시작했다.

"자, 어디에 뭐가 있는지 살펴볼까."

손을 비빈 안진후는 시스템을 자세히 살폈고, 가장 먼저 각 섹터의 상태부터 확인했다.

방어 마법진이 공격을 받아 불탄 섹터7이 문제였지만, 화재 진압 시스템은 제대로 갖춰져 있었다. 다만 일부러 사용하지 않아서 불길을 키웠을 뿐이다.

"못된 놈들."

노트북으로 명령을 내린 안진후가 생존자들 사이에 끼어 있는 통제실장과 부실장을 노려봤다.

이제 곧 섹터7 내부의 화재는 잡힐 테고, 운 좋게 화마를 피한 생존자들이 살아남을 가능성은 높아질 것이다. 안진후는 불길이 진압된 후 격벽이 열려 봉쇄가 풀리도록 조치를 취했다.

다음은 외부와의 통신을 복구했다. 곧 커다란 디스플레이에 생방송 뉴스가 흘러나왔다.

현기명이 스크린 앞으로 걸어갔고, 구선희가 유령처럼 뒤따랐다.

○○빌딩 붕괴 소식이 뉴스로 나오고 있었다. 무너진 ○○대교는 자막으로 깔리고 있었다.

안진후는 말없이 뉴스를 보았다. 앵커는 몇 번이나 반복하여 '테러'를 강조했다. 서울 시내 곳곳에서 연속적으로 테러가 일어났으며, 아직도 진행 중이라는 내용이었다.

테러가 터진 곳을 서울 지도 위로 옮겨 표시한 안진후는 눈살을 찌푸렸다.

"왜 그러나?"

현기명이 물었다.

"테러는 다섯 군데에서 집중적으로 터지고 있습니다."

안진후가 테러 발생 지역과 길드 위치를 같이 보여 주자 현기명도 알아차렸다. 유니온을 이루는 다섯 개의 길드 근거지가 바로 테러 발생 지역이었다.

안진후는 유니온의 최고 결정 기구인 5인회와 실질적인 힘을 가진 15인회가 지금 어디 있는지 찾아보다가…… 할 말을 잃었다.

뉴욕으로 향하던 두 대의 비행기가 북극 상공에서 폭발했다는 소식이 벽 한쪽을 채웠다. 바로 그 비행기에 5인회와 15인회의 대부분이 타고 있었다.

이 쿠데타가 얼마나 치밀하게 준비됐는지 이제야 실감할 수 있었다.

15인회 중 뉴욕행을 포기한 사람은 블랙 길드 소속 곽도철, 차동원, 강철진 그리고 현문 길드의 김대욱뿐이었다. 5인회와 15인회를 합쳐 스무 명 중 단 네 명만 살아남은 것이다.

'일단 이곳부터 정리하자. 다음 일은 그때 생각하는 게 좋겠다.'

안진후는 키보드로 명령을 내려 감시 카메라 화면을 먼저 띄웠다. 몬스터가 얼마나 남아 있는지, 생존자가 있다면 어디에 있는지 찾기 위해서였다.

대부분의 화면은 사진처럼 정지 상태였다. 산산조각이 난 몬스터의 파편 사이로 시체들이 있었다.

수백 개나 되는 감시 카메라 화면을 살피는데, 잠시 잊었던 분노가 스멀스멀 피어올랐다. 저 많은 사람들을 죽일 만큼 운명의 구슬이 중요할까?

'지하 비고에도 감시 카메라가 있을 텐데.'

찾아봤더니 카메라 파손으로 아무런 화면도 나오지 않았다. 주용석이 손을 쓴 것이다.

"마스터, 이제 어떻게 할 건가?"

현기명이 안진후를 똑바로 쳐다보며 물었다.

안진후는 '마스터'라는 호칭이 부담스러웠지만, 그 문제는 나중으로 미루었다.

"쿠데타가 실패했음을 알려야죠. 마침, 왔네요."

안진후는 중앙통제실로 들어선 황철호를 보고 무척 반가

워했다.

잠시 후, 황철호는 카메라 앞에 섰다. 어색한 표정으로 카메라를 쳐다보던 그가 입을 열었다.

"쿠데타는 실패했다."

그 모습은 유니온 본부 곳곳으로, 외부 통신망을 통해 각 성자들에게로 퍼져 나갔다.

뇌진

섹터5, 섹터6, 섹터7으로 갈라지는 중앙 홀로 들어선 조태훈은 먼저 도착한 송혜나, 이범구, 이상범, 흑궁 그리고 교육생 정문석을 알아보았다. 군인들은 자동소총의 총구를 아래로 내린 채 오와 열을 맞추어 한쪽에 서 있었다.

"그 동영상, 봤어요?"

송혜나가 묻자 조태훈은 고개를 끄덕이며 질문을 던졌다.

"위원님은?"

"……연락이 되지 않습니다."

이범구가 대답했다.

"정말 황철호가 해옥에서 탈출했을까요?"

흑궁이었다.

"그렇다고 가정해야지. 위원님 앞을 가로막을 사람은 통곡의 벽뿐이니까. 하지만 다들 알다시피 누구도 강철진 위원님을 죽일 수는 없어."

조太훈의 말에 모두가 고개를 끄덕였다. 그들은 강철진이 불사의 존재라는 사실을 잘 알았다.

또한 그들은 강철진이 없으니 조太훈이 리더라는 사실도 알고 있었다.

조용히 명령을 기다리는 각성자들.

"아래로 내려간다."

조太훈은 황철호가 결코 혼자 유니온 본부로 내려왔을 가능성은 없다고 확신했다. 현문 소속 각성자가 대거 따라왔을 테니, 정면으로는 승산이 없었다.

따라서 비고로 내려가야 한다.

거기엔 감찰관 주용석뿐 아니라 두 명의 위원 곽도철, 차동원이 있을 것이다. 그들과 합류한다면 황철호가 아무리 견고한 벽이라고 해도 무너뜨릴 수 있을 터였다.

"가자."

조太훈이 앞장섰다.

각성자들이 뒤따랐으며, 마지막으로 군인들이 저벅저벅 소리를 내며 움직이기 시작했다.

아파트 단지 사이로 통과한 거센 바람이 도로를 건너 골조 공사가 한창 진행 중인 건물 5층을 통과했다. 여기저기 망치 내리치는 소리와 인부들 특유의 고함이 들려야 하건만, 오늘은 이례적으로 조용했다.

콘크리트 벽을 보고 서 있는 인부들은 옷을 갖춰 입은 마네킹 같았다. 그들은 서로를 쳐다보지도 않고, 욕이 반인 이야기를 주고받지도 않았다. 멍한 눈으로 오로지 벽만 노려보고 있을 뿐이었다.

5층 바닥에 커다란 마법진이 그려져 있었다.

복잡한 기하 도형이 어우러진 마법진은 노란색에 가까운 형광 물질로 그려졌는데, 던전에서 생산되는 귀한 성질석 몇 개를 섞어서 만든 것이었다.

강도진은 마법진을 바라보다 뻥 뚫린 도로 쪽으로 걸어가 아래를 내려다보았다.

녹색 신호등에 사람들이 횡단보도를 건너는 중이었고, 그 사이로 오토바이 한 대가 빠르게 달리고 있었다. 정류장에 멈춘 버스로 사람들이 올라탔고 몇 명은 내렸으며, 버스 옆에 서 있던 트럭 뒤쪽 칸에는 이삿짐이 실려 있었다.

다시 마법진 쪽으로 시선을 옮기는 강도진.

아직까지도 최근에 알게 된 진실을 실감하기가 어려웠다.

아버지에게 받은 알약 덕에 이 기묘한 사실을 알게 됐지만, 머릿속은 여전히 복잡했다.

아버지 강영준이 다가왔다.

"저건 뭐예요?"

강도진이 물었다.

"뇌진."

"……각성자와 관련이 있는 건가요?"

"맞다."

"저도 각성할 수 있을까요?"

"그야 두고 봐야지."

강영준은 불안해하는 아들에게 확신을 줄 수 없었다. 누구도 각성을 단정 지을 수 없다. 그저 적두를 복용하며 진실에 노출됨으로써 그 가능성을 높일 수 있을 뿐이다.

아버지가 마법진을 살피러 가자 강도진은 다시 도로와 그 너머 아파트 단지를 바라보았다.

갑자기 나타나 노관장의 제자가 된 김현은…… 각성자였다. 게다가 노관장의 둘째 제자이자 천무관의 부관장인 황철호마저 각성자였다. 아버지 말씀이 옳다면, 노관장 역시 최근에 각성했을 것이다.

가스폭발로 알려진 천무관 사고도 실은 다른 차원에서 침투한 괴물의 공격이었다!

이제까지 알고 있던 세계는…… 거짓의 세계였다.

강도진은 자기 자신마저 가짜처럼 느껴졌다. 밤에는 악몽으로 잠까지 설쳐, 지금도 눈꺼풀이 무거웠다.

강도진을 버티게 하는 원동력은 짜증 섞인 분노였다. 그 애송이 같은 김현은 각성을 했는데 자신은 이렇게 멍청하게 지내다가 아버지 덕에 겨우 진실을 깨달았다는 사실 자체가 마음에 들지 않았다.

'아버지가 내게 적두를 주지 않았다면, 난 저 아래에서 돌아다니는 사람들처럼 아무것도 모르고 있었겠지.'

"도진아."

아버지가 불렀다.

강도진은 기분이 묘했다. 아버지는 천무관을 이끄는 관장이라서 무뚝뚝한 태도로 일관했다. 지금처럼 이름을 부르는 경우도 매우 드물었다.

다가온 강도진에게 강영준은 핸드폰을 내밀었다.

"부관장님이네요."

핸드폰 속 황철호는 '쿠데타는 실패했다.'고 단언했다. 강도진은 쿠데타가 무엇인지, 왜 아버지의 표정이 무거운지 이해할 수 없었지만 그저 가만히 있었다.

"아무래도 저 마법진을 사용해야겠다."

강영준은 뇌진 중앙으로 걸어가 책상다리를 하고서 앉았다. 품에서 꺼낸 자주색 성질석 혼마석을 앞에 내려놓자 뇌진 전체가 반응했다. 혼마석의 힘을 뇌진에 본격적으로 주입하기 전, 그는 아들을 바라보았다. 아들의 눈빛은 여전히 혼란으로 가득했다.

"아버지가 뭘 할 수 있는지 보아라. 너도 언젠가 할 수 있는 일이니까."

"······네."

강도진은 뒤로 물러났다.

뇌진이 발동되었다. 바닥에 그려진 형광색 선에서 빛이 뿜어져 나와 반원형의 막을 만들었는데, 갑자기 사방으로 섬광처럼 뻗어 나갔다.

'이제 그 어떤 마법으로도 날 찾아낼 수 없어. 뇌진이 날 보호하고 있으니까.'

강영준은 눈을 감은 상태로 사람들을 볼 수 있었다.

건물의 윤곽, 전봇대, 자동차 따위는 물론 사람들이 입고 있는 옷 같은 건 보이지 않았다. 오직 사람들의 정신만 일렁이는 빛의 형태로 드러났다.

'일단 근처에 각성자가 있는지부터 확인해 볼까.'

뇌진의 범위를 반경 1킬로미터로 넓혔다. 다행히 그 안에 있는 각성자는 자신뿐이었다.

복용자는 두 명이었다. 강도진과, 길 건너에 한 명 더 있었다. 강영준은 그 복용자가 누군지 알고 있었다.

'자, 시작해 볼까.'

강영준은 세뇌가 가능한 정신들을 한자리로 모았다. 그 장소는 아파트 단지 입구였다.

달리던 자동차들이 약속이라도 한 것처럼 멈췄고, 거기 탄 사람들이 내려서 일제히 단지 입구로 모여들었다. 버스에 탄 사람들은 물론 도로를 건너기 위해 신호를 기다리던 사람들도 몸을 돌려 그 대열에 합류했다.

5층에서 아래를 내려다보던 강도진은 할 말을 잃었다. 줄잡아 수십 명이 인형처럼 아파트로 걸어가고 있었던 것이다. 그는 빛나는 마법진 속에 앉아 있는 아버지를 보고 탄성을 터트렸다.

이런 능력이라니!

'나, 나도 이런 능력을 가질 수 있을까? 아니야. 반드시 가져야 해. 반드시!'

최상진은 앞을 막아 봤지만 각목이나 쇠 파이프 같은 연장을 든 채 버스에서 내려 아파트 입구로 걸어가는 부하들은 그의 목소리를 듣지도, 그를 쳐다보지도 않았다.

주위를 둘러본 그는 입을 쩍 벌렸다.

도로는 자동차로 꽉 막혀 있었다. 거기서 내린 사람들은 이미 단지 입구에 모여 있었다. 아파트에서도 사람들이 내려오고 있었다. 유모차를 이끄는 엄마들도 줄을 지어 모여드는

데, 모두 합치면 수백 명은 될 듯했다.

"도대체 이게 뭐야!"

최상진은 고함을 내질렀지만 바로 옆을 지나가는 사람조차도 아무 반응이 없었다.

화가 난 최상진은 젊은 여자의 뺨을 후려쳤다. 철썩 소리가 나면서 고개가 확 돌아갔지만 여자는 최상진을 향해 화를 내기는커녕 고통도 못 느끼는지 사람들이 모인 곳으로 서둘러 걸어갔다.

'아, 맞아! 사람을 조종할 수 있는 능력에 대해서 들은 적이 있어. 분명히 그런 능력을 가진 각성자가 여기 어딘가에 있는 거야.'

최상진은 도망치듯 버스로 올라갔다. 자신마저 그 능력에 당할까 두려웠던 것이다. 주위를 둘러보면서 핸드폰을 꺼낸 그는 감찰관에게 전화를 걸었지만, 신호음만 들릴 뿐이었다.

사람들은 휘두를 수 있는 무기를 손에 쥔 채 밀물처럼 아파트 주차장으로 걸어갔다. 그리고 엘리베이터를 타고 유니온 본부 섹터1으로 내려갔다.

먼저 내려온 사람들은 복도가 가득 찰 때까지 마네킹처럼 기다렸다. 발 디딜 틈이 없을 만큼 사람들이 내려오자, 한꺼번에 섹터2를 향해 움직이기 시작했다.

그들의 머릿속에는 없애야 할 적의 얼굴이 선명하게 그려져 있었다. 바로 강영준이 주입한 이미지였다.

아파트 지하 주차장 입구에도 수백 명이 차례를 기다리고 있었다. 그들의 머릿속은 단순했다. 현기명과 황철호를 죽여야 한다는 생각뿐이었다.

안진후는 무전기를 손에 든 채로 스크린을 올려다보았다. 생존자가 몬스터를 피해 숨어 있는 곳은 섹터6 제4연구실이었다.

"거기서 왼쪽으로 가세요."

안진후의 무전을 들은 황철호와 현기명은 갈림길에서 왼쪽으로 꺾었다. 구선희는 도살장에 끌려가는 돼지처럼 힘겹게 따라가고 있었다.

안진후는 제4연구실 앞 복도에 진을 치고 있는 좀비 떼를 볼 수 있었다.

"좀비가 하나, 둘, 셋…… 스무 마리 이상 있으니까 조심하세요."

사실, 조심하라는 말은 예의였다.

안진후는 그 화면을 한쪽에 고정시켜 두고, 다른 생존자를 찾기 시작했다.

"자, 가 볼까."

현기명이 뒷짐을 지고서 앞으로 나가자, 땀을 뻘뻘 흘리는
구선희가 서둘러 따라갔다. 그녀의 눈은 공포로 흔들렸다.
능력을 잃어버린 지금 좀비 떼에 둘러싸이면 순식간에 먹히
고 말 터였다.

"살려 주세요."

황철호를 향해 속삭이는 구선희.

황철호는 두 손바닥을 들어 보였다. 구선희의 악행을 생각
하면 아무리 불쌍해도 도와줄 수는 없다.

퍽.

머리를 얻어맞은 구선희는 울상을 지으며 현기명을 따라
갈 수밖에 없었다.

그때, 손가락이 구선희의 옆구리를 가볍게 찔렀다. 갑갑한
기분이 사라지고 마치 시원한 물을 한 컵 마신 것처럼 몸 전
체가 후련해졌다.

"너의 능력으로 좀비 떼를 물리쳐라."

현기명이 말했다.

"……제가요?"

"할 수 있겠지?"

"아, 네."

구선희는 현기명을 기습할까 생각했지만, 저 괴물 같은 늙은이의 옷깃도 스치지 못한다는 사실을 잊지 않았다. 차라리 달아나는 게 더 가능성이 높을 것이다.

좀비 떼를 향해 달려가다가 방향을 틀어 도망치던 구선희는 시야가 깜깜해지는 고통에 바닥으로 뒹굴었다.

퍽.

정수리를 때리는 익숙한 감촉.

"능력 봉인을 해제했다고 고통까지 없어질 줄 알았구나. 아직 멀었어."

현기명은 손가락을 대지 않고 청지풍으로 구선희의 혈도를 찍었다.

다시 몸이 무거워진 구선희는 눈물을 흘렸다.

구선희를 바라본 현기명은 청지풍으로 점혈을 풀었다.

"한 번 더 기회를 주마."

젖은 눈시울로 현기명을 올려다본 구선희는 이유도 모른 채 가슴이 뭉클했다. 이런 느낌, 블랙 길드에서는 한 번도 경험해 보지 못했다.

"내가 왜 널 끝내지 않고 데리고 다니는지 아느냐? 왜 기회를 주는지 아느냐? 아직 너에겐 희망이 있다. 그걸 알기 때문이란다."

"……."

구선희는 아무 말도 못 했다. 그저 저 괴팍하면서도 인자한 노인을 위해서라면 무엇이든 할 수 있을 것 같은, 그런 마음이 솟아났다.

이유는 그녀 자신도 몰랐다.

"좀비 놈들이 오는구나."

현기명이 앞을 가리켰다.

구선희는 흑화탄을 만들어 좀비들을 향해 쏘며 앞으로 내달렸다.

검붉은 불길에 휩싸여 타들어 가는 좀비 사이를 뚫고 제4연구실로 들어선 황철호는 살짝 몸을 비틀어 날아오는 약병을 피했다.

약병이 깨지자 허연 연기를 피우며 흘러내린 액체에 바닥이 부글부글 녹기 시작했다.

황철호는 두 손을 들어 손바닥을 보여 주며 약병을 던진 사람 앞으로 한 걸음 다가섰다.

"다, 당신은……?"

"맞습니다. 저는 황철호입니다."

"살인죄로 해옥에 갇혀 있다고 들었는데, 아닙니까?"

뒤쪽에 있던 중년 남자가 물었다. 그는 양손으로 편광현미경을 들고 있었다. 의심이 조금만 짙어지면 그 무거운 현미경을 던질 작정이었다.

"이번 쿠데타는 블랙 길드 소행입니다. 저는 블랙 길드의 함정에 빠져 해옥에 갇혔다가, 겨우 거기서 빠져나왔습니다."

황철호는 담담한 말투로 설명했지만, 아래에서 올라온 몬스터에게 쫓기고 위에서 내려온 각성자와 군인에게 뒤통수를 맞은 생존자들은 쉽게 설득되지 않았다.

"시간은 우리 편이 아닙니다. 아직도 몬스터가 돌아다니고 있습니다. 블랙 길드는 유니온 본부를 장악하기 위해 기회를 노리고 있습니다. 저를 믿지 못하겠다면 거기 그대로 계셔도 됩니다. 최악의 선택은 아닐 겁니다. 운이 좋으면 살아남을 수도 있으니까요."

황철호는 최후통첩을 했다.

논의는 금세 끝났다. 생존자들은 황철호를 따라 연구실 밖으로 조심스럽게 나왔다. 불타는 좀비를 본 그들은 몸을 움찔하며 황철호 뒤로 따라붙었다.

황철호가 생존자들을 중앙통제실로 데려갈 때, 안진후는 무전으로 또 다른 생존자들이 숨어 있는 위치를 현기명에게 알렸다.

"자, 가 볼까."

현기명의 말에 구선희는 고개를 끄덕였다.

수면실 안쪽의 공간에 숨어 있던 생존자를 찾아내어 위치를 알린 안진후는 슬쩍 뒤를 쳐다봤다.

스무 명 남짓한 생존자들이 한쪽에 모여 있었다. 그 앞에는 화르르 불꽃이 타오르는 불의 정령 슈뢰딩거가 서서 감시하고 있었다. 슈뢰딩거는 사소한 몸짓 하나 놓치지 않기 위해 맹렬하게 노려보는 중이었다.

피식 웃은 안진후는 외부 상황을 확인하기 위해 방송 화면을 띄웠다.

다행히 무차별 테러가 멈췄다는 뉴스가 흘러나왔다. 황철호를 앞세워 퍼트린 동영상이 쿠데타를 일으킨 쪽에게도, 일방적으로 당하던 각성자에게도 꽤 영향이 있었던 듯했다.

색다른 뉴스가 눈에 띄었다. 교통이 완전히 마비되어 명절처럼 도로가 주차장이 된 상황이었다. 헬기에서 찍은 뉴스 화면에는 텅 빈 자동차들만 도로를 가득 메우고 있었다.

화면 가장자리에 걸쳐진 아파트 단지를 본 안진후는 할 말을 잃었다.

"……유니온 본부 입구가 있는 그 아파트 단지야."

입구 근처에 설치된 CCTV 화면을 띄운 안진후는 입을 다물지 못했다. 스크린으로 그 모습을 본 생존자들도 반응은 마찬가지였다.

싱크

사람들이 식도나 몽둥이, 쇠 파이프 따위를 들고 꾸역꾸역 아파트 지하 주차장으로 몰려들고 있었다.

안진후는 섹터1, 섹터2 화면으로 스크린을 채웠다. 섹터3 로 이어지는 복도는 모두 사람들로 가득 차 있었다.

"……이런."

안진후가 불러낸 섹터3 통로 CCTV 화면에도 사람들로 발디딜 틈이 없었다.

무전기를 든 안진후가 말했다.

"노관장님, 철호 아저씨, 빨리 중앙통제실로 오세요. 급한 일이에요. 빨리 오셔야 합니다."

현기명은 복도를 가득 메운 채 용암처럼 서서히 다가오는 사람들을 보며 처음으로 인상을 찡그렸다.

앞쪽에 선 사람들은 식칼이나 몽둥이를 든 채 현기명을 노려보며 맹렬하게 달려들었다.

활짝 펼친 열 개의 손가락으로 차가운 청지풍이 뻗어 나가 앞선 사람들의 혈을 찍었다.

그들은 전진을 멈췄지만 뒤에서 미는 힘을 막을 수는 없었다. 팔과 목덜미에 문신이 드러난 깡패가 앞으로 넘어지며 깔리자 신음이 흘러나왔다. 사람들은 그 위를 밟고 지나갔다. 그가 비명을 질러 대도 도도한 움직임은 멈추지 않았다.

깡패의 비명은 갑자기 뚝 끊겼다.

유모차를 끌고 여기까지 내려온 엄마는 깡패가 뻗은 팔에 걸려 넘어지며 아이가 탄 유모차를 놓치고 말았다. 저벅저벅 현기명을 향해 다가오는 사람들은 유모차를 걷어찼다. 이리 저리 휘청거리던 유모차는 넘어졌고, 거기 탄 아이가 바닥으로 뒹굴며 울음을 터트렸다.

현기명은 몸을 날려 아이를 구해 냈다.

그 순간, 아이는 손에 쥔 조그만 칼로 현기명의 뺨을 그었다. 현기명은 피하지 않고 아이의 손에서 면도칼 같은 금속을 빼냈다.

"괜찮으세요?"

뒤에서 지켜보던 구선희가 앞으로 나섰다.

"물러서."

"……알겠습니다."

아이의 혈을 눌러 잠을 재운 현기명은 후퇴했다.

쿵쿵, 문 두드리는 소리는 파괴적이지는 않지만 끈질겼다. 세뇌된 사람들 중 일부는 중앙통제실 문을 두드렸고, 나머지는 섹터4 곳곳으로 퍼져 나갔다. 그들의 목표는 머릿속에 각인된 두 사람을 죽이는 것이었다.

중앙통제실은 조용했다.

정면의 대형 스크린에서는 멀쩡한 사람들이 멍한 눈으로 걸어 다니는 모습이 흘러나왔다. 좀비 떼보다 더 무섭고 섬뜩한 광경이었다.

그 강한 현기명도 이번엔 방법이 없었다. 통곡의 벽이라 불리는 황철호도 마찬가지였다. 상대는 몬스터가 아니라, 정신이 제압된 무고한 사람들이었다.

고심하던 안진후가 나섰다.

"노관장님께서 해 주실 일이 있어요."

"뭐든지 말해 보거라."

"저 사람들이 도착하기 전에 아래쪽에 있는 몬스터를 모조리 없애 주세요."

안진후는 현섬 스크롤을 내밀었다.

"음, 알았다."

스크롤을 받아 든 현기명은 세뇌당한 사람들의 안전을 위해 필요한 일임을 즉시 깨달았다.

"아저씨는 본부 밖으로 나가서 뇌진을 찾아야 해요. 근본적으로 문제를 해결하려면 뇌진을 멈춰야 하니까요."

"……그래."

황철호는 답답한 표정을 숨기지 못했다. 뇌진이 어디 있을지 알아낼 방법은 없다. 아파트 단지를 비롯해 인근 건물을 모조리 뒤져야 할 것이다.

　문제는 시간이었다. 빨리 뇌진을 멈추지 못하면 상황은 심각해진다. 각인된 임무를 수행하지 못하면 세뇌된 사람들은 결국 서로를 공격할 것이다.

　"주용석과 손잡은 강영준 관장이 뇌진을 발동시켰을지도 몰라요."

　안진후는 조심스럽게 가능성을 내비쳤다.

　눈이 커진 황철호는 그럴 리 없다고 말하려 했지만, 목소리는 입안에서 꽉 막혔다. 대사형에 대한 이야기는 이미 들었다. 믿기 힘들지만 믿지 않을 수도 없다.

　"……알았다."

　"저도 외부 CCTV로 알아볼 테니까 너무 염려 마세요."

　안진후가 이제 막 현섬 스크롤을 꺼낸 황철호를 보며 말했다.

　황철호는 대사형이자 천무관의 관장인 강영준을 떠올리며 현섬 스크롤을 찢었다. 그러나 섬광만 터질 뿐 황철호는 그대로였다.

　"강영준 과장은 현섬 스크롤로 갈 수 있는 범위 바깥에 있나 봐요."

　안진후의 말에 황철호의 얼굴이 밝아졌다. 적어도 사형이 추잡한 일에 연루되지 않아서 다행이라고 생각한 것이다.

　"올라가서 뇌진을 찾아보겠다."

두 번째 현섬 스크롤로 황철호가 사라지자, 뒤쪽에 있던 생존자들의 눈이 휘둥그레졌다.

안진후는 노관장이 가야 할 곳을 스크린에 띄웠다. 현섬 스크롤로 쉽게 갈 수 있도록 배려한 것이다.

"마스터다워, 자네."

"……감사합니다."

"또 보지."

현기명은 구선희의 어깨를 잡은 채 청지풍으로 스크롤을 찢었다. 두 사람은 섬광을 터트리며 이동했고, 스크린 속에 나타났다.

한숨을 내쉰 안진후는 노트북 앞에 앉아 본격적으로 작업을 시작했다. 일단 인근 지역 편의점부터 해킹했다. 지푸라기라도 잡기 위해서였다.

스크린에 해킹에 성공한 외부 CCTV 화면이 하나씩 추가되었다.

새하얀 복도는 안개 낀 호수 앞에서 뚝 끊겼다.

전기가 들어오고 격벽 시스템이 갖춰진 유니온 본부 지하의 복도가 호수로 연결되다니 비현실적인 광경이었다. 마치 좁은 복도의 벽이 김밥 옆구리처럼 터지며 수백 배나 팽창하고 잔잔한 호수가 그 자리를 차지한 것 같았다.

끊긴 복도의 나머지 부분은 호수 너머 저 멀리 이어지고 있었다.

김현은 숨을 헐떡이며 현섬을 펼쳤지만 호수를 감싼 기이한 막에 튕겨 나왔다. 벌써 수십 번 시도해 봤지만 현섬으로는 통과할 수 없다는 점만 확인할 수 있었다.

타각의 충격력은…… 물이 모조리 흡수해 버렸다.

수영은…… 자살행위였다. 수면 아래에는 물갈퀴 달린 괴물들이 돌아다니며 멍청한 먹잇감을 기다리고 있었다. 깊은 곳으로 끌려 내려가면 저항 한번 못 해 보고 죽을 터였다.

김현은 호수를 노려보았다. 안개 너머 호수 중앙에 조그만 바위섬이 있었다. 암초 같은 바위에는 아름다운 인어가 올라가 하프를 뜯고 있었다.

어렴풋이 들리는 멜로디는…… 왠지 모르게 섬뜩한 느낌을 자아내었다.

"자네는 참 끈질기군."

호숫가에 난 풀을 살피던 대현자 파르소겐이 김현을 힐끔 쳐다봤다.

무시한 김현은 호수를 우회하려고 왼쪽으로 달렸지만 아무리 가도 호수 끝은 보이지 않았다. 다시 원래 자리로 돌아온 김현은 대현자 옆에 섰다.

"라리렌이 만들어 낸 호수는 멀리 돌아서 갈 수는 없다네.

독특한 마법과 환각력을 결합하여 만든 호수는 그걸 깰 방법이 없는 사람에겐 현실과 같지."

"대현자님께는 방법이 있습니까?"

"찾는 중이네."

파르소겐은 뿌리가 물에 잠긴 풀 몇 포기를 뽑더니 잎사귀를 자세히 살피기 시작했다.

세 번 더 현섬을 시도한 김현은 숨을 몰아쉬며 뒤로 물러났다. 인벤토리에서 꺼낸 회복약을 벌컥벌컥 마신 그는 호수를 노려보았다. 마치 그렇게 쏘아보면 호수 너머로 갈 수 있는 방법이 생각날 것이라고 믿는 눈빛이었다.

아무것도 떠오르지 않았다.

거대한 벽에 막힌 듯한 기분.

자연스럽게 그 오만한 존재가 기억났다. 하는 행동을 보면 동네 양아치나 다를 바가 없으나…… 얼굴을 쳐다보기만 해도 거대한 자연 앞에 선 것처럼 압도당한다.

김현은 산맥이나 대양이 변신하여 사람처럼 말하고 움직인다면 드래곤과 같지 않을까 속으로 생각했다.

"비디타스 님에게 철저하게 당했겠구먼. 그렇지?"

풀잎 하나를 입에 넣고 잘근잘근 씹던 파르소겐이 김현을 보며 말했다.

김현은 파르소겐을 노려볼 뿐 아무 말도 하지 않았다.

아예 농락당한 수준이었다. 페플 접속 이후, 그처럼 완벽

하고…… 그처럼 치욕적이고…… 그처럼 짜증 나는 패배는
처음이었다.

"난 신기하게 생각한다네. 왜 비디타스 님은 자넬 죽이지
않았을까? 비디타스 님이 무례한 이방인을 살려 놓다니, 아
주 예외적인 일이야."

파르소겐은 입안에서 느껴지는 맛 중에서 필요한 부분을
발견하고 잎사귀를 좀 더 자세히 들여다보기 시작했다.

"트란스가 도대체 뭡니까?"

김현이 퉁명스럽게 물었다.

"자네 이름은 뭔가? 이 세계에서의 이름도 노바디인가?"

왠지 대답하지 않으면 앞선 질문의 대답도 듣지 못할 것만
같았다. 김현은 이름을 밝혔다.

"……김현입니다."

"노바디는 매우 차분하고 이성적이며 어떤 상황에서도 생
각할 여유를 가진 놀라운 이방인이지. 그에 비하면 자넨……
실망스러워. 어떻게 노바디와 자네가 같은 존재일 수 있지?"

파르소겐은 김현을 쳐다보지도 않고 말했다. 두 눈은 여전
히 잎사귀에서 비밀을 찾는 중이었다.

입을 앙다문 김현.

파르소겐이 고개를 돌려 김현을 쳐다봤다.

"그게 아니면 드래곤에게 당해서 충격을 받은 건가? 난 후
자였으면 좋겠네. 내가 인정하는 이방인을 잃고 싶진 않으니

말이야. 드래곤을 능가하는 존재는 없네. 천도의 신선조차도 드래곤을 무시할 순 없어. 그러니 자네가 수치심을 느끼거나 당황할 필요는 없네. 그리고 자네가 마음을 다스려야 제물로 잡혀간 여자들을 구해 낼 가능성이 조금은 올라갈 것 같은데, 아닌가?"

다시 작업에 집중하는 대현자.

뼈아픈 지적이지만 모두 옳은 말이었다. 김현도 그 점을 잘 알았다.

문제는 안다고 해서 마음이 달라지지 않는다는 점이었다. 이토록 무력해진 건…… 스스로 갇힌 방을 빠져나온 이후 처음이었다.

쉬지 않고 현섬이든, 타각이든, 무엇으로든 호수를 통과하려고 애를 쓴 이유는…… 가만히 있다가는 다시 그 방으로, 자신만의 감옥으로 되돌아갈 것만 같아서였다.

마음 한구석에는 스스로도 이해할 수 없는 욕망이 꿈틀거리고 있었다.

드래곤 같은 존재가 되고 싶다!

스스로 완전한 존재가 되고 싶다!

거대한 자연을 품은 존재로 성장하고 싶다!

말도 안 되는 꿈이지만, 어쩌면 무모하기 때문에 매혹적인 꿈인지도 모른다. 동네 뒷산에 처음으로 올라간 꼬맹이가 에베레스트 산을 꿈꾸는 것처럼.

김현은 그 갈망을 억눌렀다. 지금은 망상에 귀 기울일 때가 아니다. 어떻게든 라리렌이 만들어 낸 저 호수를 통과해야 한다. 그래야 주용석을 뒤쫓을 수 있을 것이다.

등을 보인 채 풀잎을 돌멩이로 쳐서 즙을 내는 대현자.

잠시 후, 김현이 입을 열었다.

"친구가 제 눈앞에서 죽었습니다."

"친구가?"

파르소겐은 고개를 돌려 김현을 쳐다봤다.

"그 일로 3년 넘게 방에서 혼자 지냈습니다. 그 친구를 구하지 못한 저 자신을 비난했던 것 같습니다. 지금은…… 기억조차 희미해서요."

"고통스러웠겠군."

인자한 할아버지처럼 김현을 응시하던 대현자는 다른 종류의 풀을 입에 넣고 오물거리다가 얼굴을 찌푸리며 탁 뱉었다.

"어머니 덕분에 페플에 들어갈 수 있었습니다. 페플은, 여기 세계에서 대현자님의 세계를 부르는 이름입니다. 아무튼 거기서 젤란드 대사형 같은 분들을 만났고, 그 덕에 전 그 방에서 벗어날 수 있었습니다."

"오호, 그래서 자넨 이방인이면서도 우리를 진심으로 대하는 거로군."

금세 사정을 이해하는 대현자.

"그런 셈입니다."

"자, 이런 이야기를 꺼낸 이유가 있겠지?"

"힘을 믿고 제멋대로 구는 드래곤은…… 제 친구를 죽음으로 몰고 간 녀석들을 떠올리게 했습니다."

"그래서 화가 난 건가?"

세 종류의 풀잎을 입에 넣고 씹던 대현자가 고개를 돌려 김현을 바라보았다.

"……그렇습니다."

"자네 세계에는 드래곤 같은 존재가 없는가?"

"없습니다."

"음, 그렇다면 그런 시각으로 볼 수도 있겠군. 허나, 그건 오해라네. 드래곤은…… 자네나 나 같은 존재가 아니야. 저 구름 위에 떠 있는 태양이나, 대지에 굳게 서 있는 태산 같은 존재라네. 산사태가 일어나 마을 하나를 통째로 파묻는다고 해서 산을 악하다고 비난할 수는 없네. 드래곤은 그와 같은 존재야. 다만, 우리와 말이 통할 뿐이지. 어쩌면 말이 통하기 때문에 자네처럼 오해하기 쉬울지도 모르겠군."

파르소겐은 품에서 꺼낸 돌그릇에 여러 종류의 풀잎을 넣더니 조그만 돌기둥으로 찧기 시작했다.

김현은 가만히 있었다. 대현자의 설명을 정확히 이해했기 때문이다. 다만, 입으로 알고 있다고…… 이해한다고 내뱉고 싶지는 않았다.

그 사실을 모르는 대현자는 설명을 이었다.

"드래곤은 혼자 태어나네. 친구는 없어. 수천 년 동안 혼자 살아가지. 동족은 있지만 거의 만나지 않네. 우정 같은 건 드래곤에겐 없으니까. 현자로서 갖가지 동물과 식물을 살펴봤지만, 그 어떤 것도 드래곤 같지 않았네. 자넨 그런 삶을 상상할 수 있겠나?"

"……그러면 드래곤은 왜 존재하는 겁니까?"

"균형."

몸을 일으켜 허리를 주먹으로 툭툭 친 대현자가 답했다.

"균형을 위해서 존재한다면 그 소환진을 보는 즉시 중단시키고 파괴했어야 합니다."

"그건 자네가 원하는 균형이겠지."

"……무슨 뜻입니까?"

"자넨 드래곤이 보는 만큼 보고 있나? 드래곤이 아는 만큼 자네도 알고 있나? 드래곤만큼 공정하다고 자신할 수 있나? 만약 자네가 겔란드와 친해지지 않았다면, 처음 이 세계에 왔을 때 타크란과 친구가 되었다면, 자넨 소환진을 건설하는 데 도움을 줬을 걸세."

"그런 일, 절대 없습니다."

"자신만만하군. 하지만 자네가 친구의 죽음을 직접 목격하지 않았다면, 이 세계에서 3년 동안 방에서 갇혀 지내지 않았다면, 자네 역시 우리 세계로 넘어와 제멋대로 행동하는 이방인과 행동이 그리 다르지 않았을 거야. 이건 어떻게 생각하는가?"

김현은 입을 다물었다. 그 경험이 자신의 행동을 이끌어 내고 있음을 부정할 수 없었다.

"우리에게 있는 관계가 드래곤에겐 없네. 가족도 없고, 친구도 없지. 게다가 수천 년에 달하는 다양한 경험과 각 종족에 대한 깊은 이해까지 가지고 있지. 자네가 페플이라고 부르는 우리 세계의 역사는…… 드래곤이야말로 가장 완전한 재판관임을 증명하고 있다네."

"드래곤이 무슨 짓을 하든, 손 놓고 구경하라는 겁니까? 그러고도 대현자라 불리는 겁니까? 부끄럽지 않습니까?"

버럭 고함을 지른 김현.

"자넨 빠지게."

"뭐라구요?"

"난 노바디를 원하네. 그래야 대화가 되니까."

그 말에 김현은 눈을 감았다. 저 늙은이의 면상을 주먹으로 한 대 치고 싶지만, 그랬다가는 아주 오랫동안 후회하게 될 것만 같았다.

대신, 겔란드를 떠올렸다. 콜마의 가르침을 생각했다. 언제 봐도 평온한 셀레스카르와 안진후, 박용준 그리고 황철호와 현기명 노관장의 표정을 기억해 냈다.

하지만 숨소리까지 거칠어졌다. 그들은 지금 이 순간 도움이 되지 않았다.

그때, 머릿속으로 파고드는 얼굴이 하나 있었다. 어떤 일에도 흔들림이 없는, 항상 오만한 얼굴로 모든 존재를 내려다볼 비디타스, 바로 드래곤 헤라의 표정이 떠오른 것이다.

신기한 일이 벌어졌다. 기적적으로 호흡이 가라앉은 것이다.

김현은 천천히 눈을 떴다.

"죄송합니다. 제가 흥분했습니다."

"돌아왔군. 다행이야. 그 격렬한 분노에서 이렇게나 빨리 벗어나다니, 자넨 내 연구 대상이야. 어쨌거나, 이 세계에도 재판 같은 게 있겠지?"

"있습니다."

"그러면 변호사도 있겠군."

"네."

"드래곤에게 우리가 할 수 있는 건, 변호라네. 변호사가 되는 거지. 마음에 들지 않을지라도 이게 현실이라네. 만약 재판관이 되고 싶다면 적어도 드래곤 수준의 지식과 능력을 키워야 할 거야."

"……무슨 말씀인지 알겠습니다."

"트란스에 대해 물었지?"

"네."

"트란스는 드래곤 특유의 능력이라네. 구체적으로 알려지지는 않았지만 말이야."

눈이 휘둥그레진 김현. 가슴이 쿵쿵 뛰었고, 입안이 바짝 마른 느낌이었다.

"왜 그러나?"

"……아무것도 아닙니다."

"아무래도 저 호수를 통과할 방법을 찾은 것 같네."

대현자는 돌그릇을 보여 주었다. 거기엔 녹색의 죽 같은 액체가 고여 있었다.

"그게 무엇입니까?"

"라리렌은 선율로 환각을 만들어 낸다네. 단순히 귀를 막아서는 사라지지 않는 환각이지. 다행히 여기 호숫가엔 청각 자체를 잠시 중단시키는 약초가 있네. 뇌에 작용하여 청각을 무력화시키는 약물은 그 제조법이 까다롭지만 충분히 만들 수 있을 걸세."

"얼마나 걸릴까요?"

"적어도 반 시간."

아직도 한참을 기다려야 한다니.

김현은 마음을 다스렸다. 흥분해 봐야 소용없다. 그래도 방법을 찾았으니 다행이 아닌가.

김현은 가만히 앉아서 시간을 죽일 마음은 눈곱만큼도 없었다. 할 일도 없이 여기 있다가는 트랜스에 대해 계속 질문을 던져 파르소겐을 방해할 것만 같았다.

위를 힐끔 쳐다본 그는 대현자를 향해 말했다.

"잠시 다녀오겠습니다."

파르소겐이 대답하기도 전에, 김현은 공간 이동술을 펼쳐 사라졌다.

"음, 이제야 노바디다워졌군."

파르소겐은 본격적으로 약을 만들기 시작했다.

특정한 사람을 떠올리며 이동할 때의 현섬은 일종의 괴상한 도박이었다. 그 사람이 어디 있는지 미리 알 수 없기에, 그가 뭘 하고 있는지도 모르는 상태로 만나게 된다.

화장실 양변기에 앉아 있으면 서로가 얼마나 창피할까?

속옷이라도 갈아입고 있다면?

그래서 현섬은 그런 무례를 감수할 만한 사람에게만 사용할 수 있는 스킬이었다. 게다가 현섬으로 닿을 수 있는 범위 바깥이라면 공간 이동술은 실패하는데, 몸이 휘청거릴 만큼의 충격이 후유증으로 남는다.

다행히 안진후를 떠올리며 펼친 현섬은 성공적이었다.

무지갯빛 터널이 사라지고 나타난 커다란 벽 가득 붙어 있는 스크린은 증권사 객장 시세 전광판 같았지만, 거기에서는 거짓말처럼 멈춰 버린 도로 풍경이 흘러나오고 있었다.

갑자기 나타난 김현을 본 생존자들이 눈을 부릅뜨며 손가락으로 가리켰지만, 안진후는 노트북을 뚫어져라 쏘아보며 해킹에 열을 올리고 있었다.

김현은 주위를 둘러보았다. 생존자들 앞에 서 있던 불의 정령 슈뢰딩거가 김현을 향해 빙긋 웃으며 손을 흔들었다.

그때, 안진후가 벌떡 일어나며 돌아섰다. 슈뢰딩거가 알린 것이다.

"김현!"

"여긴 어디야?"

그렇게 질문하면서도 김현은 안진후의 얼굴을 보고 적잖이 놀랐다. 파르소겐처럼 이목구비가 흐릿했다. 누구보다도 똑똑하고 생기 넘치는 녀석인데.

비디타스 때문이다. 김현은 그 생각을 잠시 접었다. 나중에 찬찬히 살피면 된다.

"유니온 본부 중앙통제실. 마침 잘 왔어."

안진후는 김현이 따라잡기 힘들 속도로 현재 상황을 설명했다. 고개를 갸웃거리는 친구를 위해 한 번 더 이야기하는 그의 목소리엔 다급함이 묻어났다.

김현은 스크린을 가득 채운 사람들을 바라보았다. 좀비처럼 천천히 움직이는 그들은 손에 무기로 사용할 만한 것을 쥐고 있었다.

"프리벨리지 짓이야."

뇌진, 뇌주에 대해서도 설명한 안진후가 덧붙였다.

"사부님은?"

안진후는 스크린을 섹터8으로 옮겼다. 현기명이 구선희와 함께 몬스터에게 둘러싸인 채 싸우는 장면이 스크린을 가득 채웠다.

"저 사람은 누구야?"

"그건 나중에. 철호 아저씨는 지상에서 뇌진을 찾는 중이야."

안진후는 노트북 키보드를 두드려 스크린의 왼쪽 일부를 지상 CCTV로 바꾸었다. 모든 것이 멈춰 버린 세상에서 황철호 혼자 뛰어다니고 있었다.

"프리벨리지 길드를 해킹할 수는 없어?"

"해킹으로 알아낸 자료에는 뇌진이나 뇌주에 대한 건 아무것도 없었어."

"음."

"……방법이 없을까?"

안진후는 고민에 빠진 김현을 쳐다보며 속으로 깜짝 놀랐다. 왠지 모르게 김현이 훨씬 커진 느낌이었다. 키도 그대로고 얼굴도 예전과 같은데…… 왜 그런 느낌인지는 스스로도 설명할 수 없었다.

"나랑 같이 가자."

김현은 안진후의 손을 잡고 현섬을 펼쳤다.

두 사람은 순식간에 공간을 가로지르는 오색찬란한 터널을 지나 지하 깊은 곳, 라리렌의 호수 앞에 도착했다.

허리를 굽히고 허연 액체를 토하던 안진후는 시선을 느끼고 고개를 들었다.

"인사드려. 대현자 파르소겐 님이셔."

김현이 소개했다.

살짝 얼이 빠진 안진후는 엉거주춤한 자세로 고개를 숙였다.

"……안진후입니다."

파르소겐은 안진후를 쳐다보지도 않았다. 그저 김현을 응시할 뿐이었다.

김현은 위쪽에서 벌어지는 일, 뇌진에 의해 조종되는 수백 명의 사람들에 대해 설명하려 했지만, 자꾸 말문이 박혔다. 안진후가 끼어들어 매끈하게, 대현자마저도 감탄할 만큼 핵심만 요약해서 들려주었다.

이제 파르소겐은 안진후를 바라보았다.

"그래서?"

"사람들을 조종하는 배후의 인물을 찾아낼 방법이 없을까요?"

안진후는 지푸라기라도 잡는 심정이었다.

"있지."

"아!"

"하지만 난 할 수 없는 일이네."

그 말에 김이 샌 안진후는 화를 낼 뻔했다.

"이 친구는 할 수 있지."

파르소겐은 턱으로 김현을 가리켰다.

"제가요?"

"트란스."

"……."

김현은 아무 말도 하지 않고 대현자를 마주 보았다.

"아닌가?"

대현자는 눈 한번 깜빡이지 않고 김현을 응시했다. 마치 비밀을 모조리 다 파악했다는 눈빛 같았다.

"자세히 알려 주십시오."

안진후였다.

"트란스는 존재의 깊은 곳으로 내려가는 힘이자 방법, 때로는 존재의 중심을 뜻하는 말이라네. 마법진으로 조종을 받고 있는 사람 내부로 깊이…… 그 사람의 트란스로 내려가면, 가느다란 줄을 발견할 수 있지. 바로 그 마력의 밧줄로 사람을 조종하니 말이야. 그 밧줄은 마법진이 어디 있는지 아주 정확하게 알려 줄 걸세."

"아! 감사합니다!"

고개를 꾸벅 숙인 안진후는 김현 앞에 섰다. 현섬으로 이동하기 위해서였다. 하지만 김현은 여전히 대현자를 쳐다보

싱크

고 있었다.

"가자."

"……응."

정신을 차린 김현은 안진후의 팔을 잡은 채 현섬을 펼쳤다.

중앙통제실로 돌아온 안진후는 하얗게 질린 얼굴로 눈을 감고, 목구멍으로 밀려 올라오는 정체불명의 시큼한 액체를 아래로 억누르는 데 겨우 성공했다.

"갔다 올게."

그렇게 속삭인 김현은 사라졌다.

김현이 나타난 곳은 거대한 창고 중앙의 게이트 앞이었다. 그는 즉시 차원의 문을 통과해 맞은편 소환진으로 나왔다.

"벌써 가져온 건가?"

비디타스가 말했다. 비난과 경멸 가득한 말투는 김현에게 운명의 구슬이 없음을 알고 있다는 증거였다.

"트란스."

"대현자에게 물어본 모양이군."

"……부탁이 있습니다."

"해 봐."

김현은 최대한 짧게 사람들이 조종당하는 상황을 설명했다. 허점이 군데군데 있지만 드래곤은 몇 개의 조각만으로 전체를 그려 낼 수 있는 지혜의 소유자였다.

　　"나더러 뇌주의 위치를 가르쳐 달라?"

　　"부탁드립니다."

　　"싫은데."

　　"……."

　　김현의 눈에 힘이 들어갔다.

　　"사실은 할 수 없어. 난 저 문을 통과할 수 없으니까. 이유는 묻지 마. 설명해도 넌 이해하기 힘들어. 따라서 그 멍청한 동족을 구하고 싶으면 너 스스로 트란스의 세계로 내려가야 할 거야. 아마도 두렵겠지. 엉뚱한 사람을 말려서 죽일 수도 있으니까. 한 가지 진실을 알려 줄까? 그들은 모두 연결되어 있기 때문에, 하나라도 잘못 건드리면 전체가 동시에 죽을 거야. 몸에서 생기가 빠져나가고 피부와 근육은 물론 뼈까지 먼지가 되어 흩어지겠지. 바로 너 때문에."

　　비디타스는 평소와 달리 수다를 떨었다. 자신도 그 사실을 알지만 오늘은 왠지 모르게 즐거웠다. 바로 저 특이한 이방인 덕분이었다.

　　오늘처럼 즐겁고 기분 좋은 날은…… 100년에 한 번 올까 말까였다. 매 순간을 보물처럼 받아들이고 즐겨야 한다. 완벽한 기억으로 이 순간을 떠올려도 기쁘겠지만, 지금만은 못

할 것이다.

김현은 할 말을 잃고 몸을 떨었다.

세뇌당하는 사람들 중 하나를 중앙통제실로 데려가지 않고 여기 드래곤이 있는 곳으로 온 이유는…… 바로 공포 때문이었다. 엘프로 변신한 드래곤 헤라는 그 공포의 핵심을 찔러 열어젖힐 뿐 아니라 구체적인 부분까지 보여 준 후, 빙긋 웃었다.

이를 악물자 김현의 뺨이 불룩 커졌다.

"트란스가 드래곤의 능력이라는 이야기를 들었습니다."

"사실이야."

"……왜 내가 트란스에 들어갈 수 있는 겁니까?"

김현은 드래곤을 쳐다보지 않으려 애를 썼다. 얼굴을 응시하면 자신도 모르게 감탄이 터져 나올 것 같았다.

웃으면 햇빛 내리쬐는 녹색의 들판 같고, 정색하면 굽이굽이 펼쳐진 사막 같으며, 화라도 낼라치면 천둥 번개 치는 폭풍우 속의 바다 같은 비디타스의 얼굴에 대한 자연스러운 반응을 보이지 않으려 애를 쓴 것이다.

"나도 그게 궁금해. 드래곤으로서 말이야."

"어떻게 해야 트, 트란스에 들어가면서도 그 춤을…… 생명을…… 망가뜨리지 않을 수 있죠?"

"어떻게 해야, 무, 물에 들어가면서도 젖, 젖지 않을 수 있지?"

비디타스는 김현의 말투를 그대로 흉내 냈다. 심지어 두려움이라는 감정까지 고스란히 드러냈다.

신기하게도, 김현은 화가 나지 않았다. 노골적인 비웃음인데도…… 신기할 만큼 마음은 고요했다.

이유는 저절로 깨달아졌다.

껍데기는 비난과 멸시지만…… 알맹이는 진실이었다! 비디타스는 구겨진 포장지에 보물을 싸서 건넨 것이다. 보물을 알아보는 안목의 소유자만 더러운 포장지를 버리고 그 안에 든 보물을 찾아낼 것이다.

짜증과 분노라는 자극적인 반응을 기대했던 비디타스가 오히려 눈살을 찌푸렸다.

인간이라는 종족은 워낙 독특하고 엉뚱해서 예측 못 하는 일이 벌어지기도 한다. 그는 눈앞의 이방인이 트란스에 출입하는 것도 인간 종족 특유의 돌연변이 현상이라고 생각했던 것이다.

하지만 깊은 지혜를 이해한 듯한 저 표정은…… 비디타스마저 당황하게 할 만한 의미를 함축하고 있었다.

김현은 그 자리에서 분신 둘을 만들었다. 드래곤이 보는 앞에서 정삼각형으로 서로의 어깨를 잡은 세 명의 김현은 곧 존재 깊은 곳으로, 트란스로 빠져들었다.

처음 수영장에 간 날이 기억났다.

일렁이는 물은…… 도저히 익숙해질 수 없는 세계였다. 하

지만 가만히 있어야, 긴장을 풀어야, 몸에서 힘을 빼야 물에
뜬다는 이야기가 사실임을 몸으로 깨닫자, 수영장은 신나는
세계로 바뀌었다. 나중에는 높은 다이빙대에서 즐겁게 뛰어
내릴 만큼 물에 친숙해졌다.

'나는 지금 처음 물에 들어가 수영하는 거야. 그러니까 힘
을 풀어야 해. 긴장하면…… 가라앉으니까.'

코끼리를 떠올리지 않으려고 애를 쓸수록 머릿속 코끼리
는 더 선명해진다. 긴장하지 않으려는 시도 자체가 긴장을
불러오는 것이다.

'뭔가 더 필요해.'

김현은 이 트란스라는 기이한 세계에서 죽지 않기 위해서,
마음을 평온하게 가라앉히기 위해서 얼굴 하나를 떠올렸다.

바로 비디타스의 얼굴이었다.

대자연을 품은 듯한 그 얼굴을 생각하면 신기하게도 들뜬
마음이 가라앉았다. 김현은 큰 바위 얼굴을 쳐다보다가 그
바위를 닮아서 위대한 인물이 된 어니스트가 된 기분이었다.

김현에게 비디타스는…… 이정표였다. 이 길을 따라가면
무사히 목적지에 도착한다고 알려 주는 푯말로서 비디타스
의 얼굴은 그 역할을 완벽하게 수행했다. 비디타스가 없다면
절대 목적지까지 도달하지 못할 것이다.

세 명의 김현은 아래로 가라앉으며 자유롭게 춤을 추었다.
그 춤은…… 존재의 깊은 곳에 있는 복잡하면서도 조화로운

춤과 자연스럽게 하나가 되었다.

무질서 속 질서의 군무는…… 쪼개지지 않았다. 오히려 더 조화롭게 커졌다.

세 명의 김현은 군무 속에서 하나가 되었다.

김현은 군무 전체가 자신임을 알 수 있었다.

그 고요한 깨달음을 몸속 깊이 새기며 김현은 서서히 위로 떠올라 트랜스를 벗어났다.

눈을 뜬 김현은 비디타스를 바라보았다. 여전히 산맥과 숲, 호수와 강, 심지어 대양까지 품은 얼굴이지만, 더 이상 그를 보는 게 힘들지 않았다. 이번에도 그 이유는 알 수 없었다.

비디타스는 신선한 충격을 받았다. 비록 이방인이지만 인간의 얼굴에서 자신을 어렴풋이 발견한 것이다. 오래된 청동 거울로 자신을 본 느낌이랄까.

"고맙습니다."

김현이 말했다.

"그쯤이야."

"조금만 더 기다려요. 구슬은 반드시 가져올 테니까요."

게이트로 향하던 김현은 말했다.

김현은 쇠 파이프를 쥔 험상궂은 인상의 깡패를 데리고 나타났다. 깡패는 갑작스러운 변화에 놀라 주위를 두리번거렸지만 곧 몽롱한 얼굴로 돌아갔다.

김현은 그 깡패를 보고 적잖이 놀랐다.

파르소겐과 안진후의 얼굴이 흐릿하다면 이 남자의 얼굴은…… 아예 투명했다. 분명히 얼굴이 있고, 손을 뻗으면 우둘투둘한 뺨이 만져질 텐데도…… 투명하게 느껴졌다.

급소를 손가락으로 찔러 깡패를 기절시켜 눕힌 김현은 안진후를 쳐다봤다.

안진후가 고개를 끄덕였다.

깡패의 손을 잡은 김현은 눈을 감았다. 거칠게 살아온 남자의 존재 깊은 곳으로 서서히 가라앉자, 조화가 깨진…… 겨우 유지되는 기괴한 춤이 느껴졌다.

그 춤은 사내의 삶을 담고 있었다.

춤을 바꿔 버리고 싶은 충동을 김현은 겨우 참았다. 그런 시도가 어떤 참극을 낳을지 그는 잘 알았다. 할 수 없는 일에 손을 대면 이 남자는 물론 연결된 사람들 모두가 미약하나마 유지되는 균형을 잃고 무너져 내릴 것이다.

오래지 않아 김현은 가느다란 실 같은 연결을 찾아냈다. 거미줄처럼 얇지만 매우 질긴 자주색 줄이었다.

'찾았다.'

김현은 그 줄을 손으로 잡았다.

중앙통제실 바깥에서 문을 두드리는 수많은 사람들의 존

재가 고스란히 느껴졌다.

그들의 춤은 제각각이었다. 어떤 사람은 장미처럼 매혹적인 향기를 뿜으며 경쾌한 스텝을 밟았고, 어떤 사람은 검은 가시처럼 자신에게 상처를 주는 춤을 고수하고 있었다.

이번에도 김현은 고치고 싶은, 개입하고픈 마음을 억눌러야 했다.

김현은 그 너머로 향했다.

사람들을 조종하는 수많은 줄을 따라 위로, 위로 올라갔다.

드디어 지상으로 나왔고, 아파트 단지를 벗어났다. 그리고 공사 중인 건물에 이르렀다.

김현은 커다란 마법진 중앙에 앉은 사람은 물론 멀리서 지켜보는 사람도 알아보았다.

'강영준 관장이야! 저 사람은…… 강도진이고.'

강도진과는 천무관 입문 과정에서 충돌한 적이 있었다. 야심만만한 강도진 입장에서는 애송이에 불과한 자신이 눈엣가시처럼 보였을 만도 했다.

어마어마하게 많은 줄은 마법진에서 뻗어 나오고 있었다.

그 마법진이 바로 뇌진이었다!

그때, 뇌진 중앙에 앉아 있던 뇌주 강영준이 눈을 번쩍 떠 유령처럼 정신의 형태로 공중에 떠 있는 김현을 노려보았다. 아니, 무언가 거기 있음이 느껴지는데 아무것도 보이지 않아서 혼란스러워하는 표정이었다.

김현은 물러났고, 유니온 본부 중앙통제실로 돌아왔다.

"……찾았어?"

창백한 얼굴로 천천히 숨을 들이쉬고 내쉬는 김현에게 안진후가 물었다.

"갔다 올게."

"철호 아저씨랑 같이 가."

"알았어."

김현은 즉시 현섬을 펼쳤다.

아파트 한 동을 다 뒤지고 옥상까지 올라온 황철호는 구석구석 확인했지만 어디에도 마법진은 없었다. 낙담한 마음으로 씩씩거리며 내려가려는데 김현이 섬광을 터트리며 나타났다.

"현아!"

"찾았어요."

"……뭐?"

"눈 감으면 도움이 될 거예요."

"알았다."

황철호는 김현이 내민 손을 잡으며 눈을 질끈 감았고, 1초 후 아파트가 사라지고 아래로 추락하는 기분을 느꼈다.

김현은 공사장 5층에 나타났다. 황철호는 거기 무엇이 있는지 보고 입을 쩍 벌렸다.

　　김현이 바람처럼 움직여 강도진을 제압했다. 손가락으로 몇 군데의 급소를 찌르자 강도진은 통나무처럼 쓰러졌다. 고개를 돌린 김현은 뇌진의 발동을 멈춘 강영준과 황철호가 얽혀서 싸우는 모습을 볼 수 있었다.

　　공사장 끝으로 간 김현은 손에 쥔 무기를 집어 던지고 고개를 갸웃거리며 서로를 바라보는 사람들을 볼 수 있었다. 세뇌가 풀린 것이다.

　　그들은 유니온 본부 입구가 있는 지하 주차장에서 빠져나와 아파트 입구로, 혹은 세워 놓은 도로의 자동차로 걸어갔는데, 야구 경기가 끝나고 한꺼번에 몰려나오는 관중 같지만 한 가지는 달랐다.

　　그들은 아무 말도 하지 않았다. 그래야 이 기괴한 일이 악몽처럼 쉽게 잊히리라 생각한 것이다. 그게 아니라면 세계의 의지가 그들에게 망각이라는 필요한 선물을 주었는지도 모른다.

　　잠시 후, 멈춰 버린 세계는 다시 움직이기 시작했다.

　　공사장에서 벽을 보고 인형처럼 서 있던 인부들도 정신을 차렸다. 그들은 공사장에서 뭐 하냐고 소리치다가 강영준의 타각에 바닥이 갈라지자 고함을 지르며 아래로 달아났다.

황철호가 뻗은 중위경근의 초식에 뒤로 밀린 강영준이 빠르게 반격하자 주머니에서 자주색 혼마석이 튀어나와 데굴데굴 굴렀다.

그 성질석은 김현 앞에 멈췄다.

강영준은 어떻게든 혼마석을 회수하려고 움직였으나 황철호는 집요하게 그 방향을 막았다. 서로를 잘 알기에 강영준은 황철호를 단숨에 밀어낼 수 없었다.

김현은 혼마석을 집어 들었다.

"그건 네놈 것이 아니야!"

버럭 소리를 질렀지만 강영준은 김현 쪽은 쳐다볼 수도 없었다. 당장 코앞의 공격부터 막아야 했던 것이다.

김현은 강영준을 바라보면서 아침 햇살에 사라지는 물안개를 떠올렸다. 그 깡패보다는 선명하지만 강영준 역시 실체와는 거리가 먼 얼굴의 소유자였다.

황철호는…… 강영준보다는 또렷하나 비디타스 앞에서는 주목하기 힘든 사람 같았다.

혼마석을 든 손바닥을 통해 사람을 조종했던 그 자주색 줄의 기운이 느껴졌다. 이 성질석이 뇌진의 에너지원이었음을 깨달은 김현은 일부러 강영준을 자극했다.

"감사합니다, 대사형. 이런 선물을 다 주시다니요. 전 정말 놀랐어요."

강영준이 자신을 보자 김현은 인벤토리에 혼마석을 넣었다. 강영준의 눈에는 허공에서 혼마석이 사라지는 것처럼 보였다.

"대체 뭘 한 거냐?"

김현을 보느라 생긴 틈을 황철호는 놓치지 않았다. 타각에 이은 무릎 공격 표슬이 적중했다. 강영준은 뒤로 날아가 처박혔다.

황철호는 비틀거리며 일어섰다가 다시 주저앉는 강영준 앞에 섰다.

"그동안의 정을 생각해서 기회를 주겠습니다. 아들을 데리고 천무관을 떠나세요."

강영준은 고개를 들어 황철호를 보며 실실 웃었다. 모든 것을 가지려는 순간에 그것이 꿈이었음을 깨달은 사람 같은 표정이었다.

"……이제 천무관은 네 거라고 생각하는 거냐?"

"아니요. 주인은 따로 있습니다."

황철호가 따로 가리키진 않았지만 강영준은 그 의미를 즉시 이해하고 천천히 김현을 향해 시선을 옮겼다.

저렇게나 어린데.

강영준은 김현이 자신의 위치를 찾아냈다는 사실을 깨달았다. 무식하게 방어하는 데 익숙한 황철호에겐 그런 능력이 없었다.

하지만 아직 쿠데타는 끝나지 않았다. 완전히 실패한 건 아니다. 유니온 본부 장악에 실패해도 나머지 다섯 길드를 움켜쥔다면 본부쯤은 언제든 차지할 수 있다.

그 표정을 읽은 황철호가 말했다.

"사부님이 유니온 본부에 계십니다."

강영준의 얼굴이 구겨졌다.

누구보다 사부님의 능력을 알고 있다. 현기명은 천무관이 낳은 천재 중의 천재였다. 괴팍한 성격과 엉뚱한 기행 덕에 그 능력이 가려졌을 뿐이다.

웬만한 각성자라도 현기명과 맞붙으면 백전백패라는 게 강영준의 판단이었다. 어쩌면 현기명은 5인회에 속하는 마스터와 동급의 능력자일지도 모른다. 그렇지 않다면 오래전에 자신이 나서서 천무관을 손에 넣고, 스스로 후계자의 자리에 올랐을 것이다.

바로 그 때문에 유니온은…… 각 길드는…… 현기명이나 천무관과 의식적으로 거리를 두었다.

겨우 몸을 일으킨 강영준은 아들을 업었다. 공사장을 내려가던 그는 마지막으로 김현과 황철호에게 눈길을 주었다. 하지만 아무 말도 하지 않았다.

강영준의 집중력을 흔들기 위해 인벤토리에 넣었던 혼마석을 다시 꺼낸 김현은 황철호에게 내밀었다.

"사형이 보관하는 게 좋을 것 같습니다."

"아니. 대사형의 마지막 선물이니 네가 갖고 있어라."

웃으며 말하는 황철호.

"알겠습니다."

혼마석은 다시 인벤토리 속으로 사라졌다.

김현이 손을 내밀었다.

황철호는 뇌진을 깨뜨리고 뇌주까지 무너뜨렸다는 사실도 잊고 불안한 눈으로 김현을 쳐다봤다. 꼭 손을 잡아야 하는지 묻는 듯했다.

씩 웃은 김현이 황철호의 손목을 잡으며 현섬을 펼쳤다. 두 사람은 그 자리에서 사라졌다.

봉인 해제

스크린 속에서 좀비처럼 배회하던 사람들이 일제히 정신을 차리고 서로를 쳐다보다가 무기를 떨어뜨리자, 중앙통제실 속 생존자들은 다 함께 소리를 지르며 환호했다.

그들을 힐끔 쳐다본 안진후는 즉시 방송으로 그들을 밖으로 안내했다.

이제 막 잠에서 깨어난 사람들처럼 그들은 순순히, 아무런 저항도 없이, 심지어 왜 자신이 이런 곳에 있는지에 대한 관심도 보이지 않고 지상으로 올라가 흩어졌다.

그제야 안도의 한숨을 내쉰 안진후는 의자에 털썩 앉았다. 의자를 돌리며 승리감을 만끽하던 그는 문득 벽에 걸린 시계를 쳐다봤다.

"……아."

김현이 나타나 노관장까지도 손 놓을 수밖에 없었던 심각한 문제를 해결하는 데 걸린 시간은…… 30분도 되지 않았다.

말이 안 된다.

오랫동안 김현을 만나고 이야기도 나눠 왔기에 안진후는 김현이 세상을 씹어 먹는 무시무시한 천재와는 거리가 멀다는 사실을 잘 알았다. 자신과 김현 둘 중 누가 똑똑한지는 너무나 자명했다.

하지만 난해한 문제나 어려운 위기 앞에서 해결책을 제시하는 건, 언제나 김현이었다. 마치 김현에게 문제를 깔끔하게 풀 방법이 생겨야 위기가 찾아오는 느낌이었다.

"녀석은 운이 좋은 거야."

안진후는 김현에게, 이 상황에 어울리는 답을 찾아냈다.

보통 '행운' 혹은 '운발'이라는 표현은 자격 없는 사람에게 주어진 기대 이상의 보상을 의미한다. 그러나 안진후는 같은 단어지만 다른 의미로 사용했다. 굳이 표현을 바꾼다면 '하늘이 돕는'이라고 할 수 있을 것이다.

하늘이 전폭적으로 도와주는 사람을 대체 누가 이길 수 있을까?

기분 좋은 휴식을 빨리 끝낸 안진후는 아직 남아 있는 문제에 집중했다.

섹터6, 섹터7, 섹터8에는 아직도 몬스터가 남아 있었고,

강철진이 데려온 각성자들은 여전히 군인을 데리고 생존자를 사냥하고 있었다.

현기명이 구선희를 데리고 보는 족족 몬스터를 해치웠지만 연구 파트를 담당한 섹터6, 방어 마법진을 비롯해 마법 관련 시설이 몰려 있는 섹터7, 발전기 같은 기계 설비가 자리 잡은 섹터8은 한두 사람이 감당할 수 없는, 대단히 광활한 공간이었다.

"아직 끝난 건 아니야."

안진후는 스크린을 유니온 본부 내부 CCTV 화면으로 가득 채웠다. 몬스터나 생존자의 위치를 파악하기 위해서였다.

스크린 오른쪽의 조그만 화면에서 얼굴을 발견한 안진후는 벌떡 일어섰다. 그 화면을 전체 스크린으로 옮기자 그 얼굴은 성인 남자 키보다 커졌다.

바로 윤태희였다.

그때, 김현이 황철호와 함께 스크린 앞에 나타났다. 섬광은 중앙통제실 전체를 하얗게 비추며 사라졌다.

김현도 스크린 속 여자를 알아보았다.

김현의 시선을 느낀 안진후가 고개를 끄덕였다. 그 의미를 이해한 김현은 공간 이동술을 펼쳤지만, 내장이 뒤틀리는 고통만 느껴졌다.

현섬 발동은 실패했다.

윤태희가 이동 범위 바깥에 있을까? 아니다. 김현은 안진후를 쳐다봤다.

"섹터6 제19연구실이야."

김현이 바라는 답을, 질문을 듣지도 않은 안진후가 들려주었다.

김현은 결각보를 펼쳐 중앙통제실 입구로 향했고, 몇 초안 되어 밖으로 사라졌다.

"이곳을 부탁해요."

황철호에게 말한 안진후도 밖으로 달렸다. 생존자들을 감시하던 슈뢰딩거가 뒤따랐다.

괴조 카람의 발톱이 약품실 입구를 막아 놓은 철제 캐비닛을 할퀴는 소리는 손가락 사이에 분필을 끼운 채 칠판을 긁는 것처럼 섬뜩했다.

복도를 오가는 좀비들은 깨진 유리창으로 들어오려다 무거운 약품 선반에 막혀 끔찍하게 으르렁거렸다. 그 옆으로 거대 개미 안투크가 타닥타닥 요란하게 소리를 내며 돌아다니고 있었다.

약품실에 갇힌 신세.

빠져나갈 길은 없다. 여기서 죽거나, 도와줄 사람이 올 때까지 버티거나.

"……당신 때문이야."

고승조는 숨을 헐떡이면서도 죽일 듯 윤태희를 노려봤다.

"맞아. 네가 지금 살아 있는 것도 나 때문이야. 미안해서 죽겠네, 죽겠어."

잔뜩 비꼰 윤태희는 둥글게 퍼진 환각력을 뾰족하게 만들어 캐비닛을 찢는 카람의 정신을 사로잡았다. 카람은 좀비들을 향해 달려들었지만, 곧 안투크에게 공격을 받아 몸이 다섯 조각으로 찢어졌다.

순간적으로 앞이 새까맣게 변한 윤태희는 환각력 역시 체력처럼 소모된다는 사실을 뼈저리게 실감했다. 다행히 시야는 정상으로 돌아왔다.

"혈문의 첩자라는 이야길 들었습니다."

엄명욱이었다.

"맘대로 생각해."

다음 시도에서 윤태희는 안투크의 마음을 사로잡을 수 있었다. 안투크는 좀비 다섯 마리를 해치운 후에 죽고 말았다.

'좀 더 타격을 입힐 수 있었는데.'

윤태희는 숨을 몰아쉬었다. 더 이상은 환각력으로 아무것도 바꿀 수 없을 것 같았다.

"이유정."

"……네, 언니."

흠칫 놀라는 이유정.

"먹을 거 없어?"

"초코 바 있는데, 드려요?"

"넌 천사야."

이유정이 건넨 초코 바 두 개를 순식간에 먹어 치우자 조금은 속이 든든해졌다.

"과거 기억이 없다면서요?"

조심스럽게 묻는 이유정.

"맞아."

"그 때문에 사람들이 언니를 첩자라고 의심하고 있잖아요. 뭐 사소한 거라도 기억하는 거 없어요?"

"전혀. 어쩌면 그 사람들 말이 옳을지도 몰라. 하지만 내가 기억하는 한 난 첩자질을 한 적이 없어. 너희와 함께 아카데미에 들어와 각성자로 살아가는 법을 배웠을 뿐이야."

윤태희는 이유정은 물론 고승조, 엄명욱을 설득할 생각은 없었다. 불가능한 일에 마음을 쏟고 싶지 않아서였다.

대신 왜 기억이 없는지 생각했다. 첩자로서 역할을 다하려면 자기가 누군지는 기억해야 할 텐데.

그때, 캐비닛을 뚫고 녹슨 칼이 튀어나와 윤태희의 옆구리를 찢었다. 피부가 뜯겨 나갔지만 내장을 다치지는 않았다. 그래도 붉은 피가 바닥으로 뚝뚝 흘러내렸다.

광전사가 이토록 가까이 다가올 때까지 아무것도 몰랐다니. 윤태희는 뒤로 물러섰다.

이유정이 다가왔다.

"괜찮아요?"

"……안 괜찮아."

이유정은 치유 마법을 펼쳤다. 고승조와 엄명욱을 살피느라 마력을 다 써 버린 이유정이 할 수 있는 건 응급처치에 불과했다.

허벅지에 총을 맞아 벽에 기댄 채 앉아 있던 고승조가 신음을 억누르며 몸을 일으켰다. 그는 손으로 약병을 치운 다음, 벽에 붙어 있던 철제 선반을 캐비닛 뒤로 옮겼다.

윤태희 대신 이유정이 그를 도왔는데도 고승조는 헐떡거리기 시작했다.

"그걸로 놈들을 막을 수는 없겠지만, 그래도 고마워."

윤태희였다.

"쳇, 그냥 고맙다고 하면 될 텐데."

고승조는 엄명욱 옆으로 가서 천천히 앉았다. 총알은 빼냈지만 붕대를 두른 다리는 이미 피로 빨갛게 변해 있었다.

"혼자라면 그 환각력으로 무사히 빠져나갈 수 있었을 겁니다. 왜 그렇게 하지 않았습니까?"

엄명욱이 물었다.

"넌 처음 봤을 때부터 재수 없었어, 알아? 그걸 내 입으로 말해야 돼?"

또 다른 칼이 캐비닛을 뚫고 쑥 들어왔지만 선반에 막혀 방향이 바뀌었다.

만약 선반이 거기 없었다면…… 칼은 윤태희의 가슴에 박혔을지도 모른다.

윤태희는 숨을 쉴 수 없었다. 이토록 죽음이 느껴진 적은 없다. 아무것도 할 수 없는 상황에서 천천히 다가오는 죽음을 기다려야 한다니.

'지금도…… 내겐 과거 기억이 없어. 난 윤태희인데…… 가족도, 친구도 생각나지 않아. 그 사진을 한 번만 더 볼 수 있으면 좋을 텐데. 그러면 여기서 죽더라도…… 이렇게 억울하지는 않을 것 같은데.'

그때, 쾅 소리가 나며 바닥이 흔들렸다. 지진 같지만 진동의 느낌이 달랐다.

'이런 진동, 느껴 본 적이 있어. 어디에서인지는 생각나지 않지만.'

캐비닛을 긁던 발톱의 소리가 뚝 끊겼다. 녹슨 칼도 더 이상 보이지 않았다.

윤태희와 이유정이 서로를 쳐다봤다.

몬스터들은 새로운 적을 상대하고 있었다. 그렇다면 외부에서 유니온 본부를 수복하기 위해 각성자들이 대거 내려왔을 가능성이 매우 높다.

또 쾅 소리와 함께 바닥은 물론 벽과 천장까지 흔들렸는데, 처음보다 훨씬 강했다.

싱크

'가까운 곳이야.'

윤태희는 희열과 공포를 동시에 느꼈다. 여기서 살아난다면 더없이 기쁘겠지만, 쿠데타를 제압한 사람들이 자신을 어떻게 취급할지는 불 보듯 뻔했다.

어쩌면 쿠데타의 원흉으로 몰려 해옥 같은 감옥에 평생 갇힐지도 모른다.

윤태희는 몸을 일으켰다.

"언니?"

이유정이었다.

"난 여기 있을 수 없어. 잡히면 또 갇힐 테니까."

그 말에 이유정은 천천히 몸을 일으켜 고개를 숙였다.

"……고마워요."

"고맙습니다."

이유정에 이어 고승조와 엄명욱이 동시에 말했다.

빙긋 웃은 윤태희는 철제 캐비닛과 입구 사이의 틈으로 몸을 밀어 넣고 복도로 빠져나왔다. 환각력을 최대한 퍼트리며 천천히 움직이기 시작했다.

오른쪽은 김현이 맡았다. 왼쪽은 안진후와 슈뢰딩거가 해치웠다.

김현이 타각을 기본으로 한 근접전으로 몬스터를 해치울 때, 안진후는 불의 정령을 이용하여 멀리 있는 몬스터도 태워 버렸다.

에워싸기 위해 다가오던 좀비 떼는 슈뢰딩거가 뿜은 화염에 휩싸여 바닥을 뒹굴었다.

안진후는 슈뢰딩거가 만든 두 개의 불꽃 벽 사이로 걸어서 연구실 앞에 도착했다.

입을 뗐지만 오랜만에 부르는 이름은 쉽게 나오지 않았다. 목을 가다듬은 후에야 이름을 부를 수 있었다.

"……태희 누나."

아무런 반응도 없었다.

"태희 누나? 나야, 진후."

"태희 언니는 여기 없어요."

안에서 들린 목소리.

안진후는 일부가 갈가리 찢긴 캐비닛에 손을 올렸다. 손바닥에서 뻗어 나온 이그드라실의 뿌리가 금세 캐비닛을 그물처럼 감쌌다.

뿌리가 힘을 발휘하자 캐비닛은 볼링공처럼 작게 압축되었고, 철제 선반 너머 약품실이 보였다. 거기엔 상처 입은 생존자들이 있을 뿐이었다.

"어디로 갔습니까?"

"넌 누구야?"

싱크

눈빛이 예리한 남자가 물었다. 다리에 감은 붕대는 피로 물들어 있었다.

"적은 아니니까 걱정 마."

"누, 누가 걱정을 해?"

당황한 남자.

돌아선 안진후는 다가오는 김현을 쳐다보며 고개를 저었다.

김현은 입구를 막은 철제 선반 너머로 이동했다. 현섬을 직접 본 생존자들은 할 말을 잃었다.

김현은 말없이 구석구석 모두 뒤졌다. 그 후에야 현섬을 펼쳐 복도로 나왔다. 생존자들은 두려운 눈으로 그를 볼 뿐 아무 말도 할 수 없었다.

"어디로 갔대?"

"몰라."

안진후는 퉁명스럽게 말했다.

김현을 탓하는 게 아니었다. 좀 더 일찍 윤태희를 찾아내지 못한 자신을 향한 원망이었다.

"통제실로 데려다줄게. 어떻게든 찾아내야 돼."

김현이 손목을 잡는데, 안진후가 급히 뿌리쳤다.

친구를 쳐다보는 김현.

안진후가 손을 들어 복도 끝을 가리켰다.

김현이 그쪽으로 몸을 돌린 순간, 서서 이쪽을 바라보는 윤태희를 발견할 수 있었다.

"태희 누나!"

안진후가 외쳤다.

이름을 부르는 소리가 귀로 파고들자, 윤태희의 머릿속 견고한 봉인이 풀렸다.

공지우의 제안을 받아들이기 전, 윤태희는 스스로 《렉티오 디비나》라는 책에 나온 스킬로 기억을, 자기 자신을 머릿속 깊은 곳에 가둬 놓았다. 자신의 선택으로 안진후, 김현이 다칠까 염려한 것이다.

스킬이 발동되자 기억은 서서히 사라졌고, 윤태희는 오래지 않아 친구 공지우에 대한 기억마저도 잃었다.

그 봉인을 푸는 열쇠는…… 바로 안진후의 목소리였다. 장난기 넘치는 안진후의 목소리를 듣는 순간 저절로 기억이 되살아난 것이다.

윤태희는 그 자리에서 무너졌다. 윤태희가 쓰러지기 전, 현섬으로 이동한 김현이 윤태희를 잡고 부축했다.

안진후가 달려왔다.

길어서 언제부터 시작된 꿈인지도 모르는, 현실이라고 믿게 되는 끔찍한 악몽이 끝나면 이런 기분일지도 모른다.

윤태희는 천천히 눈을 떴다.

촘촘한 조명이 천장 가득 박혀 있었다. 살짝 고개를 돌리려는데 몸이 찢어지는 듯 아팠다. 달라붙은 입술로는 신음도 빠져나갈 수 없었다.

시야를 가득 채우는 얼굴 하나.

아는 얼굴이었다. 주영환이 보여 준 사진 속 얼굴.

"누나."

안진후는 윤태희를 내려다보았다.

"……진후야, 나, 무서워서 죽을 뻔했어."

눈물이 주르르 흘러내렸다.

지금 윤태희는 저널리스트로서 진실을 알기 위해 스스로 내린 결정은 물론 아카데미에서 각성자로서 거쳤던 과정, 첩자로 몰려 유니온 본부에 갇혔던 시간까지 모두 기억하고 있었다.

"이제 괜찮아."

안진후는 누워 있는 윤태희의 손을 잡아 주었다.

"사, 사람들이 나더러 첩자래."

"누난 첩자 아니야. 내가 잘 알아."

"그, 그렇지?"

윤태희는 불안을 감추지 못했다. 안진후를 만나고 기억을 되찾은 지금 이 순간이 꿈이라면? 잠에서 깨자 유니온 지하의 취조실이라면?

그때, 윤태희는 자신을 쳐다보는 안진후의 생각을…… 마음을…… 읽을 수 있었다. 기억 봉인이 해제되자 과거의 능력, 독심술이 되살아난 것이다.

얻는 게 있으면 잃는 것도 있는 법.

윤태희는 자신이 더 이상 환각력을 사용할 수 없음을 깨달았다. 아쉬우면서도 왠지 모르게 후련했다.

환각력은 기본적으로 타인을 속이는, 진실을 숨기는 능력이다. 그에 비해 독심술은 진실을 알아내고 확인할 수 있는 힘이 아닌가. 저널리스트에겐 독심술이 그 무엇보다 필요한, 갖고 싶은 능력일 것이다.

윤태희는 안진후를 통하여, 그가 하는 생각과 가끔 떠올리는 과거의 장면을 통하여 자신에 대한 믿음을 확고히 다질 수 있었다. 지금은 안진후가 그녀의 버팀목이었다.

상체를 일으킨 윤태희는 한쪽에 모여 있는 생존자들 중에 동기를 찾아냈다. 이유정, 고승조 그리고 엄명욱은 윤태희를 바라보다가 시선을 돌렸다.

황철호와 이야기를 나누던 김현이 윤태희 쪽으로 걸어왔다. 그 얼굴을 본 윤태희는 고개를 갸웃거렸다.

'분명히 김현이야. 그런데 어딘지 모르게 달라. 저렇게 잘생겼었나?'

김현의 생각은 옛날처럼 지금도 들리지 않았다. 그래서 좋았다. 안진후가 그녀가 의지할 수 있는 대상이라면 김현은 그녀가 믿을 수 있는 사람이었다.

"이제 좀 괜찮아요?"

김현이 빙긋 웃으며 물었다.

"응."

윤태희는 김현을 자세히 뜯어보았다. 이목구비는 그대로였다. 눈도, 짙은 눈썹도, 코와 입술까지도. 하지만 이전보다 잘생겼을 뿐 아니라…… 왠지 모르게 권위가 느껴졌다. 김현이 하는 이야기는 뭐든 받아들일 수 있을 듯한 느낌이랄까.

"난 가야 돼요. 진후가 옆에 있을 거니까 걱정할 필요는 없어요."

"어디로 가는데?"

"진후에게 들으세요. 여기서 말하기엔 길어서요. 나중에 봐요."

그렇게 말한 김현은 뒤로 물러섰다. 현섬을 펼치려는 그를 막은 건 안진후였다.

"잠깐만."

김현은 친구를 쳐다봤다. 무슨 일인지 듣기 위해 가만히 기다렸다.

"너한테 제자가 생겼어."

"제자? 없는데."

"노관장님이 한 명 받아들이셨어. 네 제자로."

"진짜?"

"어르신의 악취미에 고생 좀 할 거야."

안진후는 빙긋 웃었다. 친구의 고생이 기뻐서가 아니라 김현이 고집불통 노관장을 어떻게 다룰지, 이미 제자로 결정된 구선희를 어떻게 생각할지 순수하게 궁금했던 것이다.

잠시 안진후의 얼굴을 들여다본 김현은 천천히 고개를 끄덕였다.

"아무튼, 알려 줘서 고마워. 간다."

"몸조심해."

"너도."

김현은 그 자리에서 사라졌다.

화들짝 놀란 윤태희는 곧 그게 김현의 능력임을 기억해 냈다. 그녀는 안진후를 쳐다봤다.

"음, 어디서부터 이야기를 해야 할지 모르겠네. 긴 이야기라서 말이야."

"시간은 충분해."

윤태희는 안진후의 이야기를 들으며, 그 머릿속에서 상영될 영화를 보게 될 거라는 생각에 순진한 소녀처럼 긴장하면서도 기대했다.

"알았어."

안진후는 윤태희가 갑자기 사라진 이후에 어떤 일이 벌어졌는지 들려주기 시작했다.

현기명은 사과를 손에 들고 안투크의 대가리를 깔고 앉은 채 구선희가 혼자 좀비 떼와 싸우는 모습을 구경하고 있었다. 으적으적 사과 씹는 소리는 비릿한 피 냄새와 힘을 짜내는 기합을 비집고 나왔다.

"왼쪽 어깨가 열렸군."

현기명이 느릿느릿 지적하자, 구선희는 달려드는 좀비를 피할 타이밍을 놓쳤다. 일찍 알려 줬다면 좀 더 쉽게 막아 낼 수 있었을 텐데.

저 늙은이의 조언은 진짜 조언인지…… 아니면 고약한 장난인지 분간이 되지 않았다. 가끔은 믿기 힘든 속도로 다가와 목숨을 구해 주는데, 다음에는 위기에도 꿈쩍도 않고 사과를 씹어 먹을 뿐이었다.

'대체 언제 사과를 챙겨 온 거야?'

구선희는 죽을 지경이었다. 각성 이후 이렇게 치열하게 싸워 본 적은 없었다. 아니, 태어나서 처음이었다.

흑화탄을 발사할 마력은 남아 있지 않았다. 그녀가 할 수 있는 일은 다가온 좀비를 향해 단검을 휘두르고 발길질을 하는 것뿐이었다.

쓰러진 좀비에게 발이 걸려 균형을 잃자, 뒤에서 또 다른 좀비가 튀어나왔다. 구선희로서는 피할 수 없는 공격이었다.

반쯤 먹은 사과가 날아와 퍽! 구선희의 머리를 때렸다. 그 격렬한 고통에 몸이 반응하자 절묘하게 좀비의 공격을 피할 수 있었다.

놈을 해치운 구선희는 머리를 어루만지며 현기명을 노려봤다. 저 늙은이의 능력이라면 사과 반쪽으로 좀비 하나쯤은 날려 버릴 수 있을 것이다. 일부러 머리를 맞힌 게 분명했다.

이를 바득바득 간 구선희는 눈에 띄는 좀비를 겨우 처리할 수 있었다.

옷은 땀으로 젖은 지 오래였다. 10분이라도, 아니 5분이라도 쉴 수 있다면 무엇이든 할 수 있을 것 같았다.

"가족은?"

현기명이 물었다.

"……뭐라고 하셨어요?"

퍽.

뒤통수를 맞은 구선희는 앞으로 넘어질 뻔했다. 이 늙은이 앞에서는 항상 긴장해야 한다. 잠시라도 마음을 풀면 주먹이 날아온다.

"가족."

"없어요."

"고아?"

"각성자에겐 가족 따위, 없으니까요."

구선희는 마지막으로 본 아빠와 엄마를 힘겹게 떠올렸다.

두 사람은 딸을 알아보지 못했다. 각성자로서의 삶을 시작한 이후 부모의 기억 속에서 딸이 차지한 부분은 옅어졌고, 서서히 사라지다 끝내 소멸했다. 망각력이 부모를, 친척들을, 친구들을 삼킨 것이다.

망각력은 구선희에게서 그들을 빼앗아 가 버린 셈이다.

그 시기는 각성자마다 다르다. 어떤 사람은 겨우 몇 달 만에 가족을 잃었다. 또 다른 사람은 몇 년에 걸쳐 그 과정이 천천히 진행되었다.

각성은 철저히 혼자가 되는 경험이었다. 적응하지 못하면 미쳐 버리는 과정이기도 했다.

구선희는 몸을 흠칫 떨었다. 방심한 것이다. 다행히 늙은이는 이 틈을 놓친 듯했다. 아니면 알고도 모른 척했거나.

"선희야."

"……네?"

구선희는 깜짝 놀랐다. 저 노인의 입에서 자기 이름이 이토록 정겹게 불릴 줄이야.

"여기서 중앙통제실까지 가는 길, 알고 있겠지?"

"잘 압니다."

"거기 가서 언제까지 이 짓을 해야 하는지 진후 그 녀석에게 물어봐라."

"하지만 저는 노관장님 곁을 벗어나……."

한 줄기 서늘한 바람이 불어와 몸을 관통하는 듯한 느낌.

구선희는 족쇄에서 풀려났다는 확신에 이르렀다. 노관장이 자신을 풀어 준 것이다.

"가거라."

"…….네."

구선희는 잠시 머뭇거렸다. 저 늙은이가 또 다른 장난을 치는 게 아닐까 염려한 것이다. 하지만 반경 20미터 밖으로 나왔는데도 몸은 멀쩡했다.

노관장이 마음을 바꿀까 두려웠던 그녀는 최고 속도로 달리기 시작했다. 섹터8을 벗어나 홀에 도착해서야 겨우 숨을 몰아쉴 수 있었다.

중앙통제실이 있는 섹터4로 올라온 그녀는 지상으로 올라가기 위해 차례를 기다리는 사람들을 보았고, 자연스럽게 그들 사이에 끼어들었다.

'유니온 본부를 벗어나기만 하면…… 나는 자유야.'

흥분에 몸이 떨렸다.

구선희가 세뇌당했던 사람들과 함께 섹터3로 접어들 무렵, 현기명은 약간의 긴장을 유지한 채 자신을 향해 다가오는 몬스터를 쳐다보고 있었다.

이마에 뿔이 난 악마를 닮은 몬스터에게서 지금까지 본 몬스터와는 차원이 다른 강함이 느껴졌다. 저 녀석의 접근을 감지했기 때문에 구선희를 위로 보낸 것이다.

현기명은 구선희가 중앙통제실로 가지 않고 지상으로 달아날 가능성도 배제하지 않았다.

그건 마지막 시험이었다.

길을 잘못 선택한 구선희가 원래대로 돌아오려면, 새롭게 길을 걸으려면 스스로 결정을 내려야 했다. 자유는 진정한 선택의 전제 조건이다. 만약 도망친다면 구선희에겐 더 이상의 기회가 주어지지 않을 테고, 지금까지 살아온 방식대로 살아가다가 죽게 될 것이다.

"한바탕 놀아 볼까?"

현기명은 악마 타프를 향해 돌진했다.

파르소겐은 바위에 앉아 호수로 뛰어든 군인 두 명이 10미터도 채 헤엄치지 못하고 라쿨에게 붙잡혀 물 아래로 사라지는 모습을 잠자코 지켜보았다.

정상적인 사고력의 소유자라면 방법을 달리할 테지만, 고집스러운 조태훈은 몇 명을 미끼로 던진 후 일제사격이라는 단순한 방법을 고수했다.

결과는 엉망이었다. 한 마리의 라쿨도 잡히지 않은 것이다.

"당신이 진짜 그 대현자야?"

파르소겐의 감시를 맡은 이범구가 조심스럽게 물었다.

무례하게 반말이나 찍찍 뱉는 젊은 녀석의 질문에도 파르소겐은 표정 하나 바뀌지 않았다.

"망량을 불러내어 증명하고 싶은데, 이 세계의 망량은 내 말을 듣지 않는구려."

"여기에도 망량이…… 그러니까 귀신이 있어?"

"어디에나 있지."

파르소겐은 이범구를 놀라게 하려다 참았다. 김현이 돌아올 때까지는 누구든 자극해선 곤란하다.

'대체 이 녀석은 왜 안 오는 거지? 중각단은 이미 다 만들었는데.'

그는 주머니 속에 넣어 둔 두 알의 중각단을 의식했다. 저들에게 빼앗기면 다시 시간을 들여 만들어야 할 것이다.

"정말 드래곤이 당신을 보냈어?"

"맞네."

같은 질문에 열 번 넘게 대답한 대현자는 슬슬 짜증이 차올랐다.

"드래곤은 어떤 존재야?"

이범구가 물었다. 덩치는 항구 뱃사람 같은데 눈에는 호기심이 그득했다.

"이 세계에는 드래곤 같은 존재가 없는가?"

"여기선 인간이 유일한 지성 종족이거든."

"음, 간단히 말하면 절대로 건드려서는 안 될 존재라고 보면 되네."

"그렇게나 강해?"

"그렇게 궁금하면 게이트를 통과해서 직접 만나 보는 것도 좋을 것 같은데, 어떤가? 지금도 문은 열려 있으니 말일세."

이범구는 더 이상 질문으로 대현자를 괴롭히지 않았다. 대신, 소환진으로 생성된 문을 통과했을 때 만날 수 있는 드래곤을 상상하기 시작했다.

파르소겐은 자신만의 생각에 빠진 이범구의 왼쪽 어깨를 바라보았다. 거기 흐릿한 사람이 공중에 둥실 떠 있었다. 머리카락의 길이와 골반의 크기로 보건대, 여자였다.

입가로 피가 흐르고 목에 굵은 상처가 남아 있는 여자는 자신을 쳐다보는 파르소겐을 흥미롭게 내려다보고 있었다. 파르소겐은 여자를 보며 콘센치오를 펼쳤다.

세 번 만에 여자 망량이 반응했다. 어깨에서 내려와 파르소겐 앞으로 다가온 것이다.

누구나 처음 망량을 보면 무서워 오줌을 지리거나 눈을 꾹 감아 버린다. 현자로서 처음 배우는 지혜 중 하나는 망량 앞에서 절대 고개를 돌리면 안 된다는 점이었다.

파르소겐은 여자를 자세히 살폈다. 목에 난 상처는…… 밧줄 흔적이었다.

'이 여자는 목매달아 자살했구나.'

현자가 갖추어야 하는 또 다른 지혜는 망량을 동정해선 안

된다는 것이다. 상대가 아무리 비참하게 죽었어도, 아무리 어려도 감정이입은 금물이다.

파르소겐은 손을 들어 올리며, 손가락 끝에 콘센치오의 기운을 모았다. 숨이 찰 만큼 힘이 들었다. 확실히 이 세계는 콘센치오를 펼치기 훨씬 어렵다.

여자는 파르소겐의 얼굴을 보고, 손가락을 보고…… 몇 번 반복할 뿐, 더 가까이 다가오지 않았다.

파르소겐은 가만히 있었다.

처음 망량과 계약을 맺는 건, 숲 속의 야생동물을 길들이는 것과 비슷한 과정을 거쳐야 한다. 상대의 신뢰를 얻지 못하면 길들이기는 실패한다.

망량이 재빨리 오더니 손가락 끝에 맺힌 콘센치오의 기운을 흡수했다.

몸을 부르르 떠는 망량.

처음이 어렵다. 두 번째는 훨씬 쉬워진다.

파르소겐은 손가락 끝에 모은 콘센치오 특유의 싱싱한 기운을 다섯 번이나 망량에게 제공했다. 아직 계약의 단계는 아니다. 하지만 대화는 가능한 수준이었다.

천천히 대화가 오갔다.

파르소겐은 망량이 왜 저 이방인 어깨 위에 있는지 알 수 있었다.

이범구는 어두운 골목에서 스친 저 여자를 쫓아가 강간했다. 한 번이 아니었다. 수치심에 아무에게도 알리지 않은 여자를 몇 번이나 유린한 것이다. 결국 여자는 고통을 참지 못하고 극단적인 선택을 하고 말았다.

파르소겐은 망량의 욕구를 파악했다. 그래서 천천히 자신의 욕구를 드러냈다. 자신이 괴롭혀서 죽게 만든 여자를 보고 겁에 질리는 이범구의 모습을 상상으로 보여 준 것이다.

반쯤 썩은 여자의 얼굴이 일그러졌다.

계약은 성립되었다.

한 가지 아쉬운 건, 저 망량의 힘이 약해서 깜짝 놀라게 할 수 있을 뿐…… 그 이상은 어렵다는 점이었다.

군인들이 계속 죽자, 화가 난 조태훈은 파르소겐 앞으로 씩씩거리며 다가왔다.

"라리렌을 제압할 방법, 당신은 알고 있을 거야. 반드시 알고 있어야 해."

조태훈이 내민 손이 까맣게 변했다. 파르소겐은 그게 무엇을 의미하는지 잘 알았다.

블랙 핸드.

죽음의 기운 테네파르 인스푸모가 주입된 저 손으로 움켜쥐기만 해도 독이 몸 전체로 퍼져 나갈 테고, 피부는 썩기 시작할 것이다.

"몇 가지 방법은 알고 있지만, 나로서는 불가능한 방법일세."

"말해 봐."

"라리렌이 들고 있는 악기를 부수면 호수는 사라진다네. 라리렌은 저 하프로 환각을 일으키는 선율을 연주하고 있으니 말이야."

"……다른 방법은?"

"최대한 귀를 막아서 소리를 듣지 않으면 환각에서 벗어날 수도 있네."

파르소겐은 선율이 몸을 통해 들리기 때문에 귀를 막아 봐야 소용이 없다는 사실은 생략했다.

"아, 그렇군."

고개를 끄덕인 조태훈은 다시 군인들에게로 돌아갔다.

풀 잎사귀로 귀를 틀어막은 군인 두 명이 호수로 뛰어들었다. 이번엔 20미터 가까이 헤엄친 후에 물 아래로 끌려 내려갔고, 거품만 수면으로 올라왔다.

조태훈은 군인의 귀를 풀과 진흙으로 완전히 막아 버렸다. 하지만 20미터가 최고였다. 그 너머로는 마치 벽에 막힌 것처럼 나아갈 수가 없었다.

그때, 익숙한 진동이 미세하게 느껴졌다.

재빨리 몸을 일으킨 파르소겐이 호수 중앙의 바위섬을 가리키며 외쳤다.

"라리렌!"

다들 호수 쪽을 쳐다보는 순간, 파르소겐을 감시하는 이범구 뒤에 김현이 나타났다.

인기척에 몸을 돌린 이범구의 눈이 휘둥그레졌다. 김현도 마찬가지였지만 판단은 훨씬 빨랐다. 명치에 주먹이 박히자 이범구는 호숫가로 날아가 물에 빠졌다. 깜짝 놀란 이범구는 기를 쓰고 호수 밖으로 달아났다.

"이걸 삼키게."

파르소겐은 중각단 한 알을 김현에게 건네고, 자신도 하나 입에 넣었다.

그제야 조태훈이 파르소겐 옆에 나타난 낯선 사람을 발견했다.

"뭐야?"

파르소겐은 이범구 옆을 가리켰다.

"저거, 저거!"

뚱한 표정으로 옆을 쳐다본 이범구는 심장이 멈출 뻔했다. 푸르뎅뎅한 얼굴로 자신을 보고 있는 여자를 발견한 것이다.

1초도 못 되어 그는 이 죽은 여자가 누군지 알아봤다. 그리고 그 자리에서 오줌을 지리며 정신을 잃었다.

각성자들도 둥실 공중에 떠 있는 망량을 발견했다.

파르소겐은 김현의 손을 잡으며 속삭였다.

"호수 너머로 가세."

김현은 현섬을 펼쳤다.

사라진 두 사람은 호수 너머로 이어진 복도에 나타났다.

파르소겐은 멀리서도 분을 터트리는 조태훈을 알아보고 껄껄 웃어 댔다. 조태훈은 군인에게 명령을 내려 사격을 했지만, 라리렌의 힘을 뚫지는 못했다.

"망량과 계약을 맺으셨네요."

"운이 좋았지. 여기선 내 영향력이 약해서 물리적 힘은 발휘할 수 없으니까. 그보다, 그 일은 잘 해결했나?"

"……네."

김현은 드래곤의 충고 덕에 뇌진을 찾아낼 수 있었다는 자세한 설명은 생략했다.

"가지."

파르소겐이 앞서 달렸다. 잠시 잊었던 현기증과 구역질을 억누르면서 뛰는 건, 정말이지 고역이었다.

그 뒤를 김현이 따랐다.

주용석은 아프리카 초원에서 직접 보았던 코끼리를 떠올렸다. 험악한 하마조차 그 코끼리 앞에서는 도망치기 바빴다. 물웅덩이로 모여든 수많은 동물들 중 단연 왕이었다. 동물의 왕은 사자가 아니라 코끼리인 것이다.

지상 최강의 동물 코끼리도 저 베헤모스 앞에서는…… 사자 앞 생쥐 신세였다.

컨테이너를 쌓아 놓은 듯 몸집이 커진 베헤모스는 붉은 빛 '루베노르'를 뿜어내고 있었다. 견고한 합금 바닥을 쉽게 뚫어 버린 저 루베노르는 강력한 레이저처럼 유니온 본부의 지하 비고 입구를 녹이는 중이었다.

"용석아."

"……네."

베헤모스에서 시선을 뗀 주용석은 몸을 돌려 뒤쪽에 앉아 있는 사람들을 쳐다봤다.

블랙 길드의 실세라 할 수 있는 곽도철, 차동원 그리고 현문 길드의 김대욱이었다. 셋 다 유니온의 15인회 일원이었다.

"언제 끝나냐?"

포도주가 놓인 원목 탁자에 구둣발을 올린 곽도철은 늘어지게 하품을 했다.

"곧 끝날 겁니다."

"10분 전에도 같은 대답을 들은 것 같은데."

평소엔 좋은 사람 같지만, 수틀리면 웃으면서 상대를 지옥으로 밀어 넣는 인물이었다.

"여기 내려온 것도 오늘이 처음이고, 드래곤에게 빌린 베헤모스로 루베노르를 쏘는 것도 오늘이 처음이니까요."

주용석은 느릿느릿 말했다. 진짜 마음이 입으로 튀어나와서는 곤란하다.

"저거, 꼭 돌려줘야 할까?"

곽도철 옆에 앉아 있던 차동원이 말했다. 굵은 팔뚝에는 조폭처럼 난잡한 문신이 가득 새겨져 있었다.

"비고를 열 수 있는 힘이라면, 새로운 시대를 여는 데 큰 도움이 될 겁니다."

현문의 김대욱이었다.

주용석은 못 들은 척했다. 저들도 드래곤의 심기를 건드리면 어떤 결과가 나오는지 알고 있다. 그저 베헤모스의 능력이 탐이 나서 말을 하는 것이다.

사실, 누구보다 베헤모스의 능력에 탄복하여 군침을 흘리는 사람은 바로 자신이었다. 드래곤이 빌려준 반지 덕분에 그는 아직 드러나지 않은 베헤모스의 능력까지도 알 수 있었다.

"비고 안에 아이기스의 방패가 있다던데, 사실일까요?"

김대욱이 물었다.

"소문으로는 그렇죠. 방패에 관심이 많으신 모양입니다."

곽도철이 답했다.

"방패 수집이 취미거든요."

"아하. 저는 도끼류를 좋아합니다. 비고 안에 사라겐의 천월이 있다고 하던데, 이참에 한번 찾아봐야겠습니다."

곽도철은 욕심을 굳이 숨기지 않았다. 이곳에 자신을 막을 사람은 없다.

차동원은 이글거리는 눈빛으로 베헤모스를 바라보다가 몸

을 일으켜 베헤모스 쪽으로 건들거리며 걸어갔다.

힐끔 쳐다봤음에도 주용석은 아무 말도 하지 않았다.

차동원은 베헤모스의 굵은 다리로 조심스럽게 접근하더니, 딱딱한 나무껍질 같은 피부에 손바닥을 댔다. 고개를 든 그는 거대한 베헤모스의 배를 올려다볼 수 있었다. 녀석이 숨을 쉴 때마다 군함 같은 배가 실룩거렸다.

"이놈, 정말 대단해. 난 이런 게 좋아. 용석아, 비고 문 열고 나면 그 조련사의 반지, 내게 넘겨라. 이토록 멋진 놈을 드래곤에게 돌려줄 순 없지."

그때, 베헤모스가 고개를 돌렸다. 벽과 바닥에 깊은 자국을 남긴 검붉은 광선 루베노르는 차동원의 몸을 반으로 잘라 버렸다.

피는 한 방울도 흐르지 않았다. 불로 달군 것처럼 단면이 타 버렸던 것이다.

달려가는 곽도철과 김대욱.

주용석은 염려 가득한 표정을 지었지만 마음은 달랐다.

'음, 일단 한 놈은 성공이야.'

김대욱이 타케노프 특유의 치유술을 펼쳤지만, 반 토막 난 사람을 되살릴 수는 없었다.

곽도철이 득달같이 다가와 주용석의 멱살을 잡았다.

"네가 죽였어!"

"……직접 보셨잖습니까. 그리고 전 베헤모스를 자극해선 안 된다고 이미 말씀드렸습니다만."

"……."

핏발 선 눈으로 주용석을 노려봤지만 그 말이 사실이기에 곽도철은 물러설 수밖에 없었다. 게다가 지금은 동료의 죽음보다 더 중요한 일이 있는 상황이 아닌가.

"상심할 필요는 없습니다. 나중에 부활위원회를 열어 살리면 되지 않습니까."

김대욱이었다.

"그건 그렇소!"

곽도철의 표정이 밝아졌다. 반대로 베헤모스에 신경 쓰던 주용석은 얼굴이 일그러졌다.

'나머지 둘을 한꺼번에 죽일 수 있을까? 아니야. 그건 불가능해. 베헤모스는 느려. 방심한 상황에서도 확률은 반반이야. 잘못하면 내가 죽어.'

주용석은 다음 기회를 기다리기로 마음을 바꿨다. 일단은 비고부터 열어야 한다. 그래야 쿠데타가 성공할 터였다.

"자, 잠깐만 쉬었다 가세."

숨넘어가기 직전에 이른 파르소겐은 복도 옆에 주저앉아 벽에 기댔다. 몸은 흠뻑 땀으로 젖어 색깔까지 거무튀튀하게 변해 있었다.

땀 한 방울 흘리지 않고 숨소리도 전혀 거칠지 않은 김현은 가만히 서 있다가 대현자가 무안해할까 봐 그 옆에 앉았다. 2~3분 쉰다고 해서 주용석에게 운명의 구슬을 빼앗기지는 않을 거라고 생각했다.

"자네, 달라졌어."

파르소겐이 김현의 얼굴을 자세히 뜯어보고 내린 결론이었다.

"뭐가요?"

"말로 표현하긴 힘든데, 아무튼 달라진 건 분명해. 저 위에서 무슨 일이 있었던 건가?"

대현자의 눈은 호기심으로 빛났다. 힘든 몸도 수수께끼를 풀고픈 마음을 막진 못했다.

김현은 입을 열었다가 그냥 다물었다. 어떻게 설명해야 할지 몰랐고, 설명한다고 해서 대현자가 뜻하는 바를 그대로 이해할 수 있을지 확신이 없었다.

대신 질문을 던졌다.

"트란스에 들어가 본 적 있습니까?"

"허, 그랬다면 오늘 이렇게 자네와 이야기를 나누진 못했겠지. 트란스는 오직 드래곤만 들어설 수 있는 세계라네."

"······예외는 없나요?"

"드래곤의 안내를 받아서 트란스를 경험한 사람은 몇 명

있네. 그들은 평생 다시 트랜스로 가기 위해 애를 썼지만 누구도 성공하진 못했지. 그 사람들은 나처럼 대현자라고 불렸던 선배라서 잘 알고 있다네."

파르소겐은 몇 명의 이름을 떠올렸다.

위대한 존재를 목표로 살다가 결국 실패한 인생들.

한때는 호지센의 회주였던 그들의 마지막은 그리 아름답지 않았다. 좀 더 강한 힘, 좀 더 힘 있는 망량, 좀 더 깊은 지혜를 추구하다가 가족을 잃었고, 결국 자신마저 상실하고 말았다.

김현은 왜 자신이 트랜스로 들어갈 수 있었는지 그 답을 찾기 바랐으나, 대현자로부터는 단서조차 알아내지 못했다.

"혹시 비디타스 님이 자넬 트랜스로 데리고 간 건가?"

파르소겐은 흥분을 감추지 못했다. 만약 사실이라면 자신도 언젠가 트랜스로 갈 수 있을 것 같아서였다.

"쉬었으니 일어나시죠."

"대답해 보게!"

"아닙니다."

"……아까워."

파르소겐은 진심이었다. 비디타스가 이 괴상한 이방인을 트랜스로 데려갔다면 자신 또한 거기로 데려가지 말란 법은 없을 텐데.

김현은 앞서 달리기 시작했다.

한숨을 내쉰 파르소겐은 끙 소리를 내며 일어났고, 곧 다리에 힘을 주고 뛰었다.

콘크리트 기둥이 나란히 서 있는 초록색의 바닥 저 너머에 빛이 흘러들고 있었다.

사람들은 천천히, 그러다가 점점 빠르게, 나중에는 밖으로 달리기 시작했다. 구선희는 그들 중 하나가 되어 아파트 지하 주차장 밖으로 빠져나왔다.

쏟아지는 빛이 몸을 뚫고 바닥에서 부서지는 것만 같았다. 그녀는 두 팔을 펼친 채 눈을 감고 빛을 온몸으로 받아들였다. 그녀 외에도 꽤 많은 사람들이 서서 햇살을 느끼고 있었다.

"아빠!"

여섯 살 남짓한 소녀가 이제 막 주차장 밖으로 나온 남자를 향해 뛰어갔다.

"예린아!"

딸을 안는 아버지의 얼굴은 햇살로 구김살 하나 없이 반짝거렸다.

아버지는 딸의 머리를 어루만졌다.

그 모습을 본 순간, 구선희는 자신의 뺨을 타고 흘러내리는 눈물을 뒤늦게 알아차렸다. 뚝뚝 땅바닥으로 떨어지는 눈물의 이유를 그녀 자신도 몰랐다.

아버지를 찾아간다고 해도 딸을 알아보지 못할 것이다. 미친 사람 취급할지도 모른다.

아버지 대신 한 사람의 얼굴이 생각났다. 두 번 다시 보기 싫은 사람이었다.

구선희는 저절로 손을 올려 정수리를 만졌다. 맞지 않았는데도 왠지 아픈 것 같았다. 그리고 스스로도 믿기 힘들지만, 그 고통을 한 번쯤은 다시 느끼고 싶었다.

그 생각에 고개를 세차게 흔드는 구선희.

"말도 안 돼. 미치지 않고서야."

성큼성큼 아파트 단지를 벗어나던 구선희는 걸음을 멈추고 주차장 입구를 바라보았다. 인사라도 하고 왔으면 이렇게 마음이 무겁지는 않을 텐데.

이를 악물고 돌아선 구선희가 횡단보도가 있는 도로변으로 나오는데, 어디에선가 귀에 익은 이름이 들렸다.

"선희야."

"응, 오빠."

버스 정류장에서 만난 연인이었다.

구선희는 주먹을 꼭 쥐었다. 자신의 이름을 불러 준 노관장이 생각났다. 각성 이후, 누구도 그처럼 자연스럽게…… 아무런 의도도 없이…… 이름을 불러 준 적은 없었다.

신호등이 바뀌었지만 구선희는 건너지 않았다. 오히려 돌아서서 유니온 본부 입구를 향해 달리기 시작했다.

생존자 구조 작업은 완료되었다.

황철호는 마지막 생존자들을 데리고 중앙통제실로 들어섰다. 몬스터의 기습에도, 블랙 길드 소속 각성자들의 공격에도 살아남은 사람들의 수는 서른 명을 훌쩍 넘었다.

"휴우, 힘들다."

황철호가 푹신한 의자에 앉자, 윤태희가 생수와 수건을 가지고 와서 내밀었다.

"수고하셨어요, 당주님."

윤태희에게 황철호는 철혈당을 이끄는 당주였다.

"아, 고마워."

윤태희는 황철호 옆에 앉았다.

안진후로부터 간략하면서도 핵심을 제대로 담은 이야기를 들어 그동안 무슨 일이 벌어졌는지, 왜 황철호가 여기 있는지 그녀는 알고 있었다.

"이제 어떻게 될까요?"

유니온의 수뇌부는 사라졌다. 유니온 자체가 괴멸에 가까운 피해를 입은 것이다.

"다섯 길드가 어떻게 됐는지에 따라서 달라질 거야. 쿠데타로 다섯 길드가 모두 뒤집혔다면…… 그래서 블랙 길드가 다 장악했다면…… 아마도 여기 있는 사람들은 모두 도망자가 되겠지. 아, 저 친구는 빼고."

황철호는 안진후를 가리켰다.

"왜요?"

"안종화."

"회장님요?"

"블랙 길드도 섣불리 건드리지 못하는 인물이야, 안종화 회장은."

"전 몰랐어요."

윤태희는 황철호의 생각을 통해 안종화가 얼마나 영향력 있는 인물인지 알 수 있었다.

"자네는 모네타 소속이지?"

"지금은 아니에요."

"……뭐?"

"저 역시 당주님처럼 섬바디 길드에 가입했어요."

"정말?"

"진후에게, 아니, 마스터에게 확인해 보세요."

윤태희는 자신이 없는 동안 대나무처럼 무럭무럭 성장한 안진후를 떠올렸다. 항상 지니고 있던 오만한 태도도, 김현에게 가끔 보이던 필요 없는 열등감도 더 이상 찾아보기 힘

들었다. 대신 안진후에겐 자신만의 확고한 목표와 길이 생긴
듯했다.

신사업부문 사장이라니.

그때, 중앙통제실 입구 문 두드리는 소리가 요란하게 울려
퍼졌다.

황철호가 일어나 걸어가서 문을 열자, 구선희가 헐떡이며
안으로 뛰어들었다. 복도는 텅 비어 있었다.

황철호와 안진후를 본 구선희는 벌겋게 달아오른 얼굴로
고함을 질렀다.

"왜, 왜 아직도 여기 있는 겁니까? 어, 어르신께서 혼자 얼
마나 힘드신데……."

그 말에 안진후는 즉시 키보드를 두드려 현기명을 찾았다.
조그만 모니터에서 흘러나오는 광경에 안진후는 천천히 입
을 벌렸다.

키보드를 조작해 그 카메라 화면을 벽 전체로 늘리자, 노
관장 현기명과 머리에 뿔이 난 악마의 싸움이 아이맥스 영화
처럼 압도적으로 다가왔다.

"……저거, 진짜지? 영화 아니지?"

윤태희가 물었다.

"응, 진짜야."

안진후는 화면에서 눈을 뗄 수 없었다.

생존자들도 스크린 앞으로 이끌리듯 다가왔다.

악마는 날아다녔다. 노관장은 몸이 흐릿해지며 때로는 둘로, 때로는 셋으로 늘어났다. 악마가 길게 자란 손톱을 휘두르자 벽과 바닥이 길게 파였다. 노관장이 주먹을 뻗자 뒤쪽의 벽에 주먹 모양의 구멍이 생겼다.

그렇게 맹렬한데도 접촉은 전혀 없었다. 마치 약속이라도 한 것처럼 서로를 맹렬하게 공격하고 있을 뿐이었다.

"저, 저 할아버지는 천무관의…… 그분이지?"

"현기명 노관장님이셔. 섬바디 길드의 일원이시기도 하고."

안진후는 어깨에 절로 힘이 들어갔다.

시간이 흐를수록 악마 타프가 뒤로 밀렸다. 노관장의 손가락에서 뻗어 나온 예리한 청지풍이 바람의 검처럼 타프의 뿔을 잘라 냈다.

악마는 기괴한 비명을 질러 댔다.

그리고 이어진 일방적인 구타. 저 악마가 불쌍하게 여겨질 정도였다.

노관장은 살아 있는 악마를 샌드백 취급할 뿐 아니라, 급기야 깔고 앉아 버렸다.

숨을 가쁘게 몰아쉬면서도 손바닥으로 악마의 대가리를 철썩철썩 때리기까지 했다. 마치 너 때문에 내가 고생한다고 투덜거리는 것 같았다.

"……저분, 사람 맞아?"

"그, 그럴 거야."

안진후도 놀라긴 마찬가지였다. 노관장이 저토록 강할 줄은 상상도 못 했다. 저런 사람에게 배웠으니 김현이 그렇게나 강한 것이다.

'나도 한번 천무관에 가서 무술 좀 배워 볼까?'

진지한 고민은 곧 끝났다. 김현이 무식하게 수련하던 모습이 떠오른 것이다. 아무리 부러워도 그 과정을 참아 낼 자신이 없었다.

황철호는 구선희를 쳐다봤다. 구선희의 얼굴에는 안도감이 깔렸고 그 위로 희열이 보름달처럼 떠올랐다.

"도와 드리지 않아도 될 것 같은데."

"아, 네."

스크린 속 노관장이 소매로 땀을 닦는 모습에 구선희는 테이블에 수북이 쌓인 생수병과 수건을 챙겨 중앙통제실 밖으로 나갔다.

황철호는 입구를 잠시 쳐다봤다. 자신이 알던, 여러 경로로 전해 들었던 구선희인지 의심스러울 정도로 표정과 행동이 달라졌다. 사람이 저렇게 빨리, 완벽하게 변할 수도 있을까 싶었다.

그 생각을 옆으로 제쳐 놓은 황철호는 안진후 옆으로 향했다. 외부 길드 상황을 알아야 다음 계획을 세울 수 있기 때문이었다.

구선희는 헐레벌떡 코너를 돌았다.

무릎 꿇은 악마 타프가 구선희를 발견하고 노려보는데, 현기명의 주먹이 정수리에 떨어졌다. 납작 찌그러진 타프는 고통으로 얼굴이 일그러졌다.

"사조님!"

노관장 앞으로 달려간 구선희는 생수병 뚜껑을 열어 앞으로 내밀었다.

"사조님?"

"사부님의 사부님이시니까요. 아버지의 아버지는 할아버지잖아요."

"늦었구나."

구선희를 응시하는 현기명의 눈에는 놀람과 즐거움이 담겨 있었다. 그녀는 시험을 통과했다. 시간이 걸렸지만 스스로 여기로 돌아온 것이다.

"머리가 좀 복잡했어요."

구선희의 대답에 현기명은 생수병을 들어 한 모금 마셨다. 그리고 악마 타프에게 건넸다.

적도의 모래사장에서 여름 내내 몸이라도 태운 것처럼 피부가 붉은 타프는 신중하게 물을 마신 후, 구선희에게 생수병을 돌려주었다.

"땀도 닦으세요."

구선희는 수건을 두 손으로 들어 올렸다.

"위쪽은 어떠냐?"

"해결됐어요. 세뇌가 풀려 사람들은 지상으로 올라갔어요."

"그래?"

현기명의 눈이 빛났다.

평소 운과는 거리가 먼 황철호가 운 좋게 뇌진을 찾아냈을까? 아니면 그 똑똑하고 영민한 녀석이 키보드를 두드려 뇌주의 위치를 알아냈을까?

"아주 잘됐어요."

환하게 웃는 구선희.

그리 잘생긴 얼굴은 아니다. 물론 매혹적인 여인이었지만, 자세히 보면 오랫동안 죽음의 마법을 익히느라 피부마저 나이에 비해 주름져 늙어 보였다.

하지만 지금 그녀는 아름다워 보였다. 내면의 빛이 망가진 외모를 덮어 버린 것이다.

"네 사제다. 인사해라. 아, 저 녀석은 말을 못하니까 인사는 힘들겠구나."

"……"

구선희는 뿔 잘린 악마를 보며 할 말을 잃었다. 그리고 심각하게 고민했다. 지하 주차장 밖으로 나갔다가 돌아온 결정이 정말 옳았을까?

"농담이다, 농담. 악마 따위를 제자의 제자로 거둬들일 것 같으냐?"

껄껄 웃는 노관장.

"그, 그렇죠?"

"음, 생각해 보면 못 할 것도 없지 않을까? 이런 악마가 개과천선하면 천사보다 더 착해질 수도 있지 않을까?"

다시 정색하며 고민하는 노관장의 태도에 구선희의 얼굴이 하얗게 질렸다.

"사, 사조님."

"하하하, 농담이다."

퍽.

타프의 잘린 뿔 사이를 정확히 때리는 현기명의 주먹은 거의 보이지도 않았다.

고통으로 몸부림친 타프가 현기명을 억울한 눈빛으로 쳐다봤다.

"넌 너무 유머가 부족해. 농담에도 도통 웃질 않으니 말이야. 안 그러냐?"

질문은 구선희를 향한 것이다.

구선희는 자기도 모르게 입을 벌리고 치아를 드러내며 활짝, 봉오리를 연 호박꽃처럼 웃었다. 그러면서도 과해서는 안 된다고 머릿속으로 생각했다.

"봐라. 저렇게 웃어야 돼."

퍽.

한 대 더 맞은 악마는 평생 웃지 않고 살아왔기에 구선희를 보며 얼굴근육을 움직여 웃는 표정을 만들어 냈다. 기괴하고…… 어두운 골목에서 본다면 기겁할 만한 얼굴이지만 현기명은 그 노력에 만족했다.

드래곤의 피

곽도철은 어시스터 버튼을 눌렀으나, 이 깊은 지하까지는 전파가 닿지 않았다. 위쪽에서 무슨 일이 벌어지고 있는지 알 방법이 없었다.

"강철진 그 새끼가 중앙통제실을 장악했을 텐데, 확인할 수가 없어서 아쉽군."

곽도철은 이곳에서도 통신이 되도록 주용석이 신경을 썼다면 아무 문제 없었으리라 생각했다. 자연스럽게 주용석을 쳐다보는 그의 눈빛은 살벌했다.

곽도철의 살기를 감지한 김대욱이 입을 열었다.

"위쪽엔 신경 쓸 필요가 없습니다. 유니온 본부에 머무는 각성자의 수는 평소보다 적습니다. 복용자 같은 것들은 아무리 많아도 소용이 없지요. 게다가 프리벨리지가 마련한 군인까지 함께 내려왔을 테니, 누가 막을 수 있겠습니까?"

김대욱은 현문 소속인 황철호가 탈옥하여 유니온 본부의 쿠데타를 막았다는 사실은 꿈에도 몰랐다.

"그도 그렇군요."

곽도철은 못 이기는 척 고개를 끄덕였지만, 불편한 심기를 완전히 억누를 수는 없었다. 그는 주용석을 노려보았다.

"용석아, 아직이냐?"

"거의 다 됐습니다."

곽도철을 쳐다보지도 않고 대답한 주용석은 생각을 거듭했다.

이대로 가면 저 욕심쟁이에게 운명의 구슬과 이 귀한 반지는 물론 비고의 보물까지 모조리 빼앗길지 모른다. 문제는 뾰족한 수가 없다는 사실이었다.

'일단은 상황을 지켜보는 수밖에 없어.'

잠시 후, 베헤모스가 루베노르로 비고의 문에 그리던 직경 3미터나 되는 원이 완성되었다. 다섯 종류의 마법진이 설치된 그 합급 재질의 금속 문도 루베노르의 힘을 막아 내지는 못한 것이다.

주용석은 베헤모스가 날뛰지 않도록 신경 쓰느라 비고를 향해 걸어가는 곽도철, 김대욱을 지켜볼 수밖에 없었다. 아이기스의 방패와 사라겐의 천월 같은 보물을 저들이 차지해도 지금의 주용석에겐 막을 힘이 없었다.

그때, 유령처럼 나타난 사람.

"침입자!"

주용석이 외쳤다.

몸을 홱 돌린 곽도철, 김대욱은 눈살을 찌푸리며 침입자를 노려보았다.

앞으로 내달려 비고의 입구에 이른 김현은 거대한 덩치를 보고 할 말을 잃었다.

왜 베헤모스가 룩소르 사냥터 최종 보스인지 알 것 같았다. 동네 강아지가 아프리카 대초원의 코끼리를 올려다보면 이런 기분이 들까?

비고의 문에는 직경 3미터나 되는 구멍이 뚫려 있었다.

뒤늦게 헐떡거리며 도착한 파르소겐.

"현섭도 괴롭지만…… 뛰는 것도 그만큼 힘들군. 어, 저기 베헤모스가 있군."

시선이 느껴졌다.

김현은 베헤모스 근처에 서 있는 주용석을 알아봤다. 지금은 해골이 그려진 가면을 쓰고 있었다.

나머지 두 사람도 안면이 있었다. 안진후가 보여 준 유니온의 15인회에 속한 사람들이었다. 이름은 기억나지 않았다.

'이제 막 문을 열었어. 아직 비고엔 들어가지 않았어. 그렇다면…….'

"너 이 새끼, 뭐야?"

곽도철이었다.

김현은 대현자의 손을 잡았다. 그 의미를 즉시 알아차린 파르소겐은 입을 꽉 다물며 눈을 감았다. 그렇게 하면 현섬의 후유증이 조금이나마 줄어들기 때문이다.

김현은 현섬을 펼쳐 대현자와 함께 비고의 문 앞으로 이동했다. 그리고 뒤도 돌아보지 않고 안으로 달렸다.

놀란 곽도철, 김대욱이 소리를 지르며 비고로 뛰었다. 곽도철이 주용석을 향해 말했다.

"이동술로 달아날 수 없도록 진막을 쳐!"

"알겠습니다."

주용석은 터져 나오려는 웃음을 참으며 테네파르 인스푸모를 옅게 펼쳐 비고의 문을 막았다.

진막은 폐쇄된 공간에서 현섬을 막기 위해 죽음의 마탑 칼리고크에서 개발된 방법이었다. 물론 여기서도 효과가 있었다. 공간 이동 능력자를 잡으려면 이 방법뿐이었다.

비고 안으로 들어선 김현은 그 규모에 압도당했다.

옆에서 허리를 굽히고 힘겹게 흰 액체를 게워 낸 파르소겐이 말했다.

"……아무래도 마법으로 공간을 늘린 모양이군. 밖에서 볼 때보다 수십 배는 넓은 것 같으니 말이야. 그나저나, 여기서 그 구슬을 어떻게 찾을 건가? 내 눈에 보기에도 값나가는 구슬만 수백 개는 되는 것 같은데. 아, 저건 3서클 바람 마법이 담겨 있는 팔찌 카루보인데, 어떻게 여기 있는 거지?"

"일단, 안쪽으로 가죠."

다시 한 번 현섬으로 이동한 김현.

입구 근처에서 고함이 들렸다.

"너, 이 새끼! 프리벨리지 놈이지? 이 교활한 새끼! 죽여 버리겠어! 넌 여기서 절대 나갈 수 없어!"

곽도철이었다.

비고는 이마트 트레이더스나 월마트 같은 창고형 매장 구조였다. 게다가 갑옷, 검, 방패, 꽃병, 카펫, 왕관 등 갖가지 보물이 산더미처럼 쌓여 있어 몰래 숨기는 쉽지만 찾기는 어려운 곳이었다.

마네킹처럼 서 있는 수십 개의 갑옷들 뒤쪽으로 파고든 김현은 바로 앞으로 지나가는 김대욱을 볼 수 있었다. 그제야 안진후가 보여 준 정보가 기억났다.

'그래, 현문 소속이었어. 특기는…… 타케노프였고. 아, 맞아. 그리고 몸이 금강불괴였어. 정말 칼에 찔려도 상처가 나지 않을까?'

김대욱이 다른 쪽으로 멀어지자, 전신 갑옷의 가랑이에 머리를 박고 있던 파르소겐이 속삭였다.

"이 넓은 곳에 들어오면서 찾을 물건이 어디 있는지도 모른다는 건가? 자네 노바디가 아니지? 바보지? 노바디라면 이런 실수를 하지 않았을 텐데."

그 말에 화가 나기는커녕 김현은 빙긋 웃음이 나왔다. 마치 쬐그만 악동이 겁이 난 나머지 아무 말이나 내뱉는 느낌이었다.

"여기 계십시오."

"자넨?"

김현의 미소에 파르소겐은 깜짝 놀랐다. '바보'라는 말에 자극을 받아 표정이 일그러질 줄 알았더니만, 확실히 달라졌다. 정말 트란스에 들어갔을까?

"어떻게든 운명의 구슬을 찾아야죠."

현섬으로 보물이 가득 쌓인 창고 선반 꼭대기로 이동한 김현은 주위를 살피다가 이제 막 비고로 들어선 주용석을 볼 수 있었다.

주용석은 다른 두 사람과 달리 침입자를 찾는 게 아니었다. 손을 앞으로 내민 상태에서 정확하게 목표를 향해 걸어가고 있었다.

'나침반이라도 가지고 있는 건가? 음, 주용석은 운명의 구슬이 어디 있는지 분명히 알고 있어. 혹시 저 반지에 그런 능력이 있는 건가?'

김현은 옆쪽 선반으로 이동하며 주용석을 자세히 살폈다.

왕관이 쌓여 있고 목걸이가 주렁주렁 매달려 있는 선반 근처에서 멈춘 주용석은 빛나는 보물을 옆으로 밀어 버리고 안쪽에서 허름한 구슬 하나를 꺼냈는데, 언제 꼈는지 손에는 검은 장갑을 끼고 있었다.

주용석은 구슬을 바라보고 있었다. 도저히 눈을 뗄 수가 없었다. 마치 구슬이 자신을 끌어당기는 느낌이었다.

노바디는 그 모습에 확신이 생겼다.

'저 구슬이야!'

당장 현섬으로 구슬을 낚아채려는데, 김대욱이 주용석 앞을 가로막았다.

얼른 구슬을 주머니에 숨긴 주용석이 몸을 돌리자, 반대쪽에는 곽도철이 서 있었다.

"아주 기가 막힌 작전이었어, 주용석."

"……무슨 말씀입니까?"

"비고의 문을 뚫는 순간, 딱 침입자가 나타나? 후후, 유인 작전은 읽히면 끝장나는 위험한 작전이라는 걸 너도 잘 알 텐데. 그게 아니라면 나를, 아니 15인회를 무시한 건가?"

곽도철이 웃었다.

변명해 봐야 소용없다. 눈살을 찌푸린 주용석이 테네파르 인스푸모를 펼쳐 다크 워킹으로 이동하려는데, 곽도철의 팔이 검게 변하며 늘어나 주용석을 휘감아 버리자 발동에 시간이 걸리는 공간 이동술은 취소되었다.

"괘씸하군. 어른이 말씀하는데 말이야."

"……운명의 구슬을 드래곤에게 가져다줘야 합니다."

팔은 새까만 뱀처럼 주용석을 옥죄었다.

"그건 우리가 결정할 문제야. 자넨 구슬과 그 반지를 내놓기만 하면 돼."

"드래곤의 분노를 사서는 안 됩니다."

"그거야 자네 생각이지."

곽도철이 김대욱을 향해 눈짓했다.

김대욱은 앞으로 걸어가 곽도철의 팔에 휘감긴 주용석의 주머니에서 운명의 구슬을 꺼냈다. 물론 맨손은 아니었다.

"이 낡고 평범한 구슬이 드래곤까지 원하는 보물이었다니. 게다가 이 구슬이 천리안의 원천이자 이 비고를 방어하는 마법진 울티무펜시오의 근원이었다니. 더 놀라운 건, 다른 보물들 사이에 숨기는 방식으로 침입자로부터 지키려 했다는 거야. 누구 생각인지 몰라도 아주 탁월해. 감찰관이 아니었으면 절대 찾아내지 못했을 테니까."

구슬을 쳐다보는 김대욱의 눈이 욕심으로 번들거렸다. 그 자신도 구슬을 쥐면 타 버린다는 사실을 잘 알았다. 금강불괴의 능력으로도 이 구슬을 쥘 수는 없다.

하지만 자신도 모르게 이미 장갑을 벗고 있었다.

"김대욱 위원!"

곽도철이 외쳤다.

그제야 정신을 차린 김대욱은 자신도 모르게 운명의 구슬을 놓쳤다.

데구루루 비고 바닥을 구르는 구슬.

김현은 현섬으로 이동해 구슬을 발로 밟았고, 신발 사이에 구슬을 끼운 자세로 다시 현섬을 펼쳤다.

눈 뜨고 당한 곽도철과 김대욱은 분노했다. 주용석의 놀란 얼굴을 본 그들은 그제야 유인작전이 아니었음을 깨달았다.

"저 새끼 뭐야?"

곽도철이 물었다.

"……저 녀석이 바로 김현입니다."

주용석이 대답했다.

"아!"

곽도철, 김대욱도 그 얼굴을 기억해 냈다. 다만, 비고에 숨어들리라곤 상상도 못 했을 뿐이다. 게다가 저토록 자유롭게 현섬을 펼칠 줄이야.

곽도철과 김대욱이 서로를 쳐다봤다. 두 사람은 곧 결론에 이르렀다.

혈문이 페트람으로 김현의 정신을 차지한 이유가 바로 운명의 구슬 때문이었다!

"혈문이 구슬을 차지하도록 둘 수는 없다. 반드시 잡아야 한다. 넌 입구를 맡도록. 놓치면 넌 죽는다."

곽도철은 잡아먹을 듯 주용석을 노려보았다.

"알겠습니다."

비고 입구로 돌아간 주용석을 노려보던 곽도철은 보물로 가득한 비고를 바라보며 고함을 질렀다.

"김현! 넌 여기서 죽어!"

힘이 깃든 목소리에 목걸이나 반지 같은 것들이 우수수 아래로 떨어졌다.

파르소겐이 이제 막 나타난 김현을 보며 말했다.

"이 세계엔 바보들이 많은 모양이야. 죽인다고 말하면 항복하고 싶은 마음도 사라질 텐데, 왜 저렇게 소리를 질러 대는 건지 이해할 수 없군."

김현은 대현자를 빤히 쳐다봤다.

왜 갑자기 '바보'라는 단어를 자주 사용할까?

오래 생각할 필요는 없었다. 페플에서 이곳으로 넘어온 파르소겐이 할 수 있는 일은 겨우 망량을 이용해 놀라게 만드는 것뿐이었다. 누구든 손에 쥔 것을 잃어버리면 짜증이 나기 마련이고, 불평을 터트리게 된다. 그게 현자로서의 능력이라면 더 화가 나고 불안할 것이다.

김현은 파르소겐을 충분히 이해할 수 있었다.

"그 표정, 뭔가?"

"여기가 힘드시죠?"

"……."

허를 찔린 대현자는 아무 반응도 못 했다.

"곧 페플로, 현자님의 세계로 돌아갈 수 있어요. 조금만 참으세요."

"……나는 대현자네. 그냥 현자가 아니라."

"아, 제가 실수했네요. 대, 현, 자, 님."

활짝 웃은 김현은 손을 뻗어 파르소겐의 손목을 잡고 현섬을 펼쳤다.

비고 밖으로 이동해야 하건만, 투명한 막에라도 부딪힌 것처럼 튕겨 나온 느낌을 받았다.

갑옷 뒤쪽 공간 그대로였다.

김현뿐 아니라 파르소겐도 충격에 몸이 흔들렸다. 특히 파르소겐은 주저앉을 만큼 몸 안쪽이 아팠다.

"왜 그러나? 현섬을 펼친 게 아니었나?"

"그게, 막혔습니다."

"막혀? 공간 이동술이?"

"……네."

"음, 들은 적이 있긴 하네. 현섬 때문에 막대한 피해를 입었던 죽음의 마탑 칼리고크에서 봉쇄법을 만들어 냈지. 어쩌면 저들이 비슷한 원리로 현섬을 막았는지도 모르겠군."

"대현자님이시라면 그 봉쇄법을 뚫을 방법도 아시겠지요?"

"난 죽음의 마법사와 그리 친하지 않네."

김현은 한숨을 내쉬었다.

현섬이 막혔으니 이쪽이 압도적으로 불리해진다. 이곳에서 파르소겐은 주술로 망량과 계약하여 적극적으로 싸울 수도 없으니 짐짝에 불과했다. 파르소겐을 데리고 무사히 도망칠 가능성은 점점 줄어들었다.

"쥐새끼 같은 놈!"

곽도철이 늘어나는 두 팔로 선반을 쳐서 넘겼다. 놓여 있던 보물들이 쏟아지며 선반이 쓰러지자, 도미노처럼 차례차례 넘어지기 시작했다.

뒤에 있던 거대한 선반이 앞으로 기울었다.

김현은 파르소겐의 손을 잡고 갑옷 사이에서 겨우 빠져나왔지만 그 때문에 들키고 말았다.

"거기 있었군."

검게 늘어난 두 팔을 붕붕 휘돌리며 천천히 다가오는 곽도철.

김현은 고개를 돌렸다. 뒤쪽에는 김대욱이 서 있었다.

'아직 끝은 아니야. 방법이 있을 거야.'

차분하게 생각하면서도 김현은 인벤토리에서 용현갑을 꺼내어 파르소겐에게 내밀었다.

"착용하세요."

"……."

파르소겐은 일그러진 얼굴로 김현을 쳐다봤다. 김현은 자신을 보지도 않았다. 그저 천천히 다가오는 적을 살필 뿐이었다.

'난 짐짝이구나.'

파르소겐은 현자가 된 이후, 지금처럼 무력한 기분은 처음 느꼈다.

검은 갑옷이 허공에서 갑자기 나타나자 곽도철이 눈을 크게 떴다. 여유롭게 다가서던 김대욱도 마찬가지였다.

분노로 손이 떨리는 파르소겐. 용현갑을 되돌려주고 싶지만, 자존심을 내세울 때가 아님은 자신이 더 잘 알았다. 그래서 갑옷을 입으려는데 가슴받이 부분을 놓치고 말았다.

허리를 굽혀 가슴받이를 주워 드는 그의 눈에 용현갑보다 훨씬 새까만…… 마치 빛을 흡수하는 듯한 로브가 보였다. 로브의 재질은 암흑 같지만, 매우 정교한 문양이 화려한 분위기를 자아냈다.

어깨죽지에 새겨진 문장을 본 파르소겐은 입을 쩍 벌렸다. '호지센이 잃어버린 예복 리토랄레야!'

리토랄레는 호지센의 회주, 현자 집단을 이끄는 대현자가 대대로 착용하는 옷으로, 단순한 예복이 아니었다.

파르소겐이 회주가 되기 수십 년 전에 그 옷은 사라져 버렸다. 파르소겐은 리토랄레에 대해 귀가 닳도록 이야기만 들었을 뿐이다.

수를 놓은 듯 정교한 문양은 망량의 쉼터였다. 호지센 역대 회주들은 평생 살아가면서 찾아내어 계약한 최고의 망량을 저 리토랄레에 봉인해 두었다. 그뿐 아니라, 몇 명의 뛰어난 대현자들은 상식이라는 선을 넘어 자신을 망량으로 만들어 리토랄레에 집어넣었다.

"대현자님!"

김현이 재촉했다.

"이건 자네가 착용하게."

용현갑을 김현 앞에 내려놓은 파르소겐은 보물 사이에 반쯤 파묻힌 리토랄레를 꺼내어 입었다.

몸 전체로 서늘한 안개 같은 기운이 퍼져 나갔다.

머릿속으로 파고드는 여러 목소리들.

파르소겐은 오랜만에 주인을 만난 리토랄레의 객식구들이 기뻐서 건네는 인사라고 생각하며 가볍게 무시했다. 그보다 중요한 일이 있었다.

오른쪽 소매에 조그만 와이번이 그려져 있었다. 파르소겐은 왼손을 그 위에 놓고 망량을 불러냈다. 거기 깃들인 망량은 파르소겐의 의지에 즉시 반응했다.

소매에서 흘러나온 시꺼먼 연기는 팽창하더니 검은 와이번으로 변했다.

"자넨 저쪽을 맡게."

와이번 등에 올라탄 파르소겐은 김대욱을 가리키며 김현에게 말했다.

곽도철의 늘어난 팔이 공중으로 날아오른 파르소겐을 잡

으려 했지만 와이번이 더 빨랐다. 고함을 내지른 곽도철은 선반 기둥을 잡고 꼭대기로 뛰어올랐다.

와이번 등에 선 채 유유히 선회한 파르소겐은 무너진 자존심이 단번에 회복되었음을 깨닫고 빙긋 웃었다. 역시 사람은 능력이 있어야 한다.

"자, 본격적으로 싸워 볼까?"

파르소겐은 왼쪽 소매를 훑어보다가 '카젠'을 발견하고 휘파람을 불었다. 카젠이라면 팔이 늘어나는 저 괴상한 이방인과 능히 싸울 수 있을 것이다.

호지센 특유의 기운을 품은 파르소겐의 부름에 생전에 카젠이었던 망량은 즉시 응답했다. 리토랄레 밖으로 나온 망량은 크르릉! 포효하며 선반 꼭대기에서 손에 닿는 대로 보물을 던지는 곽도철을 향해 돌진했다.

카젠은 얼핏 보면 고릴라와 닮았지만, 팔이 훨씬 길고 덩치도 훨씬 컸으며 맷집도 좋았다.

힘과 예리한 발톱 외에 카젠이 지닌 또 하나의 능력은 '보로투'였다. 목표물을 노려보며 가슴을 크게 부풀리며 숨을 마시면 어마어마한 흡입력이 생겨나, 끌려온 목표물을 삼켜 버리는 것이다.

곽도철이 팔로 휘감았지만 카젠은 오로지 힘으로 풀어 버렸을 뿐 아니라 곽도철을 향해 발톱을 휘둘러 뺨에 깊은 상처를 남겼다.

아래로 피가 떨어지자 곽도철은 흥분했다.

"이 새끼가."

근육이 부풀어 오르자 옷이 일부 찢겨졌다.

카젠의 가슴이 커졌다. 곽도철은 흡입력에 끌려가다가 팔로 쓰러진 선반을 꽉 잡았다. 대신 근처에 있던 방패, 목걸이, 왕관 따위의 아이템들이 벌어진 카젠의 입 너머로 사라졌다.

곽도철은 카젠과 뒤엉켜 싸웠고, 그 통에 그나마 서 있던 선반까지 모조리 넘어져 비고 안은 엉망진창이 되고 말았다.

와이번 등에 앉아 아래를 내려다본 파르소겐은 누군지 몰라도 이곳을 치워야 하는 사람이 불쌍하다고 생각했다. 그러면서도 한 가지 의문에 집중했다.

'왜 리토랄레가 이 세계에 있을까? 이방인들이 리토랄레를 여기로 빼돌린 건가? 리토랄레와 함께 사라진 대현자 덴티마를 이방인이 죽였을까?'

당장은 풀 수 없는 질문이기에 파르소겐은 고개를 돌려 김현을 쳐다봤다.

그때, 카젠의 발톱을 피한 곽도철이 선반 꼭대기에서 긴 팔의 탄력을 이용해 몸을 날려 파르소겐을 향해 뛰어올랐다.

김대욱은 가만히 서 있는 애송이의 차분한 표정과 자세가 마음에 들지 않았다. 비고에 몰래 숨어들어 오는 데는 성공했지만 나갈 방법은 없고 여기서 죽을 가능성이 높은데도 저 녀석의 눈빛은 잔잔했다.

'날 쳐다보고 있는 거 맞지?'

분명히 김현은 자신을 바라보고 있었다. 하지만 왠지 다른 데 관심을 둔 느낌이라 부아가 치밀었다.

겉으로 보기엔 고등학생 같았다. 물론 외모에 속을 생각은 없다.

진짜 김현은 이미 소멸됐을 것이다. 혈문이 페트람이라는 기괴한 마법진으로 애송이의 자아를 없애고 대신 첩자에 어울리는 노련한 인물의 정신을 넣어 뒀을 테니까.

"난 김대욱이다. 이름이 뭐냐?"

"김현."

"……진짜 이름."

"하나뿐인데."

무심한 대답에, 김대욱은 솟구치는 짜증을 겨우 숨길 수 있었다.

"넌 끝장이야. 첩자는 모름지기 정체가 들키는 순간 제거될 운명이니까."

첩자? 제거? 김현은 마음에 담아 두지 않았다. 오해든 혼란스럽게 만들려는 작전이든, 별로 상관없었다. 신경 쓰이는 건 상대의 몸이었다.

"갑옷 없어?"

"뭐?"

"그쪽은 맨몸인데 나만 입었잖아. 나도 그냥 벗을까?"

김현은 용현갑을 착용한 상태였다.

"하하하하."

폭소를 터트린 김대욱은 저 '고딩'의 몸 안에 깃들인 정신은…… 노련한 전사라고 확신했다.

전투 직전 상대를 어떻게 건드려야 마음을 흔들 수 있는지 너무나도 잘 알았다. 삶과 죽음이 한 끗 차이로 갈리는 전장에서 피를 뒤집어쓰며 살아왔으리라.

'그렇다면 용병이겠군. 혈문에도 유능한 용병이 꽤 많으니까.'

김대욱은 김현이 타인에게 정신을 빼앗긴 자, 그래서 외모는 껍데기라고 철석같이 믿었다.

김대욱을 쳐다보는 김현. 상대는 일당백의 기세로 서 있었다. 누구든 쓰러뜨릴 수 있다는 투지를 온몸으로 드러내고 있었다.

김현은 용현갑을 벗어 인벤토리에 넣었다. 갑옷 없이 때려 눕히고 싶어서였다. 저 투지를 꺾고 싶었다.

김대욱은 그 장면을 보면서 자신의 생각이 옳다고, 김현은 노련한 용병이 분명하다고 확신했다.

"와라!"

손짓하는 김대욱.

김현이 흐릿해지며 앞으로 다가왔다. 결각보였다! 기대보다 빠른 속도였지만, 충분히 대응할 수 있는 움직임이었다.

김대욱은 뻗어 나오는 주먹을 손날로 밀어냈다. 팔꿈치는 몸을 비틀어 가볍게 피했다.

쾅, 바닥을 강하게 발로 굴러서 생긴 충격파는 회피가 불가능해서 아예 굳건한 두 다리로 받아 냈다. 금강불괴의 몸은 그 격렬한 진동파에도 전혀 흔들리지 않았다.

물러서는 김현의 눈에 이채가 흘렀다. 녀석도 놀란 게 분명했다.

"내 차례군."

몸의 중심을 낮추며 오른발을 뒤로 뺀 김대욱은 앞으로 한걸음 내디디며 주먹을 뻗었다. 회전이 가미된 내공이 팔과 주먹을 통해 뿜어져 나와 소용돌이를 그리며 김현을 향해 날아갔다.

아주 빨랐지만 피하지 못할 속도는 아니었다.

김현은 옆으로 비켜섰지만, 전진하던 소용돌이가 방향을 틀어 옆구리에 박히자 옷이 찢어지며 뒤로 날아가 보물 더미에 처박혔다.

천천히 몸을 일으킨 김현은 옆구리를 살폈다. 소용돌이 모양의 멍이 남아 있었다. 마지막 순간 살짝 몸을 빼지 않았다면 살이 터지고…… 내장까지 휘말려 뜯겨 나갔을지도 모른다.

"그걸 피하다니, 놀랍군."

팔짱을 낀 김대욱이 웃으며 말했다.

"······은와?"

"너, 타케노프를 알고 있구나. 하긴, 그레아트의 타케노프가 용병에게 인기 있는 스킬이긴 하지."

김현은 눈살을 찌푸렸다. 계속 딴소리를 하는 상대 때문이었다.

한숨을 내쉰 김현은 공간 이동술을 펼쳐 웃고 있는 김대욱 뒤에 나타났다. 천무삼권의 일초 중위경근의 수법으로 주먹을 뻗었는데, 오히려 팔 근처에서 무언가 거품 같은 것이 터졌고······ 몸은 뒤로 튕겨 나갔다.

"윽."

이번엔 충격을 피하지 못했다. 복싱으로 치면 카운터펀치를 허용한 셈이었다.

왕관 하나가 아래 있어서 허리가 부러진 것처럼 아팠다. 다행히 김대욱이라는 사람은 이 싸움을 빨리 끝낼 생각이 없는 듯했다.

'이건 타케노프의 공뢰야.'

공뢰는 현섬이나 다크 워킹, 또는 텔레포트 같은 공간 이동술을 대비한 스킬이었다. 투명한 공기 방울 같은 것을 주위에 띄우는데, 공간을 가르고 오는 순간 그 방울이 저절로 반응하는 것이다.

"현섬 따위론 날 쓰러뜨릴 수 없지."

김대욱이 가슴을 주먹으로 쳤다.

겨우 일어선 김현은 자신이 가진 스킬과 상대가 익힌 타케노프를 머릿속으로 비교했다.

타각은 금강불괴의 몸에는 통하지 않는다.

현섬을 활용한 기습은 공뢰에 막혔다.

분신은? 페플과 달리 여기서는 분신을 만들기가 어렵고, 유지하기는 더 힘들었다.

광현칠검보 중 첫 번째 초식 한정소언을 펼치면 어떨까?

김현은 눈살을 찌푸렸다. 한정소언은 상대가 돌진해 올 때 유용한 초식이었다. 상대는 은와 같은 스킬로 멀리서 효과적으로 공격할 수 있었다.

"간다!"

김대욱이 신이 나서 외쳤다.

은와가 연속으로 날아왔다. 허공에서 자유롭게 방향이 바뀌는 소용돌이 기류는 심지어 크게 호를 그리며 현섬으로 달아난 김현을 쫓아왔다.

펑!

공뢰가 또 터졌다. 김대욱이 움직이면서 곳곳에 퍼트린 공뢰 중 하나가 현섬에 반응하여 폭발한 것이다.

현섬은 봉쇄됐다. 가슴에 시퍼런 멍이 든 김현은 상대를 노려보았다.

용현갑을 인벤토리에 넣어 둔 게 실수였다! 아니, 용현갑을 착용했어도 이 상황이 나아지진 않았을 것이다. 방어력이 높아져도 상대를 공격할 방법이 없다면 절대로 이기지 못하니까.

상황이 이토록 나쁜데도 김현은 전혀 흔들리지 않았다. 머릿속에 뚜렷한 계획이 떠올랐던 것이다. 잘못하면 이곳에서 죽을지도 모르지만, 김현은 오히려 미소 지을 만큼 그 계획이 성공하리라 자신했다.

"자, 이제 어쩔 거냐?"

껄껄 웃는 김대욱.

이제 김현은 결각보로 은와를 피해 달아났고, 김대욱은 멀리서 사냥감을 향해 총을 쏘는 사냥꾼처럼 느긋하게 은와를 쏘아 댔다.

일곱 개의 소용돌이가 김현을 따라다녔다. 타각으로 막았지만 겨우 두 개의 소용돌이만 기세를 잃고 흩어졌다.

김현은 아예 먼 곳으로 현섬을 펼쳐 달아났다. 소용돌이는 근처의 벽이나 선반을 펑펑 때렸다. 일정 범위 이상으로 벗어나면 쫓아오지 못하는 모양이었다.

"그런 식으로 나오시겠다? 그러면 나도 방법이 있지."

김대욱은 와이번을 타고 곽도철에게서 달아나는 파르소겐을 향해 주먹을 뻗었다.

은회색 소용돌이는 빠르게 날아갔다.

놀란 김현은 즉시 현섬을 펼쳐 파르소겐 옆으로 이동했고, 몸을 날려 은와를 대신 맞고 아래로 떨어져 아이템이 쌓인 곳에 처박혔다.

쿨럭, 김현은 피를 토했다.

천천히 다가오는 김대욱.

"실망했다. 당당한 용병인 줄 알았는데."

고개를 든 김현의 얼굴을 본 순간, 김대욱은 표정을 구겼다. 하얗게 질린 채 땀을 흘리는 저 얼굴은 분명히 패배자의 얼굴인데, 왜 자신이 이토록 기분이 나쁘고…… 싸움에서 진 것 같은지 김대욱 스스로도 알 수 없었다.

김대욱은 앞으로 달려가 이제 막 몸을 일으키는 김현의 배를 걷어찼다.

뒤로 날아가 데굴데굴 구른 김현은 다시 한 번 입으로 피를 쏟아 냈다.

김대욱은 여전히 그 정체 모를 감정에 사로잡혀 있었다. 압도적으로 이기고 있고, 언제든 끝낼 수 있는데도 왠지 모르게 불안했던 것이다.

퍽.

은와가 김현의 명치를 강타했다.

빙글빙글 돌며 뒤로 떨어진 김현의 옷에서 구슬 하나가 튀어나와 아이템들 사이에 떨어졌다.

김대욱이 손바닥을 앞으로 뻗자 구슬이 공중으로 떠올라 그에게로 날아왔다. 영롱한 구슬은 손바닥에서 30센티미터 떨어진 허공에 멈췄다.

구슬에서 눈을 떼지 못하는 김대욱.

하지만 같은 실수를 반복하진 않았다. 그는 운명의 구슬을 주머니 깊이 쑤셔 넣었다. 움켜쥐고픈 충동도 겨우 가라앉힐 수 있었다.

김대욱은 쓰러진 김현의 가슴에 발을 올리고 힘을 가했다. 고통에 눈을 부릅뜬 김현.

무력한 적을 죽이는 것, 현문 소속으로 힘과 명예를 자존 심처럼 아끼는 그로서는 평소 하지 않는 행동이었다.

'이 녀석은 예외야. 이유는 모르겠지만, 위험해.'

김대욱의 발이 갈비뼈를 부수고 척추까지 박살 내기 직전, 붉은 광선이 날아와 김대욱의 가슴을 꿰뚫었다.

뒤로 튕겨 나간 김대욱은 바닥에 닿기도 전에 절명했다. 눈을 뜬 채로 죽은 것이다.

"김 위원!"

곽도철이 소리쳤다. 그는 입구를 노려봤다. 주용석 짓이었다. 기회를 엿보다 베헤모스의 루베노르로 김대욱을 죽인 것이다.

하지만 주용석을 응징할 여력은 없었다. 끈질기게 따라붙는 카젠 때문이었다. 조금만 방심해도 저 망량에게 삼켜지고 말 것이다.

고릴라를 닮은 이 망량을 없애려면 저 늙은이를 죽여야 하는데, 와이번을 타고 날아다니니 도저히 방법이 없었다.

다크 워킹으로 죽은 김대욱 옆에 나타난 주용석은 힐끔 김현을 쳐다봤다.

"정말 고맙다. 이런 식으로 도움을 줘서 말이야."

그는 장갑을 낀 손으로 김대욱의 주머니를 뒤져 구슬을 꺼냈지만 곧 눈살을 찌푸렸다.

'이건 운명의 구슬이 아니잖아.'

반지 필루키람이 전혀 반응하지 않았다. 가짜였다. 주용석은 필루키람 덕에 운명의 구슬이 어디 있는지 깨닫고 얼굴을 찡그렸다.

천천히 일어서는 김현의 눈은 빛나고 있었다. 얼굴은 창백했지만 안색이 돌아오고 있었다.

"정말 고마워. 저런 식으로 도움을 줘서 말이야."

김현은 손가락으로 김대욱을 가리켰다.

그제야 주용석은 김현의 계략에 빠져 김대욱을 죽였다는 사실을 깨달았다.

"……어떻게 내가 김대욱을 죽일 거라는 걸 알았지?"

"당신이 알려 줬어."

"내, 내가?"

"김대욱이 이길 것 같으면 당신 얼굴은 어두워졌잖아. 같은 편이라면 그럴 수 없지."

"그렇게 당하면서 내 표정까지 읽었다고? 마, 말도 안 되는 소리!"

"그리고 하나 더, 나갈 수 있게 도와줘서 고마워."

"……."

주용석은 김현이 일부러 지는 척해서 자신을 비고 안쪽으로 끌어들였다는 사실을 깨달았다. 스스로 진막을 거두게 만든 것이다. 현섬으로 탈출하려고 함정을 판 것이다.

그 자리에서 사라진 김현은 파르소겐 옆에 나타났다. 파르소겐의 손목을 잡은 그는 다시 현섬을 펼쳐 비고 밖으로 이동했다.

"잡아!"

곽도철이 소리쳤다.

주용석은 다크 워킹을 펼쳤다. 지금만큼 다크 워킹의 단점이 뼈아픈 적은 없었다. 다크 워킹은 현섬보다 먼 곳까지 자유롭게 이동할 수 있지만, 발동 속도가 현저하게 느렸다.

잠시 후, 주용석은 사라졌다.

연거푸 현섬을 사용해 차원의 문이 생성된 창고까지 달아난 김현은 파르소겐이 구토를 멈출 때까지 기다렸다. 인벤토리에서 꺼낸 회복약을 파르소겐에게 건넨 김현이 말했다.

"그 옷, 멋집니다."

"리토랄레. 호지센의 회주가 대대로 입는 예복이라네. 운이 좋았어. 리토랄레가 거기 있을 줄은 상상도 못 했거든."

"옷에…… 어마어마하게 강한 망량들이 깃들여 있네요."

"느껴지는 모양이군."

"아무튼, 다행입니다."

두 사람은 차원의 문을 통과하여 소환진이 있는 타크란의 은신처로 나왔다.

타크란 대신 드래곤의 의자 신세가 된 예살란이 애처로운 눈으로 김현을 쳐다보고 있었다.

"가지고 왔나?"

"여기 있습니다."

김현은 옷으로 감싼 운명의 구슬을 힐끔 쳐다본 후, 비디타스에게 내밀었다.

'이 평범한 구슬이 그렇게나 중요한 보물일까?'

그 행동엔 조금의 망설임도 없었다.

비디타스는 파르소겐을 살폈다.

운명의 구슬을 가까이에서 본 대현자의 뺨에서 경련이 일었다. 구슬이 뿜어내는 놀라운 매력은 저항할수록 더 강해지고 있었다. 눈에는 탐욕이 이글거렸다. 자제력이 강하지 않았다면 손을 뻗어 움켜쥐고 말았을 것이다.

운명의 구슬을 맨손으로 쥔 비디타스는 김현과 파르소겐을 번갈아 쳐다봤다. 파르소겐의 눈에 가득한 욕망이 김현에게서는 발견되지 않았다. 길가에 떨어진 돌멩이 보는 시선이었다.

'트란스에 접근한 것도 놀라운데 이 구슬의 힘에도 휘둘리지 않는 건가? 재미있는 이방인이군.'

비디타스는 김현을 응시했다. 실로 오랜만에 풀기 힘든 수수께끼를 만난 것이다.

차원의 문을 통해 가면 쓴 주용석이 나타났다. 몸집이 줄어든 베헤모스가 뒤따랐다. 주용석의 지시에 베헤모스가 입을 벌려 김현을 향해 루베노르를 쏘았으나, 비디타스는 손바닥으로 가볍게 쳐 냈다.

"재미있군."

"무, 무례를 범했습니다."

그제야 정신이 든 주용석.

순식간에 주용석 앞으로 이동한 비디타스는 오른손으로 반지 낀 손가락을 비틀어 뜯어내며 왼손으로 주용석의 가슴을 가볍게 쳤다.

뒤로 날아가 차원의 문 너머로 사라져 버린 주용석.

비디타스는 반지 필루키람을 간단히 회수한 후, 주용석의 손가락은 베헤모스에게 먹이로 던졌다.

곧 소환진이 멈췄다. 차원의 문은 사라졌고, 그와 동시에 소환진의 진동도 멎었다.

파르소겐이 한쪽 구석에 모여 겁먹은 표정으로 비디타스의 눈치를 보고 있는 여자들을 향해 걸어갔다. 예살란이 뒤따랐다.

"감사합니다."

김현은 진심을 담았다.

"안타깝지만 난 그런 말을 들을 자격이 없어. 지금 내가 하려는 일 때문에."

활짝 웃은 비디타스는 김현의 손에 운명의 구슬을 쥐여 주었다.

피부가 구슬에 닿는 순간, 검붉은 화염이 치솟았다. 운명의 구슬은 흐물흐물 녹아내리더니 손바닥 안으로 스며들었다.

비디타스가 물러서자 그 불꽃은 순식간에 김현의 몸 전체를 덮어 버렸다.

"비디타스 님!"

놀란 파르소겐이 소리쳤다.

"자넨 가만히 있게."

두 걸음 뒤로 물러나 직접 만든 예술 작품을 감상하듯 하는 비디타스.

파르소겐은 예살란이 여자들을 데리고 밖으로 나가도록 유도한 뒤, 불타고 있는 김현 앞으로 다가섰다. 그 열기로 보건대 자신이 끌어내어 계약을 맺을 수 있는 어떤 망량으로도 끌 수 없음은 분명했다.

고통으로 버둥거리던 김현은 쓰러졌고, 바닥을 굴러다녔다. 바닥에 깔린 단단한 바위 일부가 녹을 만큼 열기가 강했다. 비명도 서서히 약해졌다.

파르소겐은 할 수만 있다면 김현을 죽여서 저 고통을 덜어주고 싶었다. 그러나 호기심 어린 눈으로 김현을 지켜보는 비디타스의 태도로 보건대, 나서 봐야 소용이 없을 것 같았다.

김현의 말이 떠올랐다. 그 목소리가 머릿속에서 울렸다.

─드래곤이 무슨 짓을 하든, 손 놓고 구경하라는 겁니까?

"비디타스 님."

파르소겐은 드래곤 앞에 섰다.

"가만히 있으라고 했을 텐데."

대현자를 쳐다보지도 않는 비디타스.

"제 목숨을 취하시고, 저 이방인을 구해 주십시오."

그 말에 비디타스가 파르소겐을 쳐다봤다.

"이곳 인간들을 구하려고 여기까지 온 저 이방인만큼이나 괴상한 부탁이군. 자네가 엉뚱하다는 건 진작부터 알고 있었지만 이 정도일 줄은 몰랐네."

"전 저 이방인에게 드래곤은 균형을 추구하며, 그 누구보다 완벽한 재판관이라고 말했습니다."

"그래서?"

"김현이 고통을 당해 마땅하다면, 그 처벌을 제게로 옮겨 주시기를 간청합니다."

"자네가 대신 저 화형을 당하겠다?"

"……그렇습니다."

"진심인가?"

"그렇습니다, 위대한 존재시여."

파르소겐은 용기를 냈다.

"후후, 재미있군."

"비디타스 님!"

"다행이군."

비디타스는 손가락으로 김현을 가리켰다.

손가락 끝을 따라서 시선을 옮긴 대현자는 김현을 보고 아무 말도 못 했다.

분명히 불타고 있다. 그러나 불꽃에 휩싸인 김현의 표정은 더 이상 일그러지지 않았다. 천천히 몸을 일으킨 김현은 자신의 손과 팔을 살피며 놀라워하고 있었다.

김현이 입을 연 순간, 화염방사기처럼 불이 튀어나왔다. 비디타스가 손바닥을 휘둘러 막지 않았다면 그 맹렬한 불길은 파르소겐을 먹어 치웠을 것이다.

놀란 김현이 손으로 입을 막으며 뒤로 물러섰다.

"트란스가 무엇인지 자네는 알고 있겠지?"

비디타스가 대현자를 향해 물었다.

"……네."

파르소겐은 자신도 모르게 침을 삼켰다. 어쩌면 감당하기 힘든 진실이 튀어나올지도 모른다.

"저 녀석은 트란스에 접근할 수 있네. 스스로 말이야. 혹시나 해서 자카리안의 화염구를 쥐여 줬는데, 역시나야. 이유는 모르지만 저 녀석의 몸에는 드래곤의 피가 흐르고 있어. 저 열기는 오직 드래곤의 재생력으로만 견딜 수 있다네."

예감은 적중했다. 파르소겐의 눈이 터질 듯 커졌다.

멧돼지 같은 베헤모스가 김현 곁으로 다가가 불꽃을 핥기 시작했다. 그 맹렬한 화염이 베헤모스에게는 맛있는 간식이었다.

"베헤모스도 그걸 느끼는 모양이군."

비디타스가 김현 앞으로 걸어갔다.

불꽃에 둘러싸인 채 드래곤을 응시하는 김현. 발로 딛고 선 바닥이 새까맣게 변했다가 부글부글 끓기 시작했다.

"드래곤 로드 자카리안의 화마가 네 몸을 완전히 태워 버리거나, 네가 그 힘을 완전히 통제하거나 둘 중 하나야. 꽤 오랜 시간이 필요하겠지. 너라면 쉽게 돌아올지도 모르지만 적어도 말을 하려다 상대를 태워 죽이지는 않게 된 후에야 돌아오는 게 좋을 거야."

비디타스가 내민 손바닥에서 흘러나온 붉은 빛이 김현과

베헤모스를 에워싼 순간, 김현과 사냥터의 보스는 그 자리에서 동시에 사라졌다.

"어, 어디로 보내신 겁니까?"

파르소겐이 물었다.

"만계."

비디타스는 대조련사의 반지를 들고 파르소겐을 향해 돌아섰다.

만계는 시간이 느리게 흐르는 세계였다. 파르소겐은 지금의 김현에겐 만계가 오히려 더 안전하리라 생각했다. 드래곤의 판단이 옳았던 것이다.

"이방인의 몸에…… 어떻게 드래곤의 피가 흐를 수 있습니까?"

"나도 그게 궁금하다네. 앞으로 천천히 알아봐야겠지. 이 이야기는 자네만 알고 있는 게 좋겠지? 또 보지."

비디타스는 그 자리에서 사라졌다. 마력을 따로 모을 필요도 없이 장거리 텔레포트를 펼친 것이다.

텅 빈 공간엔 버려진 마법진만 남아 있었다. 주위를 살핀 대현자는 예살란과 여자들이 자신을 기다리고 있을 동굴 밖으로 천천히 움직였다.

감산 계획

북극의 제왕은 늙은 인간을 노려보고 있었다.

햇빛에 반짝거리는 빳빳한 털로 뒤덮인 앞발을 쳐들었으나 선뜻 내리치지는 못했다. 생존 본능이 그렇게 해서는 안 된다고 경고를 보내고 있었던 것이다.

"귀여운 놈."

현원은 웃으며 손을 뻗었다.

멀리서 그 말을 들은 조인혁은 코웃음을 쳤다. 몸무게 1톤이 넘는 북극곰, 공격 준비를 마치고 앞발을 휘두르기 직전인 포식자의 어디가 귀엽다는 걸까.

북극곰은 본능에 굴복했다.

천천히 앞발을 내린 녀석은 현원에게 다가와 주름진 손에 자기 코를 비벼 댔다.

새하얀 빙판으로 바람이 불어와 눈발이 날렸다.

현원이 등에 올라타자, 북극곰은 마치 평생 사람을 태웠던 것처럼 능숙하게 달리기 시작했다. 즐거워 호탕하게 웃는 웃음소리가 점점 멀어졌다.

"저 양반은 어딜 가도 지루하지 않겠어요."

모네타 길드의 마스터 곽운영이 말했다. 그녀는 얼음 조각을 집어 올렸는데, 새하얀 덩어리는 곧 금으로 변했다. 정확히 말하면 겉만 금으로 바뀐 것이다.

"당신도 마찬가지잖아."

프리벨리지를 이끄는 유해문이 빙긋 웃었다.

"그건 그래요."

"이제 끝이 날 때도 된 것 같은데."

유해문은 로고스의 마스터 송치우를 바라보았다. 송치우는 별이 총총 뜬 하늘을 올려다보고 있었다. 별처럼 보이는 것 중 몇 개는 인공위성이었다.

그의 입가에 미소가 걸렸다.

천천히 고개를 숙인 송치우는 유해문을 응시했다.

"결과가 나왔습니다."

"현문 마스터는 내가 부르죠."

조인혁이 몸을 일으켰다.

그는 테네파르 인스푸모로 새까만 사냥개와 스키를 만들었다. 새하얀 설원을 신나게 가로지른 그는 북극곰이 사냥한 물 개를 같이 나눠 먹는 현원을 발견하고 잠시 할 말을 잃었다.

"결과가 나왔답니다."

"벌써?"

입가에 피가 묻은 현원이 씩 웃자, 블랙 길드의 마스터조 차도 눈살을 찌푸렸다.

"얼른 오세요. 당신 때문에 결과 발표가 늦어지고 있으니 까요."

조인혁은 뒤도 돌아보지 않고 열 마리의 검은 개들의 방향 을 바꾸었다.

곧 현원이 올라탄 북극곰이 어마어마한 속도로 따라와 옆 에서 나란히 달렸다.

"결과, 어떨 것 같나?"

"당연히 성공이죠."

블랙 길드를 지탱하는 각성자들이 쿠데타에 대거 참가했 을 뿐 아니라, 프리벨리지 길드가 뒤에서 충실히 도와주었 다. 이번 쿠데타가 실패로 돌아갈 이유는 어디에서도 찾을 수 없다고 그는 생각했다.

"실패한다면?"

"그럴 리 없습니다."

"세상일이란 게 마음대로 되지 않는다는 건 자네도 잘 알 텐데."

"만약 쿠데타가 실패한다면 당신이 원하는 건 뭐든 들어드리죠. 대신, 반대라면 당신이 제 요구를 들어줘야 합니다."

"오호, 재미있겠군. 아주 재미있겠어."

현원의 눈이 반짝거렸다.

현문 문주를 가까이에서 보고 이야기를 나누다 보면, 조인혁은 괜히 화가 치밀어 올랐다. 대화 내용은 중요하지 않았다. 이유도 없이 저런 인간을 세상에서 없애야 한다는 충동이 시도 때도 없이 찾아왔다.

조인혁은 주위를 살폈다. 허허벌판이었다. 지금이라면 저 늙은이를 죽일 수 있을까?

'아니야, 아직은. 때를 기다려야 돼.'

조인혁은 자신이 블랙 길드의 꼭대기에 오른 이유를 떠올렸다.

사하라사막에서 현원을 기습하여 죽이려 했던 블랙 길드의 마스터가 오히려 당했고, 그로 인해 조인혁은 비교적 젊은 나이에 마스터의 자리에 오를 수 있었다.

이를 악문 조인혁은 죽음의 마력으로 사냥개를 더 만들어 냈다. 썰매는 훨씬 빨라졌다. 하지만 북극곰을 떨쳐 낼 수는 없었다. 현원은 실실 웃으며 조인혁을 쳐다봤는데, 그 태도와 행동은 은근한 자극이었다.

다행히 충돌 없이 나머지 마스터들이 자리 잡은 빙상 가장자리에 도착했다.

싱크

다섯 명의 마스터들은 각자의 자리에 앉았다. 송치우는 모두를 훑어본 뒤에 몸을 일으켰다.

"쿠데타는⋯⋯."

일부러 뜸을 들이는 로고스 마스터.

조인혁은 속으로 욕을 퍼부었다.

"실패했습니다."

송치우의 말에 조인혁이 벌떡 일어섰다.

"말도 안 돼! 당신, 제대로 확인한 거 맞아?"

"블랙 마스터."

유해문의 묵직한 목소리에 조인혁은 씩씩거렸지만 자리에 앉을 수밖에 없었다.

유해문을 보며 가볍게 고개를 숙여 고마움을 표시한 송치우는 홀로그램 스크린을 만들어 냈다.

허공에 나타난 거대한 화면에서는 서울 시내에서 벌어진 테러에 대한 뉴스가 흘러나왔다. 이어서 각 길드의 상황이 흘러나왔고, 마지막으로 배틀 룸 바닥에 쓰러져 미동도 하지 않는 강철진, 중앙통제실을 장악한 안진후가 화면을 가득 채웠다.

"저 녀석은 안종화 회장의 아들인데."

곽운영이 안진후를 알아봤다.

"⋯⋯안종화가 개입한 겁니까?"

조인혁은 온몸으로 분노를 드러냈고, 시꺼먼 기운이 파도처럼 넘실댔다. 하지만 유해문이 손을 들자 무형의 힘이 검은 물결을 억눌렀다. 유해문의 힘을 느낀 조인혁은 즉시 감정을 거둬들였다.

"안종화 회장은 개입하지 않았습니다. 이번 계획에서 룰을 어긴 사람은 없습니다. 다만, 예상치 못한 변수가 튀어나와서 결과가 달라졌습니다."

송치우는 기계처럼 말했다.

"변수라니요?"

곽운영이 물었다.

송치우는 홀로그램 스크린으로 대답했다. 화면 가득 김현이 나와 있었다. 그다음은 황철호와 현기명 그리고 안진후였다. 이들이 변수였던 것이다.

"천무관 노관장이 나섰으니 쿠데타가 실패할 만도 하구먼."

현원이 말했는데, 조인혁은 마치 자신을 비웃는 듯한 느낌을 받았다.

"감산 효과는 어떻게 됐나?"

유해문이 송치우를 쳐다봤다.

"각성자의 수가 오백여든아홉 명에서 삼백열여덟 명으로 줄어들었습니다."

"오호."

고개를 끄덕이며 만족해하는 유해문. 다른 마스터들은 인상을 찌푸렸지만, 필요한 일임을 잘 알기에 받아들이는 듯한 표정이었다.

현원은 아무런 감정도 드러내지 않았다.

"이로써 싱크 데이는 적어도 3년 이후로 미뤄졌습니다. 물론 제 계산이 옳다는 전제하에서 드리는 말씀입니다."

송치우가 말했다.

'싱크 데이'라는 표현에 마스터들 모두 불편한 기색을 드러냈다.

현재 대부분의 사람들은 진실과 상관없이 살아가고 있다. 눈앞에 불의 정령이 나타나도, 몬스터가 튀어나와 도로를 가로질러도, 날아다니는 칼에 놀라도 짧게는 10초, 길게는 1분 만에 완전히 잊어버린다.

하지만 싱크 데이에 이르면 지구상에 존재하는 인류 모두가 그 진실을 잊지 않게 될 것이다.

또한 아직은 제한적으로만 출입 가능한 던전도 싱크 데이가 되면…… 완전히 열릴 테고, 무엇보다 페플이라 이름 붙인 다른 차원의 세계와도 연결되고 말 것이다.

이유는 모르지만, 각성자의 수가 증가할수록 싱크 데이는 가까워진다. 바로 그 때문에 5인회는 비밀리에 각성자의 수를 줄여 왔다. 이번에는 블랙 길드가 주도하고 프리벨리지가 돕는 계획이 실행되었다.

이들 5인회는 북극 상공을 통과할 무렵 비행기가 폭파할 거라는 사실을 사전에 알았던 것이다. 그들은 힘을 합쳐 폭발 속에서 살아남았고, 감산 계획이 성공할 때까지 백색의 벌판에서 시간을 보내고 있었다.

이 사실은 5인회만 아는 극비였다. 15인회조차 쿠데타의 진실에 대해선 아는 바가 없었다.

"운명의 구슬은?"

유해문이 어느 때보다 관심을 보였다.

"계획대로 페플로 넘어갔습니다."

"잘됐군."

이번 쿠데타의 핵심은 바로 운명의 구슬이었다. 그걸 자연스럽게 페플로 넘기는 게 목적이었던 것이다.

"그러면 누가 이긴 거죠?"

곽운영이 물었다.

모두가 송치우를 쳐다봤다. 감산 계획이 실행될 때마다 5인회는 결과를 구체적으로 예측했는데, 일종의 도박이었다. 누가 판돈을 가지게 되는지는 송치우의 입에 달려 있었다.

"현문입니다."

송치우의 대답에 현원은 빙긋 웃었다.

"아이고, 매번 내가 이겨서 미안하구먼."

하나도 안 미안한 표정, 아주 즐거워하는 얼굴이었다.

"원하는 것을 말씀하십시오."

송치우였다.

"수습을 내게 맡기게. 쿠데타를 저지르고 도망친 자들,

이번 쿠데타를 막는 데 공을 세운 자들에 대한 처리까지 말일세."

현원을 제외한 네 명은 크게 놀랐다.

현문의 문주는 정치나 조직 같은 일에는 거의 관심을 보이지 않았다. 구름 흘러가는 대로 돌아다녀, 현문 소속 각성자들조차도 자주 만나지 못하는 도인 같은 사람의 입에서 저런 말이 나올 줄은 상상도 못 했던 것이다.

"알겠습니다."

송치우는 역시 메마른 목소리로 말했다.

잠시 후, 헬기 한 대가 멀리서 날아왔다.

쇄빙선에서 이륙하여 이곳으로 날아온 헬기는 그들 앞에서 천천히 내려앉았다. 5인회는 말없이 올라탔고, 헬기는 하늘로 날아올랐다.

늘씬한 스포츠카를 길가에 세워 두고 아파트 단지로 들어선 배혜진은 총을 든 경찰특공대가 지하 주차장으로 내려가는 모습에 깜짝 놀랐다.

핸드폰을 꺼내어 안진후가 보낸 주소를 확인했는데, 바로 그 아파트였다.

최현석이 다가왔다.

"무슨 일이야?"

"왜 경찰이 여기 깔렸는지 알아봐."

"……응."

명령조에 입술을 살짝 깨물 만큼 기분이 상했지만 최현석은 평소처럼 희미하게 웃으며 어디론가 전화를 걸었다.

문석훈, 강선기가 손을 흔들며 걸어왔다. 페플에서는 세븐 길드 소속 샤일록, 멀린으로 불리는 유명한 유저지만, 여기 현실에서는 돈 뿌리고 다니는 한량에 불과했다.

마지막으로 박주연이 도착했다. 공주처럼 차려입은 박주연은 문석훈, 강선기를 보며 환하게 웃을 뿐 배혜진 쪽은 쳐다보지도 않았다.

최현석이 돌아왔다.

"경찰 살해 사건인데, 총기까지 잃어버린 모양이야."

"저 지하 주차장에서?"

배혜진이 물었다.

"응. 용의자는 지하로 숨어 버렸대."

"여기 모인 경찰을 해산할 방법은 없을까?"

"경찰이 죽었어."

"그래서?"

"……무슨 일인지 알려 준다면, 방법을 찾아볼 수도 있을 것 같은데."

최현석은 배혜진을 빤히 쳐다봤다.

싱크

배혜진은 친구들을 바라보며 입을 열었다.

"유니온."

최현석만 움찔 반응했다. 나머지는 웬 생뚱맞은 소리냐는 얼굴이었다.

"넌 아는구나."

최현석 앞으로 한 걸음 걸어간 배혜진.

"……뭘?"

"이번 일, 유니온과 관련된 거야. 그러니까, 저 경찰들을 치워."

"그래, 알았어."

최현석은 다시 핸드폰을 꺼냈다.

그 모습에 마음이 흡족해진 배혜진은 활짝 웃었다. 전화 한두 통이면 자신도 해낼 수 있는 일이지만, 아랫사람이 해야 할 일을 스스로 처리하고 싶진 않았다.

'그래야 권위가 생기니까.'

"유니온이 뭐야?"

문석훈이었다.

"현석이가 널 부르는 것 같은데."

배혜진이 고갯짓으로 최현석을 가리켰다.

최현석은 문석훈뿐 아니라 강선기, 박주연까지 손짓으로 부르는 중이었다. 정계, 재계, 사법계의 주역이 힘을 뭉치면 저 사소한 일쯤은 금세 해결할 것이다.

배혜진은 핸드폰을 꺼내어 메시지를 다시 읽었다. 벌써 열 번 가까이 훑었는데도 또 가슴이 두근거렸다.

안진후에게서 메시지가 온 건, 망량 봉쇄 구역 퀘스트가 실패로 돌아가는 바람에 접속을 끊고 커넥터 밖으로 나온 배혜진이 화를 참지 못해 고풍스러운 원목 탁자에 놓인 꽃병을 들어 벽을 향해 던졌을 때였다. 와장창, 소리를 내며 꽃병이 산산조각이 났고, 메이드가 살짝 고개를 숙인 채 다가와 치우기 시작할 무렵에 메시지를 확인했다.

메시지에는 유니온, 다섯 길드, 페플과 이곳 현실과의 관계, 각성자와 복용자 등 다양한 내용이 간략하게 포함되어 있었다. 대부분 배혜진도 아는 이야기였지만, 안진후가 그런 메시지를 자신에게 보냈다는 사실만으로도 깜짝 놀랐다.

진짜 충격은 메시지의 마지막 부분이었다.

─나는 각성자야. 불의 정령을 소환할 수 있는 각성자. 난 어떻게 해야 각성하는지 알고 있어. 원한다면 너한테도 알려 줄 수 있어.

다시 읽어도 심장이 터져 나갈 것만 같았다. 안진후가 각성자라는 사실도 놀랍지만, 그 방법을 알고 있고…… 또 알려 주겠다는 말은…… 가뭄으로 갈라진 밭에 내린 폭우처럼 배혜진의 마음을 적셨다.

─블랙 길드가 쿠데타를 일으켰어. 유니온이 다섯 길드를 통제하는 지금 상황이 못마땅한 거지. 난 이 쿠데타를 막을 거야. 네가 나를 도와준다면, 넌 유니온을 돕는 거야. 그리고 이번 일이 성공적으로 끝나면 유니온뿐 아니라 내가 너를 도울 거야. 난 거짓말 안 해. 그러니까 내가 알려 준 그 주소로 와.

그 주소가 바로 저기, 아파트 지하 주차장이었다.

박주연이 다가왔다.

세븐 길드의 일원이자 '엘리자베스'라는 이름으로 활동하는 박주연은 여당 실세의 딸이었다. 평소엔 오만하기 짝이 없지만 배혜진 앞에서는 꼼짝도 못 했다.

"그거 들었어?"

"그거?"

"드래곤이 룩소르 사냥터에 나타났다는 소식 말이야. 그거 때문에 명검 퀘르가 걸린 룩소르 사냥터 퀘스트가 취소됐잖아."

"정말?"

"몰랐구나. 신경 좀 쓰지 그랬어?"

비꼬는 박주연을 가볍게 무시한 배혜진은 핸드폰으로 관련 소식을 검색했다.

레드 드래곤 헤라의 등장!

룩소르 사냥터 퀘스트를 주도한 길드의 전멸!

마룬타 대륙 서열 4위 무적권왕 만천의 사망!

마룬타 대륙 서열 5위 정령술사 야송림의 사망!

그 도도한 프로스가 이끄는 용병대 브레크의 도주!

지금 사이버 스페이스는 드래곤의 등장으로 들끓고 있었다.

이제까지 유저들이 드래곤 레어로 진입하는 퀘스트는 있었을지 몰라도 드래곤이 직접 모습을 드러낸 경우는 거의 없었다. 사실, 드래곤은 그 어떤 퀘스트에도 참여하지 않았다. 그래서 위대한 존재로 불리는 동시에 중립적인 존재로 인정받았다. 만약 드래곤이 본격적으로 퀘스트의 일부가 된다면, 페플은 이전과는 다른 세계가 될 것이다.

혹시 노바디가 드래곤을 불렀을까? 노바디의 사부 셀레스카르는 레드 드래곤 헤라와 친분이 있는 하이엘프가 아닌가.

만약 노바디의 요청으로 드래곤이 움직였다면, 이제 누구도 노바디를 무시할 수 없을 것이다. 드래곤과 친분을 쌓은 최초의 게이머를 누가 건드릴 수 있을까?

경찰관들이 갑자기 바빠졌다.

배혜진은 최현석을 쳐다봤다.

"경찰을 죽이고 총을 탈취한 범인이 도주 중이야. 쉽게 잡히진 않을 거야."

간단한 대답.

배혜진은 빙긋 웃으며 엄지를 세웠다.

지하 주차장 입구가 텅 비자, 배혜진이 앞장섰다.

"가자."

엘리베이터는 천천히 올라가고 있었다.

조용한 내부.

생존자들은 가끔 신음을 흘릴 뿐 아무런 말이 없었다. 유니온의 본부가 기습을 허용했다는 사실은 그들에겐 하늘이 무너진 것과 다를 바 없었다.

안진후는 핸드폰을 꺼내어 신호 세기를 확인했다. 아직은 통신 가능 범위 밖이었다.

"아까 섬바디 길드라고 했죠?"

30대 중반으로 보이는 여자가 물었다. 입고 있는 가운의 절반은 붉게 물들어 있었다. 자세가 꼿꼿한 걸 보니 동료의 피인 듯했다.

"그렇습니다."

"……제 머리에 이상이 생기지 않았다면, 섬바디라는 이름을 가진 길드는 존재하지 않아요."

"이번 쿠데타처럼 만약의 사태를 대비한 길드라서 들어 본적 없을 겁니다."

안진후는 미리 준비한 대답을 들려주었다.

생존자들은 그 말을 100% 신뢰하진 않을 것이다. 그러나 저 지옥 같은 곳에서 살아남게 된 이유가 섬바디 길드라는 사실을 무시할 수는 없을 터였다.

'그것만으로 충분해. 저 사람들의 입을 통해 섬바디 길드의 행동이 퍼져 나갈 테니까.'

안진후는 안테나가 서는 순간을 놓치지 않았다. 즉시 배혜진에게 전화를 걸었다.

– 대체 어디야?

앙칼진 목소리가 엘리베이터 안을 울렸다. 사람들이 안진후를 힐끔 쳐다봤다.

그들을 보며 빙긋 웃은 안진후는 핸드폰을 손으로 막았다.

"여자 친구예요."

고개를 돌린 안진후는 손을 뗐다.

"올라가는 중이야."

– 올라오다니?

"엘리베이터를 타고 올라가는 중인데, 곧 도착할 거야. 그보다, 다친 사람들이 있으니까 의료진 좀 대기시켜."

– 대기시켜? 지금 명령하는 거야?

"싫으면 말고."

– ……알았어.

배혜진이 먼저 전화를 끊어 버렸다. 저 성격은 어떤 방법으로도 고칠 수 없을 것이다.

싱크

한숨을 내쉬며 핸드폰을 주머니에 집어넣은 안진후는 잠시 눈을 감았다. 고심 끝에 내린 결정이 정말 옳은지는 그 자신도 확신할 수 없었다.

'난 내 방식대로 갈 수밖에 없어. 난 김현이 아니라, 안진후니까.'

엘리베이터가 멈췄다.

문이 열리자 배혜진이 보였다. 그 뒤에는 최현석, 문석훈, 박주연 그리고 강선기가 서 있었다. 안진후를 본 그들은 깜짝 놀라 그 자리에서 얼어 버렸다.

'아무 말도 안 했구나. 역시 혜진이다워.'

배혜진이 다가왔다.

"이 사람들은?"

"살아남은 사람들."

안진후의 대답은 짧았다. 배혜진이라면 장황하게 설명하지 않아도 충분히 이해할 수 있으리라고 판단한 것이다.

이후, 안진후는 더 이상 할 일이 없었다. 배혜진이 최현석에게 지시하자 최현석과 나머지 사람들이 움직였던 것이다. 게다가 앰뷸런스 세 대가 1분도 못 되어 도착했고, 의료진은 생존자들을 향해 달려왔다.

배혜진이 안진후를 지하 주차장을 떠받치는 기둥 뒤로 데려갔다.

"……정말이야?"

"뭐?"

"각, 성, 자."

타오르는 배혜진의 눈빛.

씩 웃은 안진후가 불의 정령 슈뢰딩거를 소환했다.

어두컴컴한 주차장의 구석이 환하게 밝아진 순간, 배혜진은 할 말을 잃었다. 멀리서 힐끔거리던 최현석 역시 입을 쩍 벌린 채 이쪽을 바라보고 있었다. 문석훈, 강선기, 박주연은 마네킹처럼 서 있었다.

"지, 진짜였어."

"난 거짓말 안 해."

"그, 그러면 날 각성자로 만들어 줄 수 있어?"

"시더를 소개시켜 줄 수는 있어."

"……."

배혜진의 눈이 터질 듯 커졌다.

슈뢰딩거를 돌려보낸 안진후는 긴장한 마음을 감추며 배혜진의 반응을 살폈다.

각성자가 되고픈 욕망이 시더를 두려워하고 처벌하는 유니온의 방침보다 훨씬 크다면 배혜진은 앞으로도 큰 도움이 될 것이다. 그 반대라면 배혜진은 이 사실을 즉시 유니온에 알릴 터였다.

다행히 전자였다.

"……시더를 알고 있어?"

"시더 덕분에 내가 정령을 소환할 수 있게 됐으니까."

"누, 누군데?"

"너답지 않게 왜 이리 급해? 하긴, 급할 만도 하지."

"혹시 회장님이셔?"

조심스럽게 묻는 배혜진.

안진후는 웃음을 터트렸다. 아버지가 시더? 이번에도 배혜진다웠다. 보통은 그렇게 생각할 테니까.

"맞아?"

배혜진은 답답한지 눈살을 찌푸렸다.

"섬바디 길드로 들어와."

"……뭐?"

"너 모네타 소속이지? 모네타가 널 복용자로 만들어 줬지만, 네게 타고난 재능이 없는 한 각성자가 될 가능성은 거의 없어. 너도 잘 알잖아. 그러니까 섬바디 길드로 들어오라는 거야."

"싫다면?"

"언젠가 각성자가 될 때까지 인내를 가지고 기다리는 수밖에 없지. 쉽진 않을 거야. 너도 알고 있겠지만."

"……너……!"

"참고로 현문 길드의 황철호 아저씨가 섬바디 길드로 옮겼어. 천무관의 노관장님도 섬바디 길드의 일원이고."

"……."

배혜진은 비틀거리며 한 걸음 물러섰다. 황철호가 누군가? 통곡의 벽이라 불리는, 최고의 각성자 중 하나였다. 게다가 천무관의 노관장이라니!

그 순간, 배혜진은 황철호가 현재 해옥에 수감 중이라는 사실을 기억해 냈다. 자연스럽게 안진후가 했던 이야기가 거짓이라는 생각이 들었다.

그 표정 변화를 안진후가 먼저 읽어 냈다.

"해옥은 붕괴됐어. 남쪽 바다에 가라앉았다는 뜻이야. 당연히 황철호 씨는 탈출했고. 여기서 문제 나갑니다. 누가 해옥을 무너뜨렸을까요?"

"……무너뜨리다니?"

"블랙 길드 짓이야. 황철호 씨를 죽이기 위해서."

"마, 말도 안 돼."

"유니온의 본부가 습격당한 건 이해돼?"

"그, 그건……."

말을 더듬을 수밖에 없는 배혜진.

"아버진 프리벨리지 길드 소속이지만, 섬바디 길드를 지지하기로 하셨어."

"정말?"

"그리고 이거."

안진후는 일부러 천천히 명함 한 장을 꺼내어 배혜진에게 건넸다.

싱크

"신사업부문 사장? 네가?"

"아버지 결정이야."

그 말을 들은 배혜진은 핸드폰으로 그 사실을 확인했다. 전화 한 통이면 충분했다. 안진후가 두 명의 형을 제치고 가장 먼저 사장 자리에 앉았다는 사실은 이미 증권가를 비롯해 재계에 파다하게 퍼진 이야기였다.

고민은 그리 길지 않았다. 모네타 길드를 주도하는 건 각성자였다. 재계의 인물들은 돈을 퍼 주며 약이나 몇 알 받아낼 뿐 존재감이 없었다.

신생 길드라면?

게다가 각성자가 될 가능성까지 주어진다면?

"난 지금 널 스카우트하는 거야. 이런 기회, 이번 일이 끝난 다음엔 없을 거야."

"섬바디 길드에 들어갈게."

배혜진은 결정을 내렸다. 인생이 바뀔지도 모르는 선택이지만, 그녀에겐 주저함이 없었다.

"난 섬바디 길드를 회사처럼 운영할 거야. 내 말은, 섬바디 길드가 바로 신사업부문이 될 거라는 이야기지."

"그럼 난 창립 멤버인 거네."

"아니. 창립 멤버는 따로 있어. 황철호 씨도, 노관장님도 창립 멤버는 아니야."

안진후는 김현과 박용준을 떠올렸다.

"정말?"

"나중에 소개시켜 줄게. 그보다, 저 아이들도 설명이 필요할 것 같은데."

안진후는 최현석 등을 가리켰다.

"쟤들, 길드에 가입시켜도 돼?"

"쓸 만해?"

"아주."

"그럼, 일단 네 밑에 두자."

"고마워."

배혜진은 속으로 히죽 웃었다. 이토록 쉽게 허락을 받을 줄은 몰랐다.

'진후는 아직 회사가 어떤 건지 모르는 게 분명해. 그렇지 않고서야 내 편이 될 게 분명한 녀석들을 쉽게 받아들일 리는 없어. 각성자가 되면 아주 간단히 섬바디 길드를 장악할 수 있겠지? 그러면 내가 마스터가 되는 거야. 길드 마스터 배혜진! 너무 자연스러워.'

안진후는 핸드폰이 진동하자 번호를 확인하고는 인상을 찌푸렸다.

"누군데?"

배혜진이 물었다.

"큰형."

"아하."

장남 안형준이 막내가 추월하여 사장 자리에 앉았다는 이
야기를 들은 것이다.

이번엔 문자가 왔다. 또 일그러진 안진후의 얼굴.

"택현 오빠지?"

배혜진은 안진후의 둘째 형 안택현을 잘 알고 있었다. 미
국에 있는데도 소식을 입수한 모양이었다.

안진후는 씁쓸하게 웃었다.

"난 유니온 본부 중앙통제실로 내려가 볼게. 움직일 수 있
는 생존자를 올려 보낼 테니까, 잘 부탁해."

"나도 같이 갈래."

"저 아래는…… 지옥이야."

천천히 말하는 안진후의 기세에 배혜진은 눌리고 말았다.
귀신을 직접 본 듯한 얼굴 때문이었다.

안진후 혼자 지하 주차장 안쪽의 무너진 벽 너머로 걸어
갔다.

한참을 지켜보던 배혜진은 몸을 돌렸다. 자신을 지켜보던
최현석 등을 섬바디 길드로 가입시키기 위해서였다. 각성의
가능성을 얼핏 내비치기만 해도 최현석은 쌍수를 들고 찬성
할 테고, 나머지 놈들이야 적두 몇 알이면 잠잠해질 것이다.

'섬바디 길드는 유니온의 인정을 받아야 돼. 그래야 진후
가 안전해질 테고, 나도 무사할 수 있어. 아! 당했어! 진후는
날 이용하기 위해 섬바디 길드에 가입시킨 거야. 뭐, 기분 나

쁘진 않아. 나도 이용하면 되니까.'

배혜진은 CRS 그룹의 회장에게 전화를 걸었다. 그룹 전체를 움직이기 위해서였다. 사채의 여왕이라 불리는 할머니의 상속인으로서 배혜진은 그룹의 방향을 바꿀 힘이 있었던 것이다.

직통 번호라 회장이 전화를 받았다.

"아빠, 오늘 스케줄 다 취소해."

배혜진이 한 말이었다.

아무리 밖이 소란해도 닥터 바이런이 연구에 몰두한 이유는 현대 교통 체계를 혁명적으로 바꿔 놓을 발명품의 설계도가 완성을 코앞에 두고 있었기 때문이다. 몇 년이나 그를 괴롭힌 문제점의 실체가 손에 잡히기 직전이었다.

포탈이 완성되면 서울에서 뉴욕까지 이동하는 데 10초도 걸리지 않을 것이다.

20세기 초에 발명된 비행기가 세계를 일일생활권으로 묶었다면 포탈은 전 세계를 이웃집으로…… 아니, 옆방으로 만들어 버릴 것이다. 거실에서 안방으로 들어가듯 전 세계의 도시로 이동할 수 있을 터였다.

동그란 안경을 코 위로 밀어 올린 닥터 바이런은 모니터를 채운 설계 프로그램을 확대했다.

그때, 쾅! 어디선가 폭탄 터진 듯한 굉음이 들렸고, 이어서 벽과 천장이 흔들렸다.

"아! 찾았다."

닥터 바이런은 설계의 문제점을 알아내고 두 손으로 머리를 감쌌다. 포듐에 에너지가 전달되는 3단계 중 2단계에 치명적인 오류가 있었던 것이다.

"……여기만 고치면 돼."

손이 떨렸다. 이 역사적인 순간이 자신에 의해 만들어질 줄이야.

키보드에 손을 올려 설계도를 수정하려는 찰나, 닥터 바이런은 몸을 부르르 떨었다. 뒤통수에 새겨진 특이한 마법진이 발동되자 눈동자가 위로 말려 올라갔고, 축 처진 입술 사이로 침이 질질 흘렀다. 그 명료하던 이성이 잠시 빛을 잃은 것이다.

천천히 고개를 든 그는 더 이상 닥터 바이런이 아니었다.

뉴욕행 비행기에 타고 있다가 북극 상공에서 폭발로 사망하기 직전 자신의 정신을 도플갱어에게로 이동시킨 프랑켄슈타인이 닥터 바이런의 몸을 차지한 것이다.

도플갱어 닥터 바이런은 소멸되었다. 포탈 설계의 오류에 대한 해결책도 함께 사라졌다. 포탈 설치는 최소 5년, 어쩌면 10년 이상 미뤄지게 된 것이다.

프랑켄슈타인은 주위를 살핀 후, 자기가 살아 있음을……
이곳이 로고스 길드 부속 연구소임을 알아차렸다.

비명이 연구실 바로 밖에서 들렸다. 쿵쿵 입구를 발로 걷
어차는 소리가 요란했다.

"여기도 난리군."

프랑켄슈타인은 벽으로 걸어가 손바닥을 올렸다. 차가운
금속 재질의 벽에 선이 생기더니, 문이 소리도 없이 열렸다.
그가 문 너머로 사라지자, 다시 문은 벽으로 돌아갔다.

입구를 부수고 들어선 사람들은 컴퓨터 시스템과 모니터
를 향해 총탄을 퍼부은 후 다른 곳으로 가 버렸다.

차분하게 나선형 계단을 딛고 자기만의 공간에 도착한 프
랑켄슈타인은 먼저 외부 사정을 알기 위해 감시 시스템을 켰
다. 뉴스 방송, 각 지역의 CCTV 등이 홀로그램 방식으로 허
공에 나타났다.

"아주 작심을 했군그래. 이 정도면 유니온 본부도 엉망진
창이겠어."

프랑켄슈타인은 클클 웃었다.

블랙 길드는 프리벨리지 길드의 도움을 받아 제대로 쿠데
타를 일으켰다. 독사의 대가리라 할 수 있는 5인회는 물론
수족인 15인회까지 효과적으로 제거했다. 남은 건 각 길드의
하부 조직, 즉 팔다리에 불과했다.

블랙 길드가 주도권을 잡을까?

아니면 뒤통수를 맞은 유니온이 반격을 시작할까?

매우 중요한 질문이었다.

프랑켄슈타인은 이기는 쪽에 힘을 실어 줄 생각이었다. 그래야 현재 진행하는 연구에 필요한 지원을 계속 받을 수 있을 터였다. 그에겐 어느 쪽이 이기든 별로 상관이 없었다.

"어?"

프랑켄슈타인은 유니온 본부의 내부 시스템이 살아 있음을 발견했다. 블랙 길드라면, 그 꼼꼼한 감찰관 주용석이라면 중앙통제실부터 박살 내 버렸을 것이다.

혹시 쿠데타와 관련된 사실이 사전에 새어 나갔을까? 아니다. 그랬다면 북극 상공에서 비행기가 터지기 전 어떻게든 자신도 알게 되었을 것이다.

"음, 누가 본부를 장악했는지 알아볼까?"

프랑켄슈타인은 해킹을 시작했다.

모니터에 경고 메시지가 떴다.

메시지를 읽은 안진후는 해커가 침입하려는 경로를 막아 버리려다, 생각을 바꿔 추적을 위해 봇을 뿌렸다. 사이버 스페이스에서 작동하는 로봇 같은 조각 프로그램은 인터넷의 바다를 가로질러 해커를 향해 질주했다.

해커는 의외의 실력자였다. 지켜보고 있지 않았다면, 보안 레벨을 급히 올리지 않았다면 1분도 못 되어 중앙통제실의 통제 권한을 빼앗겼을지도 모른다.

다행히 해커의 공격 스타일은 구닥다리였고, 침입에 열을 올리느라 방어에 소홀했는지 위치를 알아내는 건 그리 어렵지 않았다.

"……로고스 길드?"

안진후는 왜 로고스 길드 부속 연구소에서 유니온 본부 상황실로 침입하려는지 처음에는 이해할 수 없었다.

블랙 길드 놈들이라면 이곳이 망가져 폐쇄됐다는 사실을 알 것이다. 유니온 본부에 도움을 요청하려 했다면 이런 식으로 몰래 해킹하지는 않았을 것이다.

미리 정해진 명령만 수행하는 봇으로는 부속 연구소에서 유니온 본부 중앙통제실을 노리는 사람이 누군지 알아낼 수 없었다.

안진후는 직접 나섰지만, 혼자 힘으로는 시간이 걸릴 수밖에 없음을 깨달았다.

'아무래도 도움을 받아야겠어.'

안진후는 또 다른 창을 열어 원격으로 페플파크 자신의 집 시스템에 접속했다.

―프로메테우스 박사님.

안진후가 채팅으로 말을 걸자, 즉시 대답이 돌아왔다.

　－자네, 유니온 본부를 장악했군.
　－노관장님과 철호 아저씨 그리고 김현 덕분이에요.
　－한창 바쁠 텐데 연락한 이유가 있겠지?
　－중앙통제실을 해킹하려는 사람이 있어요.
　－내가 공격을 맡겠네.
　－제가 배후를 노리겠어요.

　안진후는 상대가 똑똑하면 길게 설명하지 않아도 된다는
사실에 신선한 느낌을 받았다. 몇 마디로도 머릿속 복잡한
생각을 서로에게 주고받을 수 있는 것이다.
　안진후는 닥터 프로메테우스가 로고스 길드 부속 연구소
를 공격하는 동안 슬며시 뒤로 돌아갔다.
　정면을 막는 데 집중하면 측면이나 후방에 틈이 생기기 마
련이다. 10분 만에 약점을 찾아냈고, 거기로 몰래 들어갈 수
있었다. 프로메테우스의 공세는 무시무시할 정도로 강해서
상대는 거기 신경을 쓸 수밖에 없었다.

　－누가 해킹을 하고 있는지 알아냈네.

프로메테우스였다.

−어떻게요?

안진후는 깜짝 놀랐다. 상대는 힘겹지만 그래도 효과적으로 프로메테우스의 네트워크 공격을 방어하고 있었다.

−이 디펜스 패턴, 아주 익숙해. 나와 같은 방식이니까. 유니온 본부를 해킹하려는 사람은…… 프랑켄슈타인일 거야.
−하지만 그는 비행기 폭발로 죽었을 텐데요. 운 좋게 살아남았다 해도 로고스 길드 부속 연구소에서 해킹을 시도할 수는 없을 거예요.
−음. 도플갱어를 희생시킨다면 충분히 가능한 이야기라네. 본체는 죽고 도플갱어의 정신을 통해 되살아나는 거지.
−그럴 수도 있나요?
−충분히 가능한 이야기라네.
−알겠습니다.
−어떻게 할 건가?
−박사님은 아실 것 같습니다만.

비록 원통형의 로봇 몸에 갇혀 있지만, 이 무시무시한 천재라면 자신의 의도를 이미 알고 있으리라 안진후는 추측했다. 그 예상은 맞아떨어졌다.

−그를 영입하게. 섬바디 길드엔 큰 도움이 될 거야. 하지만 내 존재는

알리지 않는 게 좋을 걸세.

　─저도 같은 생각입니다.

　─자네와 대화를 하면 마치 사막을 헤매다가 오아시스를 만난 것 같네.

　─저도 그렇습니다.

　─또 보지.

　닥터 프로메테우스는 채팅 창을 빠져나갔다.

　안진후는 잠시 깍지 낀 두 손으로 뒤통수를 받친 채 모니터를 바라보았다.

　프로메테우스는 프랑켄슈타인이 만들어 낸 도플갱어였다. 하지만 프랑켄슈타인에 의해 육체를 잃고 고스트 커넥터의 일부가 되었다가 폭발로 죽을 뻔했다. 안진후, 김현에 의해 구출된 프로메테우스는 기계의 일부로서 살아가고 있었다.

　'내가 프로메테우스라면 프랑켄슈타인을 어떻게든 잡아다가 죽여 버렸을 거야. 소모품 취급은 절대 못 참을 테니까. 프로메테우스는 분노를 숨기고 있을까? 그러면 기회를 엿보고 있을지도 모르겠구나.'

　안진후는 한숨을 내쉬었다. 프로메테우스가 자신의 창조자인 프랑켄슈타인을 죽이려 든다면 안진후는 전혀 말리지 않을 생각이었다.

　그 순간, 안진후는 영국 작가 셸리가 쓴 소설 《프랑켄슈타인》의 부제가 '근대의 프로메테우스'라는 사실을 기억해 냈다.

스스로 '프랑켄슈타인'이라는 이름을 선택한 로고스 소속 각성자는 도플갱어의 이름에도 그 소설과 관련된 이름을 붙인 것이다.

안진후는 그 미친 과학자의 머릿속에 무엇이 있는지 알 것 같았다. 목표를 이루기 위해서는 수단과 방법을 가리지 않는, 금기도 무시하는 인물.

"휴우, 해 볼까?"

안진후는 로고스 길드 부속 연구소에서 이곳 유니온 본부를 해킹하려는 상대에게 말을 걸었다.

─안녕하세요, 프랑켄슈타인 교수님. 저는 안진후입니다.

1분 가까이 아무런 반응이 없었다.

안진후는 끈질기게 기다렸다. 상대는 주도권을 중시하는, 원하는 것을 얻기 위해서는 무엇이든 하는 지성인이다.

3분쯤 흐른 뒤에야 답이 돌아왔다.

─어떻게 알았나?

─중요한 건 그게 아니지요.

─자네 말이 옳아. 중요한 건, 왜 자네가 거기 있느냐지. 안 그런가?

─화상 통화로 바꾸는 게 어떨까요?

─그러지.

안진후는 네트워크 커넥션의 모드를 바꾸었다. 양쪽 모두 같은 모드를 선택한 순간, 스크린 가득 프랑켄슈타인이 나타났다.

"폭발한 비행기에 탑승하셨다고 들었는데 아주 멀쩡해 보이네요."

─ 허허, 어디든 착오는 있는 법이지.

스크린 속 프랑켄슈타인은 여유로웠다. 가끔 두통으로 얼굴을 찡그리는 걸 제외하면 자연스러웠다.

"블랙 길드가 쿠데타를 일으켰습니다."

─ 알고 있네.

"유니온 본부는 무사합니다."

─ 음, 자네는 유니온 소속이 아니라고 알고 있는데, 내 말이 틀렸나?

"지나가는 사람도 어려운 형편을 보면 돕기 마련이 아닐까요?"

─ 지나가는 사람? 재미있군. 자네 아버님도 알고 있는가?

"지금쯤 아셨을 것 같습니다."

─ 허허, 크게 놀라셨겠어.

"제안 하나 드려도 될까요?"

─ 무척이나 궁금하군. 해 보게나.

"섬바디 길드로 들어오십시오."

통신이 끊어진 것처럼 프랑켄슈타인은 한동안 미동도 하

지 않았다. 그러다가 껄껄 웃어 댔다.

안진후가 진지한 얼굴로 쳐다보자, 웃음은 줄어들었다.

─자네가 만든 길드인가?

"그렇습니다."

─마스터는?

"접니다."

안진후는 프랑켄슈타인에게 김현 이야기를 할 생각이 조금도 없었다.

─유니온의 허락도 없이 스스로 길드를 만들었다? 나더러 그 길드로 들어와 달라? 이거, 너무 과한 제안이구만. 자칫 잘못하면 목숨도 부지 못 할 텐데. 안 그런가?

안진후는 중앙통제실 뒤쪽에 앉아 쉬고 있던 황철호를 손짓으로 불렀다.

황철호가 앞으로 나오자, 스크린 속 프랑켄슈타인의 표정이 달라졌다.

"안녕하십니까, 교수님."

─자네는 통곡의 벽이 아닌가? 자네는…….

"해옥에 있어야 정상이지요. 하지만 이런저런 일로 여기 있게 됐습니다."

─……자네도 섬바디 길드의 일원인가?

"네. 참고로 현기명 노관장님도 섬바디에 가입하셨습니다."

─…….

프랑켄슈타인의 뺨이 경련으로 꿈틀거렸다. 그도 현기명이 어떤 인물인지, 얼마나 무게감이 큰 사람인지 잘 알았던 것이다.

"CRS 그룹도 섬바디 길드를 지지하기로 결정을 내렸습니다. CRS 그룹에 호의적인 기업들도 마찬가지로 배를 갈아탔습니다."

안진후였다.

－그, 그게 사실인가?

"의심스러우면 확인해 보셔도 됩니다."

자신만만한 안진후는 의자에 앉은 채 등을 뒤로 젖혔다. 발을 테이블 위에 올리려다 참았다.

－자네는 오늘 날 몇 번이나 놀라게 만드는군.

"정보는 충분히 드린 것 같습니다. 거절하셔도 됩니다. 다만, 두 번 다시 같은 제안을 드리진 않을 생각입니다."

안진후는 웃음기를 지웠다.

－자넨 안종화 회장을 닮아서 사업가 기질을 타고났군. 좋아, 제안을 받아들이겠네. 하지만 조건이 있…….

"현재 연구 중인 프로젝트, 전폭적으로 도와 드리겠습니다."

－허허, 젊어서 그런지 생각이 빠르구먼. 하나 더 있는데…….

"누구든 데리고 오셔도 됩니다."

－오랜만에 대화다운 대화를 하게 만드는군. 마지막 질문은 하

지 않아도 되겠지?

"섬바디 길드의 사옥 위치는 며칠 내로 알려 드리겠습니다."

─사옥? 오호, 길드를 회사처럼 운영하겠다는 건가? 난 찬성일세. 그러면 자넨 사장이 되겠군. 안진후 사장, 아주 잘 어울려.

프랑켄슈타인은 껄껄 웃으며 연결을 끊었다. 중앙통제실 정면 벽을 가득 채운 스크린은 검게 변했다.

안진후는 길게 숨을 내쉬었다. 긴장이 풀린 탓이다. 프랑켄슈타인과의 대화는 겉으론 쉽지만 약간만 실수해도 전체가 무너지는 정교한 구조물 같아서 내내 신경을 써야 했던 것이다.

"세를 불리는 건 좋지만 아무나 받아들이면 뒤탈을 염려해야 할 거야."

황철호는 핵심을 찔렀다.

"시작도 못 하고 짓밟히는 것보다는 낫다고 생각합니다."

"그건 그래."

고개를 끄덕인 황철호는 뒤쪽으로 가서 앉았다. 지금 생각으로는 사흘은 깨지 않고 잘 수 있을 것처럼 피곤했다.

안진후는 다른 길드와의 연락에 집중했다.

프리벨리지 길드는 비록 적잖은 각성자들이 죽었지만 다행히 통제권을 회복한 상태였다. 현문과 모네타, 로고스도 빠르게 혼란을 정리하고 있었다.

문제는 블랙 길드였다. 여전히 쿠데타 세력이 주도권을 쥐고 있었다.

"노관장님은요?"

고개를 돌린 안진후가 물었다.

"지하 비고로 구경 가셨다."

"아, 네."

안진후는 노관장답다고 생각했다. 끌려간 구선희가 불쌍할 뿐이다.

그때, 마지막으로 남아 있던 생존자들이 안진후 앞으로 다가왔다. 윤태희의 동기들이었다.

엄명욱이 앞으로 나왔다.

"페플 그룹 회장의 아들이라는데, 사실이냐?"

삐딱한 말투.

"사실이야."

"너는 아버지의 힘을 등에 업고 유니온 본부를 장악한 거다."

"그래서?"

안진후는 이런 반응에 스스로도 놀랐다. 옛날이었다면 분통을 터트리며 벌컥 화를 냈을 것이다.

하지만 지금은 엄명욱이 조금은 귀엽게 보였다. 죽을 뻔하고…… 다치고…… 몰리고…… 그렇게 힘든 하루를 보낸다면, 저런 식으로 심통을 부릴 수도 있을 것 같았다.

"그, 그렇다는 얘기야."

퍽.

뒤로 다가선 윤태희가 엄명욱의 뒤통수를 때렸다.

"뭐가 그렇게 서론이 길어. 진심을 얘기해, 진심을. 아니면 그냥 올라가든가."

"나, 나는……."

말문이 막힌 엄명욱.

"내가 대신 얘기해 줘?"

윤태희의 말에 엄명욱은 안진후를 보며 딱딱하게, 어색하게 말했다.

"……섬바디 길드에 가입하고 싶다."

"나도."

"저도요."

고승조와 이유정이 가세했다.

"이유가 뭐야?"

안진후는 엄명욱을 쳐다봤다.

"솔직하게 말하는 게 낫겠지. 섬바디 길드는…… 현문의 무력, 로고스의 지혜, 모네타의 금력을 갖췄어. 거기에 다른 길드엔 없는 페플 그룹이라는 배경도 있고."

"그래서 섬바디 길드를 선택하겠다?"

"신생 회사에서는 위로 올라갈 가능성이 높으니까."

엄명욱은 낯선 느낌을 받았다. 마치 입사를 위해 면접을 보는 분위기랄까.

"좋아. 너희 다 받아 주겠어. 하지만 정식 사원은 아니야. 그러니까, 인턴이라고 할 수 있어. 일정 기간 교육 후에 아니다 싶으면 쫓겨날 거야. 그래도 좋아?"

인턴이라는 말에 세 사람의 안색이 변했지만, 누구도 싫다고 말하지는 않았다.

안진후는 세 사람을 윤태희에게 맡겼다. 그들의 능력과 성향을 잘 알기에 윤태희만 한 적임자는 없었다.

황철호에게 중앙통제실을 부탁한 안진후는 섹터7으로 향했다. 유니온 본부가 정상화되려면 섹터7에 설치된 방어 마법진이 작동해야 한다.

아래쪽에서의 무지막지한 공격으로 파괴된 마법진을 자세히 살핀 안진후는 빙긋 웃었다. 아라베스크 같은 복잡한 마법진은 에너지 소스인 성질석만 제대로 확보하면 수리에는 큰 시간이 들지 않으리라고 판단한 것이다. 마법진이 복구되면 외부 공격은 통하지 않을 터였다.

안진후는 윤태희와 '아이들'을 불러 그 작업을 시작했다. 안진후가 맡은 역할은 건축가, 혹은 공사 감독이었다. 윤태희는 '십장'이었고, 세 명의 인턴은 막노동자였다. 엄명욱은 일부러 더 절뚝거렸지만, 안진후는 그에게 회복약을 건넬 뿐 작업에서 제외시키진 않았다.

세 사람은 서로를 쳐다보며 복지가 확실한 대기업을 걷어

차고 착취가 일상인 벤처에 들어온 게 아닐까 심각하게 고민
했다.

　"인턴들, 서둘러!"

　안진후가 외쳤다.

만계

어두컴컴한 하늘 아래 황량한 암갈색의 대지가 저 멀리 뻗어 나갔고, 그 너머로 만년설 덮인 산맥이 희미하게 솟아나 있었다. 곳곳에 풀이 자라나 옅은 녹색의 초원을 만들었지만 기껏해야 굵은 반점으로 보일 만큼 광활한 대지는 메마르고 거칠었다.

초원 근처에 거대한 구덩이가 생겨나 있었다. 직경 500미터, 깊이 100미터나 되는 기다란 타원형의 구덩이는 계단식 논처럼 층층이 내려가는 구조였다.

마치 뜨거운 숯불 하나가 종이 뭉치에 놓여 아래로 타들어 간 것만 같았다.

구덩이 중심부, 가장 깊은 곳에 알몸의 남자가 누워 있었다.

뜨거우면서도 축축한 느낌에 눈을 뜬 그는 얼굴을 핥는 커다란 혓바닥을 보고 화들짝 놀랐다. 그가 몸을 일으키자 베헤모스는 뒤로 물러났다.

멧돼지와 두꺼비를 합쳐 놓은 듯한 베헤모스를 본 그는 고개를 갸웃거렸다. 어디서 본 듯한데 기억이 나지 않았던 것이다.

몸을 살핀 그는 또 한 번 놀랐다. 실오라기 하나 없는 나체였다. 짙은 갈색의 땅과 대비되어 몸은 하얀색처럼 보일 정도로 창백했다.

"여, 여긴 어디지?"

달라붙었던 성대가 겨우 떨어지며 목소리가 나왔다.

그는 비틀거리며 일어서려다 쓰러질 뻔했는데, 베헤모스가 손을 물어 뒤로 끄는 바람에 균형을 잡을 수 있었다.

"······고맙다."

베헤모스는 뒤로 한 바퀴 재주넘기를 했다. 기쁨을 표현한 것이다.

주위를 둘러본 그는 한숨을 내쉬었다. 이곳이 어디인지 알아내려면 계단식 지형을 올라가야 할 것이다.

그때, 하늘에 둥실 떠 있는 달이 보였다.

"하나, 둘, 셋······ 넷······ 다섯."

그는 다섯 개의 달을 본 순간, 자신이 누구인지······ 왜 여기 와 있는지 깨달았다.

"비디타스!"

처절한 비명 같은 고함이 거대한 그릇 같은 지형을 타고 위로 올라가며 공명을 일으켜, 합창 같은 메아리가 돌아왔다. 마치 놀리는 듯한 목소리였다.

고개를 흔든 김현은 이 답답한 곳에서 빠져나가기 위해 현섬을 펼쳤다. 그러나 아무런 반응도 없었다. 실패했다면 충격이라도 있어야 하는데 아무렇지도 않았다.

세 번 연거푸 현섬을 펼친 김현은 할 말을 잃었다. 뺨도 꼬집어 봤다. 아팠다. 꿈이 아니었다.

현섬이 사라졌다. 흔적도 없을 만큼 깨끗하게.

혹시나 해서 타각을 펼쳤는데, 다리에 경련이 일어 앞으로 넘어지고 말았다.

쓰러진 김현에게로 베헤모스가 다가와 내려다보았다. 멍청한 짓 하지 말라는 충고 같은 눈빛이었다.

한 시간 남짓 애를 쓴 끝에 김현은 비참한 결론에 도달했다. 그동안 각고의 노력으로 익힌 무공이나 스킬이 모두 사라졌다. 수라부월공, 천무삼권, 광현칠검보 등 하나도 남김없이 소멸되었다.

몸은 무거워 계단 하나의 높이가 2미터나 되는 이곳을 빠져나갈 힘도 없었다. 이 모든 게 비디타스가 억지로 쥐여 준 그 운명의 구슬 때문이리라.

"아아아악!"

고함은 밥그릇 같은 지형을 타고 공중으로 올라갔고, 먹잇감을 찾던 거대 몬스터의 이목을 끌었다.

김현을 노리고 하강한 익룡 같은 몬스터가 발톱을 내밀며 구덩이 아래로 내려와 어깨를 낚아채려는 순간, 폭발이 일어났다. 김현의 몸에서 뿜어져 나온 뜨거운 화염이 그 몬스터를 태워 버린 것이다.

가죽은 오그라들었고, 흐릿한 눈동자는 퍽 소리를 내며 터졌으며, 예리한 발톱과 부리는 충격을 이기지 못하고 부러져 흩어졌다. 몬스터는 졸지에 초대형 치킨구이가 되어 세 번째 계단 어딘가에 추락했다.

주저앉아 헐떡거리는 김현.

베헤모스는 기분 좋게 달려가 잘 익은 몬스터를 뜯어 먹기 시작했고, 다리 하나를 가져와 김현 앞에 내려놓았다.

김현은 몸을 살폈다. 불꽃이 뚫고 나오면서 생긴 끔찍한 상처는 빠르게 사라지고 있었다. 눈으로 보고도 믿기지 않는 기적의 재생력이었다. 하지만, 고통까지 없애 주진 못했다. 몸 전체가 아리고 쓰렸다.

한숨을 내쉬는데, 몸속에서 느릿느릿 움직이는 뜨거운 기운이 느껴졌다. 그건 땅속에서 폭발할 기회만 기다리는 마그마 덩어리 같았다.

"……난 활화산이야. 언제든 터질 수 있는."

배는 전혀 고프지 않았다.

자기 몫을 다 먹어 치우고 온 베헤모스가 다리 하나를 보고 김현을 쳐다봤다.

"너 먹어."

베헤모스는 신이 나서 뼈까지 씹어 해치웠다.

딱딱한 바닥에 앉은 채 하늘을 올려다본 김현은 이를 악물고 일어섰다.

이곳은 뎁스 파이브의 세계. 현실의 한 시간은 이곳에선 거의 4년에 해당한다. 따라서, 시간은 충분하다. 그러니 잃어버린 것들도 회복할 수 있다.

운명의 구슬 때문에 생긴 이 뜨거운 기운도 어떻게든 해결할 수 있을 것이다.

김현은 피라미드를 맨몸으로 오르는 것처럼 계단을 타고 위로 오르기 시작했다. 베헤모스가 충실한 하인처럼 그 옆을 지켰다.

구덩이를 빠져나오는 데 이틀이 걸렸다. 물은 베헤모스가 구해 왔다. 먹이도 마찬가지였다. 정체불명의 고깃덩이지만 극심한 허기 덕분에 맛있게 먹을 수 있었다.

겨우 구덩이 꼭대기로 올라온 김현은 입을 쩍 벌렸다.

사방으로 평원이 뻗어 나갔고, 희미한 지평선 뒤로 새하얀 지붕을 인 산이 수묵화처럼 어렴풋이 솟아나 굽이굽이 펼쳐져 있었다. 아프리카 대평원 같은 이곳에 거대한 구덩이 하나가 기이한 방식으로 만들어진 것이다.

그때, 김현은 진실을 깨달았다.

"……나 때문에 만들어진 거야."

위에서 본 구덩이는…… 태아 자세와 형태가 비슷했다. 자연스럽게 웅크린 몸에서 흘러나온 열기가 땅을 녹였고, 그 때문에 저 구덩이가 생겨난 것이다.

"비디타스!"

김현은 참지 못하고 또 소리쳤다.

쾅!

또 폭발이 일어났다.

그 충격을 이기지 못한 김현은 아래로, 구덩이로 데굴데굴 굴러떨어졌다.

다시 이틀 동안 기어서 올라가야 한다는 생각에 어찌나 화가 나는지 고래고래 고함을 질렀더니…… 떨어지는 동안 두 번이나 더 화염이 퍼져 나가 계단 일부를 무너뜨렸다.

한참 동안 움직일 수 없어 누운 채 하늘을 올려다본 김현. 어스름 낀 창공에는 익룡 같은 몬스터들이 날개를 펼친 채 맴돌고 있었다.

그중 한 녀석이 겁도 없이 내려왔다.

김현은 너무 지쳐서 화를 낼 힘도 없었다.

놈이 구덩이 깊은 곳까지 내려오자 베헤모스가 뛰어올라 날갯죽지를 물어뜯었다. 날개 하나를 잃은 놈이 아래로 처박히자, 베헤모스는 2미터나 되는 계단을 껑충껑충 잘도 뛰어다니며 놈을 따라잡아 목덜미를 뜯어 끝장을 냈다.

'저 녀석 덕에 내가 아직 살아 있구나.'

김현은 겨우 몸을 일으켰다.

한 가지 사실을 깨달았다.

흥분할 때만 몸속의 화염이 폭발한다. 평정을 유지하면……
폭발이 일어나지 않거나 미룰 수 있을 것이다.

날뛰던 마음은 곧 가라앉았다.

김현은 은신처부터 찾아야 한다고 생각했다. 거주지만 확보하면 사냥을 통해 얼마든지 지낼 수 있다. 본격적인 수련은 그다음이었다.

위를 올려다본 김현은 힘겹게 올라가기 시작했다.

열흘 만에 적합한 장소를 찾아냈다.

강이 앞에 흐르고, 뒤쪽은 숲이 우거진 동굴이었다. 물론 거기엔 주인이 있었다. 사자와 호랑이를 합쳐서 몸집을 세 배로 키운 듯한 녀석인데, 몸집이 커진 베헤모스가 가볍게 잡아먹었다.

놈을 다 먹어 치운 후, 베헤모스는 원래의 크기로…… 귀여운 모습으로 돌아왔다.

김현은 베헤모스 없이 혼자 여기 왔다면…… 살아남지 못했으리라 확신했다.

불을 피워 동굴에 깊이 밴 야생동물 특유의 냄새를 제거했다. 낚싯대를 만들어 물고기를 낚았는데, 연어처럼 큰 놈이었다. 녀석을 구워서 먹자 눈물이 날 만큼 행복했다. 물고기의 반은 베헤모스의 몫이었다.

모닥불을 쳐다보는 김현의 눈빛이 복잡했다.

지난 열흘 동안 세 번 화염이 폭발했다. 감정 조절은 거의 완벽했다. 하지만 몸속에 뜨거운 기운이 쌓여서 압력이 참기 힘들 정도가 되면 몸 전체로 불길이 뿜어져 나갔다.

손바닥을 들여다보는 김현.

그 아래로 흐르는 마그마 같은 기운이 느껴진다. 몸 전체로 돌아다니다가 조금씩 쌓이는데, 그러면 언젠가 몸 밖으로 튀어나오는 것이다.

"일단은 시작하자. 나중에 방법이 생길 거야."

그날 밤부터 김현은 수련을 시작했다. 아주 오랫동안 지긋지긋하도록 했던 마보가 출발점이었다.

김현은 자세를 낮추며 두 팔을 앞으로 올렸다.

천부선공 제1문 축현을 통과하는 데 걸린 시간은 4년이었다.

뎁스 파이브에서 4년이니 현실로는 한 시간일 것이다. 김현은 그 사실을 위안으로 삼았다. 여기서 아무리 오랫동안 애를 써도 현실로 돌아가면 달라진 건 없을 것이다.

오히려 기회로 여겼다. 비디타스라는 장벽을 만났고, 김대욱 같은 강자의 힘도 경험했다. 그들을 능가하려면 좀 더 집중적인 수련이 필요하다고 판단한 것이다.

천부선공 제2문 쌍각을 통과하여 이곳 뎁스 파이브의 세계로 내려오기 전의 수준에 이르는 데는 7년이 걸렸다. 현섬도 다시 펼칠 수 있게 되었다. 다행히, 7년은 현실 기준으로 두 시간도 채 되지 않는다.

김현은 매일 수련했다. 천부선공뿐 아니라 수라부월공, 천무삼권, 광현칠검보 등의 무공도 함께 익혔다.

하루하루 수련으로 시간을 보내다가도 문득 외로움이 느껴지거나 마음이 답답해지면 지평선 끝까지 현섬을 펼치며 질주했다.

나타났다가 사라질 때면 먼지만 남기는 기괴한 존재의 돌출 행동에 조그만 동물은 물론 몬스터까지 깜짝 놀라 달아났다.

하늘을 반쯤 잘라먹은 듯한 산악 지대로 올라가 만년설에 몸을 뒹굴면 마그마로 들끓는 몸은 물론 어느새 마음까지 시원해졌다. 그러면 동굴로 돌아와 한참 동안 수련에 매진할 수 있었다.

김현은 언제 화염이 몸 밖으로 터져 나올지도 어느 정도 예상할 수 있었다. 가슴이나 팔뚝 혹은 등으로 흐르는 마그마 같은 기운이 마치 구멍이라도 막힌 것처럼 고여서 압박을 가하면 그는 동굴에서 서쪽으로 10킬로미터쯤 떨어진 황무지로 이동했다.

황무지 곳곳에 크고 작은 구덩이가 생겨나 있었다. 이곳 동물들은 그 근처엔 얼씬도 하지 않았다.

동굴 밖으로 나온 김현이 휘파람을 불자 강물에서 헤엄치던 베헤모스가 달려와 몸을 부르르 떨어 물을 털어 냈다.

"사냥 가자."

베헤모스가 혀를 내밀고 좋아했다.

김현은 결각보로 초원을 달렸다. 저 멀리 베헤모스는 가젤을 닮은 동물을 뒤쫓았다. 백 마리에 이르는 무리가 다가오자 김현은 속도를 올리며 직접 만든 돌도끼를 허리에서 빼내어 들어 올렸다.

한 녀석을 겨누고 던진 돌도끼가 빙글빙글 돌며 날아갔다. 돌도끼에 맞은 녀석 하나가 목뼈가 부러져 죽었다. 베헤모스는 사냥개처럼 가젤을 물고 왔다.

김현은 가젤의 가죽을 벗기고 내장을 제거한 후 불에 굽기 시작했다. 베헤모스는 얼마든지 가젤을 사냥해서 혼자 먹어 치울 수 있지만, 김현이 맛이 나는 풀 즙을 발라서 구운 고기를 제일 좋아했다.

식사를 끝낸 김현은 동굴 위쪽 언덕 꼭대기로 올라갔다. 거기는 사방이 탁 트여 마음까지 넓어지는 느낌을 받을 수 있어서 좋았다.

해는 지고 있었다. 다섯 개의 달은 이미 하늘 높이 솟아올라 이곳이 기괴한 세계임을 고스란히 드러내고 있었다.

사방으로 뻗은 대지.

눈으로 뒤덮인 산맥 지대.

빛과 어둠이 교차되는 광활한 하늘.

엄마 얼굴이 생각났다. 눈물이 흘러내릴 뻔했다. 어떻게 지내고 계실까? 아마 아들이 이렇게 고생하고 있다고는 생각도 못 할 것이다. 현실에서는 기껏해야 몇 시간이었을 테니까.

안진후는 유니온 본부를 장악했을까? 사부님과 사형은 무사하실까?

갑자기 웃는 체리가 보고 싶어졌다. 아카시아와 과일 체리가 섞인 향기가 훅 코로 느껴지는 것 같았다.

'언젠가 만날 수 있어.'

마음을 가라앉히며 말없이 그 광경을 바라보던 김현은 자신도 모르게 대자연을 닮은 얼굴을 떠올렸다. 바로 자신을 이곳으로 던져 버린 비디타스, 드래곤 헤라였다.

고개를 흔들어 그 얼굴을 떨치려 애를 썼지만, 마음마저 고요해지는 저 풍경을 보면 자연스럽게 드래곤의 얼굴이 생각났다. 지금까지도 그 이유는 알 수 없었다.

"비디타스."

그에게 비디타스는 투지를 불러일으키는 이름이었다. 가끔 의욕이 사라져 힘이 없어 무력해지면 그 이름을 부르곤 했다.

하지만 석양에 젖어 드는 대자연의 아름다움을 보고 있노라면, 비디타스는 닮고 싶은 얼굴의 소유자로 그 위치가 달라졌다.

다른 사람이 자신의 얼굴을 볼 때도 비디타스처럼 넓고 광활하며 생생한 자연을 느낄 수 있으면 얼마나 좋을까?

"음, 마법일까?"

왠지 아닐 것 같았다. 마법으로는 그런 벅찬 감동을 줄 수 없을 것이다.

베헤모스는 강아지처럼 옆에 앉아 졸고 있었다. 이 녀석은 운동량이 대단해서 절대 집 안에서는 키울 수 없다. 하루에

싱크

수십 킬로미터는 달려야 직성이 풀리는 듯했다.

김현은 볼록볼록한 베헤모스의 이마를 어루만졌다.

"이 녀석이 없었다면 버티기 힘들었을 거야. 비디타스가 잘한 일이 하나는 있는 셈이야."

한 가지 아쉬운 점이 있다면 베헤모스에게서 대답은 돌아오지 않는다는 것이다.

그때, 김현이 눈을 동그랗게 떴다. 벌떡 일어나서 현섬을 펼쳐 동굴로 이동한 그는 인벤토리에서 영혼의 목걸이를 꺼냈다.

졸고 있던 베헤모스가 주인을 따라 동굴로 들어왔다. 신기하게도 이 녀석은 현섬으로 어딜 이동해도 용케 잘 알고 찾아왔다.

김현은 벽에 기대앉으며 영혼의 목걸이를 걸었다. 그리고 천야장 퍼브를 소환했다. 목걸이에서 빠져나온 연기가 서서히 형체를 갖추었다.

천야장은 주위를 살폈다. 자신을 강제로 돌려보낸 드래곤을 찾았던 것이다.

"실망했습니다."

김현이 말했다.

표현할 수 없을 만큼 짜릿한 기분. 베헤모스에게 하루도 빠짐없이 이야기를 하지만, 실제로 대화를 주고받을 수 있는 존재와는 거의 10년 만이었다.

"그분은?"

"저쪽."

김현은 동굴 밖을 가리켰다.

눈이 커진 천야장은 밖으로 나갔지만 비디타스를 찾지는 못했다. 대신 드넓은 초원과 그 사이로 흐르는 조그만 강줄기를 봤을 뿐이다.

"여긴 어딘가?"

"돌아가세요."

김현은 목걸이에 주입되던 내공을 끊었다. 천야장은 연기로 흩어지며 목걸이로 되돌아갔다.

웃음이 터졌다. 눈물이 날 뻔했다. 쾌감에 몸이 떨리기까지 했다.

다시 천야장을 소환한 김현.

"무슨 짓이야?"

"나중에 봐요."

천야장은 눈을 부릅뜬 채 사라졌다.

다시 깔깔 웃는 김현. 답답했던 마음이 봄눈처럼 녹아내리는 것 같았다.

그때, 가슴 안쪽이 꽉 막혔다. 폭발 직전의 신호였다.

김현은 현섬 대신 결각보로 동굴을 벗어나 조그만 강으로 뛰어들었다. 현섬을 펼치면 즉시 폭발하여 소중한 은신처를 날려 버렸을 것이다.

쾅!

김현이 물속으로 뛰어든 순간 폭발이 일어나 물기둥이 20미터나 치솟았다. 수증기가 허옇게 피어올랐으며, 김현 근처에 있던 물은 부글부글 끓었다.

사냥감의 가죽으로 만든 옷은 흔적도 없이 타 버렸다. 김현은 알몸으로 강을 빠져나왔다.

천야장 덕에 또 한 가지 사실을 알아냈다. 지나친 기쁨도 폭발을 일으킬 수 있다.

확실히 분노보다는 기쁨을 조절하는 게 지금은 쉬웠다. 김현은 황당해하는 천야장의 표정을 떠올리며 히죽히죽 웃었다.

그날은 아주 오랜만에 숙면을 취할 수 있었다.

"그러니까 정신을 차려 보니 저 아래 구덩이였다는 것이냐?"

퍼브는 거대한 구덩이를 내려다보고 있었다.

"그게 11년 전이었어요."

"이 세계에서 11년 동안 혼자 지낸 건가?"

"아니, 저 녀석이 항상 내 옆에 있었어요."

김현이 손가락으로 가리키자 영리한 베헤모스는 공중제비

를 돌았다.

퍼브는 아무 말도 못 했다. 망량으로서 수백 년이라는 시간을 보냈기에 말할 대상도 없이 혼자 살아간다는 게 얼마나 괴로운지 그는 잘 알고 있었다. 게다가 자신에겐 오행령을 비롯해 숱한 망량들이 함께 있었다.

"올라가는 방법은 알고 있겠지?"

"티메후르를 찾으면 됩니다."

"아, 용옥 말이지?"

"맞습니다."

"당장 찾으러 가지."

"아직은 아니에요. 좀 더 강해진 뒤에 찾아도 늦지 않으니까요."

김현의 눈에 힘이 들어가자 짙은 살기가 흘러나왔다.

"설마, 아닐 테지?"

"뭐가요?"

"자넬 여기로 보낸 비디타스 님을 어떻게 해 보겠다는 건 아니지? 그렇지?"

"그 새끼, 가만두지 않을 겁니다."

차분하면서도 힘이 들어간 표정이었다.

"……."

퍼브는 이 녀석이 여기서 혼자 지내다가 외로움이 극에 달해 미쳤다고 생각했다. 아무리 화가 난다고 해도 드래곤을 상

싱크

대하겠다니. 만계를 벗어나면 계약 해제를 고려해야 할지도 모른다. 자신에게 불똥이 튄다면 미리 피하는 게 상책이다.

퍼브를 목걸이로 돌려보낸 김현은 구덩이를 내려다봤다. 그리고 현섬을 펼쳐 사라졌다.

사냥터 입구에 서서 초원 지대를 응시하던 바마퉁의 눈이 휘둥그레졌다.

"저, 저기!"

지쳐서 앉거나, 하늘을 올려다보던 사람들이 일제히 바마퉁이 가리킨 방향을 쳐다보고 비슷한 반응을 보였다. 풀이 웃자란 들판을 가로질러 대현자 파르소겐이 걸어왔고, 그 뒤로 초췌한 여자들이 따라오고 있었다.

바마퉁이 안으로 달렸다.

체리, 스노빈, 아로간타르, 핀토, 트로만 그리고 테르툰이 고함을 지르며 뒤따랐다.

"노바디는요?"

바마퉁이 물었다.

"나가서 이야기하지."

파르소겐은 사냥터 입구로 계속 걸었다.

납치됐다가 죽음 직전까지 몰렸던 여자들은 사냥터 입구

를 향해 있는 힘껏 달렸다. 피부가 유달리 창백한 예살란만 파르소겐 옆을 떠나지 않았다.

룩소르 사냥터 밖으로 나온 대현자는 자신을 쳐다보는 시선이 부담스러웠다. 도망치고 싶은 마음이 컸지만, 그럴 수 없음은 자신이 더 잘 알았다.

"노바디는…… 드래곤 헤라가 데려갔네. 곧 돌아올 테니, 너무 염려할 필요는 없을 걸세."

모두가 할 말을 잃었다.

드래곤이 죽였다가 아니라, 드래곤이 데려갔다?

파르소겐은 드래곤의 의도는 자신도 전혀 모른다고 둘러댔다. 워낙 달변가여서 누구도 대현자가 진실을 숨기고 있다고 생각하진 않았다.

단 한 사람, 대현자의 제자인 스노빈만 예외였다. 그는 의심 가득한 눈으로 스승을 쳐다보고 있었다.

남문을 통해 빛의 도시 엘루마로 들어선 파르소겐은 망량 봉쇄 구역으로 직행했다. 그 구역을 장악한 망량들에게 진실의 일부를 알리기 위해서였다. 그래야 그들이 분노로 날뛰지 않을 것이다.

오행령은 대현자의 기억을 믿었다. 대현자가 보여 준 기억을 보고 신뢰한 것이다. 그들은 노바디가 천야장 퍼브와 함께 돌아올 때까지 파르소겐이 봉쇄 구역을 맡는 것도 동의했다.

시청에서 사람이 왔다. 노바디와 만나고 싶다는 시장 대리 바젠 후작의 전언이었다.

파르소겐은 스노빈을 불러서 말했다.

"네가 가거라. 노바디가 없는 동안, 내가 이곳의 책임자라고 알리거라."

"제겐 진실을 말씀해 주십시오."

"노바디가 돌아오면 자연스럽게 알게 될 게다."

"……일단은 알겠습니다."

스노빈은 시청으로 출발했다.

옥상으로 올라간 대현자는 아래에서 넘실거리는 검은 바다 마레를 바라보았다. 무거운 한숨이 터져 나왔다. 그와 동시에…… 까마득한 절벽 끝에 서서 심연을 내려다보는 것처럼 현기증이 일었다.

"드래곤의 혈통이라니."

그는 이방인의 도래로 달라진 세상이 또 한 번 크게 변하리라 확신했다.

페플에서 바마퉁이었던 박용준은 잠시 커넥터 안에 앉아 있었다. 다리가 후들거려 일어날 수 없었다. 김현과 안진후가 무슨 일을 했는지 프로메테우스를 통해 들었지만, 감히 상상하기도 힘들었다.

"두 사람이 내 친구라는 게 믿기지 않아."

박용준은 힘을 내어 거실로 나왔다.

"어?"

안방에 누워 있던 라이언이 비틀거리며 나오다가 넘어지려는 순간, 박용준이 다가가 겨우 부축했다. 오른팔을 잃은 라이언은 헐떡거리고 있었다.

"……고맙다."

"아니에요."

박용준은 라이언이 거실 소파에 앉도록 도왔다.

"괜찮으세요?"

"고형덕보다는 나아."

고형덕은 약 기운에 취해 늘어져 잠을 자고 있었다. 라이언은 자신 역시 비슷한 신세였다는 사실에 기분이 나빴다.

안진후가 쥐구멍이라 부르는 방에서 원통형 로봇이 둥실 뜬 채 날아왔다. 프로메테우스였다.

프로메테우스를 본 라이언의 눈빛이 흔들렸다. 아직도 저 기이한 존재에 익숙하지 않았던 것이다.

"어떻게 됐습니까?"

라이언이 물었다.

"저도 궁금해요."

박용준이었다.

"두 사람 같이 따라오게."

프로메테우스는 두 사람을 쥐구멍으로 데리고 갔다. 거대한 디스플레이 와이드월에는 서울 각지의 CCTV 화면이 띄워져 있었다.

유니온 본부 중앙통제실과 연결하자, 지친 기색이 역력한 황철호의 얼굴이 나타났다.

－라이언? 몸은 괜찮아?

황철호가 관심을 보였다.

"너, 유니온 본부를 장악했구나."

황철호 뒤로 보이는 중앙통제실을 알아본 라이언의 얼굴로 서서히 경악이라는 감정이 퍼져 나갔다.

안진후가 노관장과 황철호만 데리고 유니온 본부로 갔다는 이야기를 얼핏 들었을 때, 라이언은 따라가려고 애를 쓰다가…… 기절하고 말았다.

불가능한 일을 이루어 내다니.

－운이 좋았다.

황철호는 입이 찢어지도록 하품을 했다.

"다른 길드는?"

－블랙 길드 외에는 혼란을 수습 중이야.

"……블랙이 문제야."

라이언은 마음이 아팠다. 지금은 섬바디 길드의 일원이지만, 그래도 자유를 중시하는 블랙 길드가 유니온에서 제 몫을 다하기를 바랐던 것이다.

황철호가 설명을 했지만 이해하기 힘들 만큼 듬성듬성 핵심이 빠져 있었다. 프로메테우스가 그 큼직한 논리적 구멍을 메워 박용준과 라이언의 이해를 도왔다.

　　화상 통화는 끝났다.

　　현재 유니온 본부의 사정을 확인한 라이언은 박용준을 쳐다봤다.

　　"택시 좀 불러 줘."

　　"네?"

　　"본부로 가 봐야겠어."

　　"그 몸으로는 안 돼요."

　　"내 몸은 내가 잘 알아. 택시."

　　라이언은 황철호만큼이나 고집 센 사람이었다. 그 사실을 아는 프로메테우스가 끼어들었다.

　　"택시보다 빠른 방법이 있네."

　　"……그게 뭡니까?"

　　라이언은 프로메테우스를 제대로 쳐다보지 못했다. 어딜 봐야 할지 몰랐다. 어디가 눈인지 알 수가 없었다.

　　"자네가 라이언을 본부로 데려가게."

　　프로메테우스는 박용준을 보며 말했다.

　　"제가요?"

　　"날아서."

　　"아!"

얼굴이 빛나는 박용준.

라이언은 무슨 말을 하는지 몰랐지만, 곧 알게 되었다. 바람 부는 베란다로 나간 박용준의 등으로 새하얀 날개가 생겨난 것이다.

"나, 나는 택시가 훨씬 좋은데……."

"설마, 그 유명한 라이언이 겁이 나서 이러는 건 아니겠지? 그게 아니라면 고통스러워서? 아프다면 자네 방으로 가서 눕는 게 좋을 걸세."

프로메테우스였다.

라이언은 아무 말도 못 했다.

잠시 후, 라이언은 박용준에게 매달린 채 하늘로 날아올랐다. 박용준은 라이언의 무게 때문에 잠시 균형을 잃었지만 곧 안정적으로 페플파크 위쪽 상공으로 날아올라 유니온 본부 쪽으로 날기 시작했다.

날개 치며 높은 곳으로 힘차게 올라갈 때의 역동적인 느낌도 좋지만, 날개를 활짝 펼친 채 바람을 타고 부드럽게 미끄러지듯 나는 활강이 박용준은 더 좋았다. 자신을 잡고 있는 모든 쇠사슬에서 벗어난 기분이었다.

박용준의 비행은 아주 안정적이었다. 빌딩 사이를 통과하며 속도를 얻은 강풍에도 거의 흔들리지 않았다.

"괜찮으세요?"

박용준이 아래를 내려다봤다. 등산용 밧줄로 정교하게 몸을 묶은 라이언은 얼굴이 약간 창백할 뿐 상태가 나빠 보이지는 않았다.

대답 대신 엄지를 세운 라이언.

하늘을 나는 데는 자신 있지만 지리 식별 능력은 빵점에 가까웠다. 라이언이 도와주지 않았다면 박용준은 엉뚱한 곳을 헤맬 뻔했다.

박용준은 천천히 아파트 단지로 내려섰다.

그를 본 사람들이 일제히 마네킹처럼 얼어붙었지만, 곧 아무런 일도 없었던 것처럼 움직였다. 박용준은 그들에게 해코지라도 한 것처럼 미안했다.

라이언은 혼자 걸었다. 꼴사납게 부축받으며 유니온 본부로 들어가고 싶지는 않았다.

강인한 인상의 남자가 앞을 막았다.

"현재 출입이 통제되고 있습니다."

라이언은 왼팔을 들어 올리며 창을 불러냈다. 금빛의 창 롱기누스가 허공을 뚫고 나타나자 그 사내의 눈이 커지며 몽롱해졌다.

라이언은 그 옆으로 걷기 시작했다. 왼팔로 든 롱기누스는 두 배는 무겁게 느껴졌다. 자유롭게 휘두르려면 입에서 단내 나도록 훈련해야 한다는 뜻이었다. 그는 롱기누스의 창을 공중에 띄웠다.

지하 주차장으로 내려간 라이언은 이쪽을 쳐다보는 사람

들을 발견했다. 둥실 혼자 떠다니는 롱기누스를 보고서도 그들은 마네킹이 되기는커녕 오히려 놀란 표정으로 서로를 쳐다보고 있었다.

'복용자들이군.'

그중 한 사람, 어렴풋이 낯이 익은 여자가 다가왔다.

"라이언 님이시죠? 저는 배혜진이라고 해요."

"배혜진?"

"CRS 그룹."

"아, 모네타의? 설마, 섬바디로 들어온 거냐?"

라이언은 그 얼굴을 기억해 냈다. 어마어마한 재력의 소유자로, 모네타 길드 소속 복용자였다.

"라이언 님 같은 유명한 각성자가 섬바디 길드에 가입하셨다니, 놀라워요."

"난 블랙에서도 골칫덩이로 알려졌지만, 넌 아주 요긴한 복용잔데. 모네타 녀석들이 이를 갈겠어."

"본부로 내려가실 거죠? 제가 안내해도 될까요?"

"얼마든지."

라이언은 잘린 오른팔의 절단 부위가 아파서 식은땀을 흘렸지만, 그런 통증에 굴할 사람이 아니었다. 이 중요한 사건이 벌어지는 동안 자신이 침대에 누워 아무것도 하지 않았다는 사실이 더 치욕스럽고 고통스러웠다.

"이 사람은 누구죠?"

배혜진은 박용준을 가리키며 물었다.

"보여 줘."

라이언의 말에 박용준은 추영을 하얀 날개 추익으로 변형시켰다. 반응은 즉각적이었다. 배혜진을 비롯한 복용자들은 각성자의 독특한 능력에 탄성을 터트렸다.

"……저는 박용준이라고 해요."

박용준은 그들의 시선이 부담스러웠다.

"배혜진이에요."

공손하게 이름을 밝히면서도 배혜진은 이 남자가 안진후와 어떤 관계일지 머릿속으로 생각했다. 라이언과 함께 왔으니 평범한 인물은 아닐 것이다.

그들은 엘리베이터에 올라탔다.

곧 섹터1에 도착한 사람들은 할 말을 잃었다. 복도에 방치된 시체들 때문이었다. 유니온 본부에 아직 시체를 수습할 여력은 없다는 뜻이었다.

자신이 무엇을 해야 하는지 알게 된 배혜진은 최현석을 보며 눈짓했다. 재빨리 이해한 최현석은 문석훈, 박주연, 강선기에게 지시를 내렸다. 인부를 모아서 섹터1의 시체를 치우는 일이었다.

세 사람은 유니온 본부로 내려가고 싶은 마음이 컸지만, 최현석의 말을 무시할 수는 없었다. 결국 그들은 엘리베이터를 타고 지상으로 올라갔다.

그 행동으로 라이언은 서열을 알아차렸다. 배혜진이라는 여자가 꼭대기에 있고, 그 아래로 비서관 스타일의 남자가 있으며, 그 밑이 바로 지상으로 올라간 세 사람이었다.

'아직 어린데도 상하가 확실하군. 보통 꼬맹이들은 아니야.'

섹터2, 섹터3를 거쳐 섹터4에 이르렀다. 중앙통제실은 섹터4 중심부에 위치해 있었다.

배혜진에게서 미리 연락을 받고 스크린을 통해 라이언을 확인한 황철호가 웃으며 맞이했다.

"아플 텐데 여긴 왜 왔어?"

반가워하면서도 입에서 나온 말은 퉁명스러웠다.

"너한테 본부를 어떻게 맡기냐? 불안해서 잠이 안 오더라. 그래서 왔다."

대답도 부드럽진 않았다.

서로를 보며 웃는 두 사람.

황철호가 고개를 돌려 박용준을 쳐다봤다.

"김현은?"

"그게, 드래곤이 데려갔대요. 나중에 페플에서 나오면 무슨 일이 있었는지 알게 될 거예요."

"……뭐?"

황철호뿐 아니라 라이언, 배혜진 그리고 최현석까지 깜짝 놀랐다. 퀘스트에 드래곤이 모습을 드러낸 것도 놀라운데, 그 드래곤이 유저를 데려갔다? 그 사실만으로 페플은 크게 달라질 게 분명했다.

하지만 그들은 김현이 드래곤에 의해 만계로 이동했다는 사실은 상상조차 못 했다. 그저 김현이 커넥터를 통해 페플에 접속해 있다고 생각했을 뿐이다.

"진후는요?"

"섹터7에서 작업 중이다."

황철호의 대답.

박용준은 중앙통제실 밖으로 나갔다. 섹터7으로 찾아가기 위해서였다. 복도 곳곳에 화살표로 방향이 표시되어 있어서 찾기는 그리 어렵지 않았다.

배혜진과 최현석이 따라붙었다.

"진후와는 잘 알아요?"

배혜진이 물었다.

"친구예요."

"저도 친군데. 아주 어릴 때부터 친구였어요."

"저는 그렇게 오래되진 않았어요. 최근에 만나서 친해졌어요."

박용준은 자기가 정신병원에 갇혀 있었다는 이야기는 하고 싶지 않았다.

"그럼, 김현과도 친하겠네요."

"당연하죠."

얼굴이 밝아진 박용준.

또래의 친구 셋이 모두 각성자라는 사실에 배혜진은 크게 놀랐다.

곧 섹터7에 도착한 박용준은 안진후를 발견했다.

"진후야!"

"어, 잘 왔다. 혜진이랑 현석이도. 여기 손이 부족했거든."

안진후는 이제 막 도착한 사람들을 마법진 복구공사에 투입했다. 능숙한 솜씨였다.

박용준은 각성자라는 특권 의식 자체가 없기 때문에 오히려 기쁘게 작업을 시작했다. 배혜진, 최현석은 불평조차 터트릴 수 없었다.

박용준 옆으로 간 안진후가 물었다.

"김현은?"

"아직 페플에 있을 거야."

"음, 무지 바쁜데 혼자 놀고 있는 거 아니야? 뭐, 오늘 고생했으니 봐주는 수밖에. 야, 거기는 그렇게 하면 안 돼. 좀 더 세심하게 해야지!"

안진후는 실수한 인턴들을 향해 달려갔다.

경비원은 몽롱해진 눈으로 마스터키를 넣어 문을 열었다.

"감사합니다."

진세진은 부드럽게 말했다.

"저는 바빠서."

경비원은 엘리베이터를 두고 계단을 딛고 내려갔다. 희미한 죄의식 때문이었다. 주인도 없는 빈집의 문을 생판 모르는 남자에게 열어 줬으니 그럴 만도 했다.

진세진은 늙은 경비원의 뒷모습을 보며 빙그레 웃었다.

인간이라는 종족은 엉뚱한 곳에서 잠재력을 드러낸다. 무력한 노인 주제에 이 강렬한 세뇌 능력에도 양심이 살아 있다니, 기적 같은 일이었다.

이럴 때면 우연히 눈길을 준 풀밭에서 네 잎 클로버를 발견한 것처럼 마음이 흐뭇해진다.

구두를 신은 채 거실로 들어섰다. 화목한 분위기가 짙게 느껴지지만, 커다란 그림자도 함께 드러났다.

"음, 재미있어."

진세진은 작은방으로 가서 문을 열고, 안에 놓인 페플 커넥터를 확인했다. 커넥터는 꺼져 있었고, 안은 텅 비어 있었다.

"여긴 없네. 그렇다면 김현 넌 어디에 있을까나?"

히죽 웃은 진세진은 벽에 붙어 있는 책꽂이로 가서 제목을 훑었다.

대부분 판타지나 무협 쪽 소설이었다. 지루하거나 힘겨운 현실에서 벗어나려는 사람에게 적당한 책이 주류였다. 가끔 진지한 책도 있지만, 닳은 자국으로 보건대 이 방의 주인은 상상의 세계로 꽤 자주, 어쩌면 오랫동안 도피했을 것이다.

진세진은 김현의 과거를 잘 알았다. 유니온이 보내온 자료는 아주 상세했다.

친구의 죽음으로 시작된 은둔 생활은 정신병원 입원 직전에 이를 정도로 심각했지만, 어머니의 헌신적인 정성 덕에 방에서 나올 수 있었다. 결정적인 계기는 페플이었다. 김현은 페플에서 자유를 되찾은 후, 현실에서도 집 밖으로 나왔던 것이다.

거실을 가로질러 베란다로 나간 진세진의 눈에 싱싱한 상추가 들어왔다.

"이게 그 문제의 상추구나."

존재해선 안 되는 상추 잎을 하나 따서 입에 넣고 오물거린 진세진은 깜짝 놀랐다. 상추 잎에서 마력 같은…… 아니, 마력보다 훨씬 역동적인 생명력이 느껴졌던 것이다.

진세진은 소파에 앉았다.

유니온은 김현이 페트람이라는 마법진을 통해 자아가 교체된 첩자라고 결론을 내렸다. 진세진에게 떨어진 명령은 김현을 가능하면 생포하라는 것이었다.

"김현이 혈문이 보낸 첩자라니, 이것 참."

진세진은 어이가 없어서 웃고 말았다.

페트람이 실제로 존재한다면, 혈문이 미쳤다고 사회성 부족한 고딩을 택할까? 좀 더 유용한 인물이 첩자로서 훨씬 가치가 있을 것이다.

몸을 일으켜 마지막으로 둘러보고 밖으로 나가려던 진세진은 할 말을 잃었다.

벽에 걸린 액자 속 사진이…… 꿈틀거리더니 바뀐 것이다.

엄마와 아들이 웃으면서 찍은 사진에서 아들이 사라졌다. 웃음기가 사라진 엄마 곁에는 또래의 친구들이 서 있었다. 배경도 바뀌었다. 사진관 특유의 어두컴컴한 배경이 파란 하늘이 펼쳐진 산 정상으로 변한 것이다.

눈살을 찌푸린 진세진은 작은방 문을 벌컥 열었다.

"……이런."

벽을 가득 채울 만큼 많던 책들이 흔적도 없이 사라졌다. 심지어 콕핏형 커넥터도 거기 없었다. 작은방은…… 몇 분 만에 창고로 변했다.

진세진은 이런 변화는 처음이었다.

각성을 하면 서서히 가족과의 관계가 끊어진다. 살아가는 방식이 달라져도 서먹서먹해지기 마련인데, 각성으로 생기는 가족과의 차이는 네안데르탈인과 크로마뇽인의 격차보다 더 컸던 것이다.

하지만 이처럼 단숨에 사진이 바뀌거나 책들이 한꺼번에 사라지진 않는다.

'뭔가 있어. 김현을 찾아내면 알 수 있겠지.'

진세진이 현관으로 나가는데 문 여는 소리가 들렸다. 그는 조금도 당황하지 않고 가만히 서 있었다.

안으로 들어오던 어머니는 낯선 남자를 보고 깜짝 놀랐다. 하지만 비명은 나오지 않았다. 처음 봤는데도 아주 오랫동안 알고 지낸 사람 같았다. 그래서 여기 있어도 전혀 이상하지 않은 느낌이었다.

진세진은 눈앞의 여자에게 다가가 머리에 손을 얹었다.

'기억에서 김현이 사라지고 있어. 이렇게나 빨리? 오랜만에 호기심이 동하는구나. 황철호와 라이언이 이 녀석과 얽힌 이유가 이런 변화와 관련이 있을까?'

아들을 잃었지만 그 사실조차 망각한 엄마가 후유증을 겪지 않도록 신경 쓴 진세진은 아파트를 빠져나왔다.

'김현, 넌 어디 있는 거냐?'

목검이 공기를 가르며 바위를 찔렀다.

퍽.

30센티미터나 파고든 목검의 파괴력은 바위 전체로 퍼져나갔고, 곧 바위 표면으로 거미줄처럼 금이 생겼다. 집채 크기의 바위는 여러 조각으로 갈라졌다.

호흡을 가다듬은 김현은 목검을 아래로 내렸다.

꾸준한 수련 덕에 목검 끝에 힘을 모을 수 있게 되었고, 그 힘을 고스란히 목표물을 향해 전달하는 요령도 터득했다. 무엇보다 회전을 가하여 충격을 극대화하는 비결도 알아내어 찌르기에 적용하자, 오늘 같은 결과에 이르렀다.

광현칠검보를 익히면서 찌르기에 대한 열망이 컸다. 검술이든 권법이든 공격은 빠르고 정확하며 강해야 한다. 그래야 상대의 방어를 무너뜨릴 수 있다.

만족의 미소는 곧 사라졌다. 비디타스가 떠오른 것이다. 비디타스라면 손가락 두 개로 목검 끝을 잡고 고개를 갸웃거리며 비웃을 것이다.

—지금 장난하는 거지?

마치 그 목소리가 들린 것처럼 김현은 또 다른 바위로 이동하여 자세를 잡고 목검을 찔렀다.

그 뒤로 또 다른 김현이 흐릿한 잔상을 남기며 달리고 있었다. 방향을 틀기 위해 오른발로 타각을 펼치자, 먼지가 피어올랐다.

두 번째 김현은 마치 현섬을 펼친 것처럼 맨눈으로는 따라가기 힘들 정도로 빨리 달리는 중이었다. 화결, 중결, 흡결과 타각, 좌각을 결합하며 만들어 낸 보법 결각보의 부족한 면을 보완하기 위해서였다.

발바닥에 있는 혈도 중 어느 곳으로 기를 뿜을 때 속도가 빠른지, 방향 전환이 신속한지 확인하는데, 아직은 눈에 띄는 결과가 없었다.

갑자기 소리가 줄어들었다. 귀 기울이지 않으면 아무 소리도 들리지 않을 만큼 조용해졌다. 초원 지대에서 싸웠던 조운룡에게서 얻은 무공 '무음철혈보'의 특징을 결각보에 적용한 것이다. 완전한 무음 수준은 아니었다.

세 번째 김현은 강가에서 축현을 수련하고 있었다. 천부선공 제1문인 축현은 통달하면 그만두는 단계가 아니었다. 밥을 먹어야 힘을 내는 것처럼, 축현은 하루하루 빼놓지 말아야 할 수련이었다.

네 번째 김현이 맡은 무공은 타케노프였다.

그레아트의 레온에게서 받아 스킬 등록을 해 뒀기 때문에 어떤 식으로 펼쳐지는지는 알 수 있었다. 하지만 실제로 몸에 익히는 건 전혀 다른 문제였다.

김현이 일차적 목표로 삼은 스킬은 김대욱과 싸웠을 때 까다로워서 혼이 난 은와였다. 가능하면 공뢰도 익히고 싶었다. 팔과 주먹을 통해 내공을 회전시키며 앞으로 뿜어내는 은와는 이제까지 익힌 무공과는 스타일이 달라서 쉽게 익힐 수 없었다.

그래도 김현은 최선을 다했다.

그들은 모두 분신이었다.

본체는 동굴 언덕 정상에 앉아 멀리 펼쳐진 산맥을 바라보고 있었다. 입에 풀잎을 문 채 그는 또 비디타스의 얼굴을 떠올리고 있었다.

천야장이 언덕으로 올라왔다.

"자넨 놀고 있군."

"분신들만 고생시키는 것 같아요?"

빙긋 웃는 김현.

분신이 본체로 돌아와 합쳐지면 수련의 성과와 경험만 합쳐지는 게 아니라 육체적 피로감, 정신적 소모 역시 같이 따라온다. 만약 운명의 구슬 덕에 얻은 기적 같은 재생력이 아니었다면 감히 꿈도 꾸지 못할 수련법이었다.

"분신 덕에 수련 시간이 몇 배나 늘었겠군."

"다 합치면 30년이 넘었을걸요."

대충 계산한 결과로도 30년은 이미 훌쩍 뛰어넘었다. 내공이 증가하여 분신을 늘릴 수 있으면 100년 돌파도 오래 걸리지 않을 것이다.

"자네처럼 무공을 수련할 수 있다면 대륙 제일이 되는 것도 어렵지 않겠어."

"그럴까요?"

"하지만 분신술을 적극적으로 활용하여 어느 분야에서든 최강이 된 사람은 없네. 그 이유가 무엇인지 아는가?"

천야장의 목소리는 조심스러웠다.

"나처럼 자유롭고 독립적인 분신을 오랫동안 유지할 수

있는 능력이 없었겠지요. 그리고 나처럼 회복력이 빠르지도 않았을 테고. 두 가지 능력을 동시에 갖추지 않으면 안 되니까요."

"그럴지도 모르지. 허나, 분신술은 양날의 검이라네. 잘 사용하면 득이 되지만, 조금만 잘못해도 독이 되지."

"독이 된다구요?"

"분신술에 심취한 사람들 대부분이 분신에게 죽임을 당했네. 분신이 자유로워지기 위해 본체를 죽인 걸세."

"설마요."

김현은 웃으며 아래쪽에서 열심히 수련 중인 분신들을 바라보았다. 분신은 해체되면 그 기억, 감정, 알게 된 지식 등이 고스란히 본체로 흡수된다. 그런 일은 논리적으로 불가능하다. 분신술에 결함이 있다면 또 모르지만.

김현의 눈빛을 들여다본 퍼브는 화제를 돌렸다.

"그나저나, 여기서 뭘 하는 건가? 날마다 여기 올라와 저 거대한 산맥을 보는 것 같던데."

김현은 천야장을 힐끔 살핀 후, 대답했다.

"마음이 편해져서요."

여러 번의 대화를 나눈 끝에 천야장은 비디타스의 얼굴에서 평범한 엘프 이상의 무언가를 느끼지 못한다는 사실을 김현은 알아낼 수 있었다. 대자연이 깃든 얼굴에 대해 이야기를 꺼낸 적이 있는데, 천야장은 농담이라 여길 뿐이었다.

"태평하군. 언제 티메후르를 찾으러 나설 건가?"

"비디타스에게 빚을 갚아 줄 수 있을 만큼 강해지면요."

"또 그 헛소리."

천야장은 혀를 찼다. 인간이 감히 드래곤과 대등해지려는 생각 자체가 어리석은 자기 파괴라고 그는 확신했다.

김현도 '헛소리'라는 평가에는 어느 정도 동의했다.

아무리 수련을 거듭해도 비디타스, 즉 드래곤 헤라를 이길 수는 없을 것이다. 여전히 분신술을 적극 활용하면서 수련을 계속하는 이유는…… 복수 때문이 아니라, 조금이라도 더 닮고 싶기 때문이었다. 비디타스만큼 강해지면 비디타스처럼 될 수 있지 않을까 생각한 것이다.

"이렇게 시간을 보낼 거라면, 자네 야공술 배워 보지 않겠나? 사라겐의 비월도 고쳐야 할 테니까."

김현은 오랜만에 퀘스트 메시지를 볼 수 있었다.

천야장 퍼브의 제안

천야장 퍼브는 오랫동안 야공술 후계자를 찾아 왔습니다. 후손을 찾은 이유도 바로 후계자 때문입니다. 직계 후손이 아니라고 해도 친밀도가 높아지고 자격을 갖추면 천야장으로부터 야공술을 전수받을 수 있습니다.
제안을 받아들이면 당신은 천야장의 도제로서 금속과 관련된 모든 지식과 기술을 배울 수 있습니다. 하지만 중간에 포기할 경우, 천야장의 저주로 금속이 포함된 무기를 사용할 수 없게 됩니다.
보상 : 천야술
조건 : 끝까지 버텨야 한다. 포기하면 천야장의 저주에 시달린다.

"예살란에게 전하셔야죠."

김현은 퀘스트를 거절했다. 마음 같아서는 받아들이고 싶지만, 예살란의 몫이라 생각한 것이다. 뱀파이어에서 인간의 몸으로 돌아온 예살란이 천야술의 후계자가 될 터였다.

"알겠네."

퍼브도 더 강요하지는 않았다.

그날 밤, 분신은 해체되었다. 극심한 피로에 짓눌린 김현은 동굴 안에서 기절했고, 베헤모스는 평소처럼 주인을 지켰다.

유니온은 빠르게 회복되었다. 안진후가 이끄는 섬바디 길드의 도움 덕이었다.

유니온뿐 아니라 프리벨리지, 현문, 모네타, 로고스의 내부 혼란도 서서히 가라앉았다. 다만 블랙 길드는 쿠데타 세력이 여전히 우세를 점하고 있었다.

희소식이 날아들었다. 5인회, 즉 다섯 명의 마스터가 살아남았고, 비행기 편으로 귀국하고 있다는 내용이었다.

그 이야기를 들은 쿠데타 세력은 즉시 싸움을 멈추고 도망쳤다. 보통 사람들 사이로 숨어 버린 것이다. 그들도 쿠데타의 실패를 인정하고 만 것이다.

섬바디 길드는 유니온 본부에서 스스로 물러났다. 무력으로 장악했다는 오해를 피하기 위해서였다.

물론 유니온 본부 섹터6 구역에서 귀중한 성질석 같은 물건들을 챙겼고, 열려 있는 비고에서도 괜찮은 아이템을 자루에 쓸어 담았다. 그 책임은 도망친 블랙 길드 놈들이 지게 될 것이다.

생존자들의 증언은 입에서 입으로 퍼진 데다 섬바디 길드의 마스터가 페플 그룹 회장의 아들이라는 사실이 알려지자 각성자들은 은연중 섬바디 길드를 인정하기 시작했다.

하지만 결정은 5인회와 새로 구성될 15인회에서 내려질 것이라는 사실도 그들은 잘 알았다.

달아난 곽도철, 주용석 등 쿠데타를 주도한 인물들과 그들을 뒤에서 도왔던 프리벨리지의 각성자들은 유니온의 공식 수배 명단에 올랐다. 유니온이 원래 상태로 돌아간다면 그들을 찾아내어 체포할 조직이 본격적으로 움직일 것이다.

생포된 쿠데타 참가자들은 동해 울릉도 인근의 해옥으로 옮겨지고 있었다. 아직 판결이 나지 않았지만 재판이 끝나면 그들은 최하 20년은 수중 감옥에 갇혀 햇빛을 보지 못할 터였다.

안진후는 초인종을 눌렀다. 심란해서 호흡마저 거칠어졌

고, 유니온 본부에서 거둔 승리로 인한 기쁨마저 느껴지지 않을 만큼 긴장한 상태였다.

안진후는 계속 바빴다. 유니온 관련 일도 처리할 게 많았지만, 제주도 남쪽의 해옥에서 살아남은 자들 중 섬바디 길드를 택한 사람들의 거처, 그들의 역할, 앞으로의 계획 등도 그의 손이 닿아야 하는 일이었다.

그래도 어젯밤 친구가 어디 있는지, 뭘 하는지 알고 싶어서 김현에게, 아니 노바디에게 문자를 보냈었다. 현실에서 보낸 문자는 페플 시스템을 통하여 노바디에게 메시지로 전해지는데, 말도 안 되는 반응이 튀어나왔다.

—그런 유저는 존재하지 않습니다.

처음엔 착오라고, 희귀한 오류라고 생각했다. 하지만 몇 번 연거푸 실패하자 이 오류의 책임자를 추궁해야겠다는 생각이 들었다. 반쯤은 화가 나서였다.

아버지로부터 승인받은 프리벨리지 제로의 권한을 사용하여 파고든 그는 할 말을 잃고 말았다. 시스템은 건재했고 정상적으로 작동 중이었다.

문제는 노바디였다.

초심자의 도시 라마간에서 처음 만나서 함께 원정대를 꾸리고, 하이엘프 셀레스카르의 첫 번째 제자가 되어 빛의 도시 엘루마에 이른 유저 노바디는 존재하지 않았다. 아예 존재한 적이 없었다.

그건 빙산의 일각이었다.

김현의 전화번호는 다른 사람이 사용하고 있었다. 벌써 3년째 이용한 번호였다.

관공서를 해킹한 안진후는 친구 김현이 공식 기록에서는 아예 존재하지 않는다는 사실에 무언가 잘못됐다는 결론에 이르렀다. 심지어 초등학교에 입학한 적도 없었다. 출생신고도 아예 누락되어 있었다.

김현의 집으로 전화를 한 박용준이 얼어붙었다가 울먹거렸다.

"……장난 전화 하지 말래. 자, 자신에겐 아, 아들은 없다고."

박용준은 충격을 받아 말도 제대로 못 했다.

바로 그 때문에 안진후는 여기까지, 김현의 아파트까지 찾아온 것이다.

몬스터의 기습으로 공원에서 죽어 나간 사람들을 김현이 세계수의 열매 우과로 살려 낼 때 안진후는 그 공원에 함께 있었다. 그들의 부활로 세계는 달라졌다. 핸드폰 대리점이 치킨집으로 순식간에 바뀐 것이다.

과거가 바뀌자 미래에 변화가 생겼다!

그와 비슷한 일이 김현에게 벌어진 것이다.

이유는 모르지만, 이 세계는 김현의 흔적을 지우고 있었다. 어디까지 지워 버릴까?

안진후는 자신마저 김현을 잊어버릴까 겁이 났다. 그걸 생각만 해도 몸이 떨렸다.

－누구세요?

익숙한 목소리. 안진후는 강된장에 상추쌈을 아침으로 먹었던 기억에 눈물이 핑 돌았다.

아들을 그토록 사랑하고 아끼던 엄마의 목소리엔 긴장감이 느껴졌다. 황철호, 박용준 그리고 윤태희까지 전화를 걸어 김현을, 아들을 바꿔 달라고 했기 때문일 것이다.

누구든 모르는 사람들에게서 그런 전화가 걸려오면 혼란에 빠질 것이다.

"……아무것도 아닙니다. 제가 동을 잘못 봤어요."

안진후는 물러났다. 세계의 의지에 삼켜진 어머니를 더 괴롭히고 싶지 않았다.

"호, 혹시 김현 친구예요?"

"……."

계단으로 내려가려던 안진후는 멈춰 섰다. 그리고 천천히 돌아섰다.

"나, 나는 김현이 누군지 몰라요. 아는 사람 중에 그런 이름을 가진 사람은 없어요. 하지만, 하지만 꿈을 꿨는데, 아주 잘생긴 남자아이가 나, 나를 엄마라고 불렀어요. 그, 그건 그냥 꿈이겠죠? 그렇죠?"

어머니는 울고 있었다.

안진후도 울었다. 김현이 당신의 아들이라고, 그 꿈이 진실이고…… 현실은 거짓이라고 외치고 싶었지만, 그는 계단을 딛고 내려왔다.

김현은 어디 있을까?

살아 있을까?

유니온 본부를 샅샅이 뒤졌지만 김현은 찾을 수 없었다. 그래서 다들 커넥터로 페플에 접속해 있다고 생각했던 것이다. 그에게 무슨 일이 벌어졌는지는 상상조차 할 수 없었다.

박용준은 드래곤이 데려갔다고 말했다.

그 때문에 현실에서 김현이 지워지고 있을까?

그렇다면 드래곤을 만나야 한다. 드래곤을 찾아가야 한다. 그 어떤 대가를 치르더라도.

아파트를 빠져나온 안진후는 이를 악문 채, 대기하는 차를 향해 걸어갔다. 운전기사 강무석이 얼른 내려 뒷좌석 문을 열어 주었다.

다음 권으로 이어집니다

Taming Master

박태석 게임 판타지 장편소설

테이밍마스터

'히든' 소환술사가 되기 위해 랭커의 명예도 버렸다!
"재미있어 보이는데, 이유가 필요해?"

전 세계에서 가장 잘나가는 가상현실 게임 '카일란'
가상현실학과에서도 유명한 게임 폐인 이안
히든 클래스를 얻기 위해 93레벨의 캐릭터를 삭제하는데……

그가 선택한 것은 카일란 최고의 노답 직업인 소환술사?

게다가 교수에게서 걸려온 전화에 멘붕!
학고를 피하려면 두 달 안에 삭제한 캐릭터의 레벨까지 올려라!

레벨 업을 향해 더 빨리, 더 철저하게, 더 끈질기게
『테이밍 마스터』의 전설이 시작된다!

200평 초대형 24시 만화방

📖 수원시청점

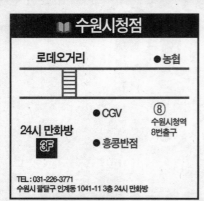

로데오거리
●농협

CGV
⑧ 수원시청역 8번출구

24시 만화방
3F

●흥콩반점

TEL : 031-226-3771
수원시 팔달구 인계동 1041-11 3층 24시 만화방

수면실 (침대식) ─── 사우나석

2인석 ─── 샤워실

세탁기 ─── 신간100%

📖 의정부점

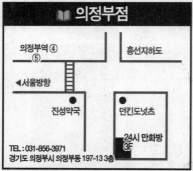

의정부역 ④⑤

흥선지하도

◀서울방향

진성약국

던킨도넛츠

24시 만화방
3F

TEL : 031-856-3971
경기도 의정부시 의정부동 197-13 3층

📖 안양점

●안양역

육교

◀관악역

명학역▶

농협

24시 만화방
2F
안양일번가

TEL : 031-466-3771
경기도 안양시 안양동 674-163 공룡고기건물 2층

📖 주안점

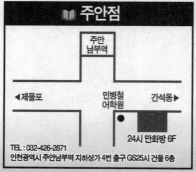

주안 남부역

◀제물포

민병철 어학원

간석동▶

24시 만화방
6F

TEL : 032-426-2871
인천광역시 주안남부역 지하상가 4번 출구 GS25시 건물 6층

📖 안산점

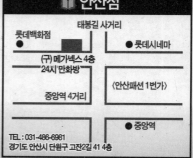

롯데백화점

태봉길 사거리

●롯데시네마

(구) 메가넥스 4층
24시 만화방

〈안산패션 1번가〉

중앙역 4거리

●중앙역

TEL : 031-486-6981
경기도 안산시 단원구 고잔2길 41 4층